『我是天使族族長』。
瑪爾比特
（天使族）
Malbit /
Farming life in another world. Volume 09

「為什麼
沒有把
這件事告訴我？」
琳夏
（天使族）
Ruincia / Angel

席爾
（獸人族）
Seal / Beast Human
辛苦了。」

戈爾
（獸人族）
Goal / Beast Human
布隆
（獸人族）
Bron / Beast Human
「我明白村長的
Farming life in another world. Volume 09

「萬能船!!!」
什麼?」
Farming life in another world. Volume 09

「那就是
「那是

異世界悠閒農家

Farming life in another world.

Presented by Kinosuke Naito

Illustration by Yasumo

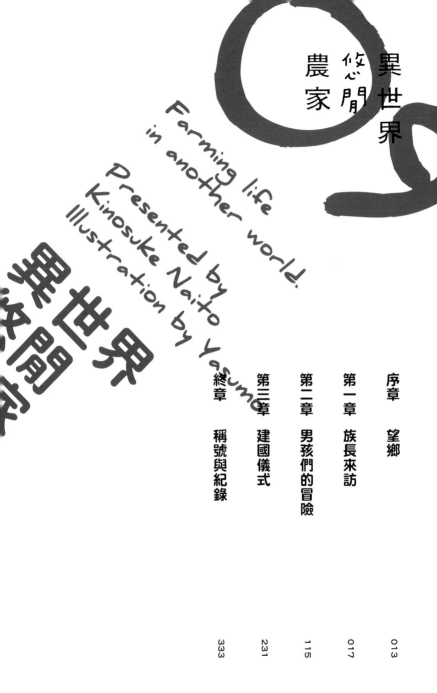

內藤騎之介

插畫 やすも

Farming life
in another world.

Kadokawa Fantastic Novels

異世界悠閒農家

Farming life in another world.

Prologue

Presented by
Kinosuke Naito
Illustration by
Yasumo

〔序章〕

望鄉

一覺醒來。

在我身邊，有我的妻子和許多小孩。

…………真幸福。

為了守住這份幸福，非得認真工作不可。

首先是巡邏地盤。

雖然沒什麼人會靠近，不過小心為上。

還有，如果敵人接近，就要挺身奮戰。這就是我的工作。

再來是確保糧食。

儘管我吃得不算多，但是妻子和小孩食量大嘛。妻子姑且不論，總不能讓小孩挨餓。努力確保吧。

還得修補住家才行。

我弄出來的家雖然沒那麼容易壞，但也不能打混。因為重視這個家的妻子會生氣嘛。生氣的妻子很恐怖……不、不過也很可愛。嗯，很可愛。

呼，真危險。

我的妻子是前任的女兒，已經在這裡住了百年以上，比我還要熟悉這一帶。
我運氣好，被這個地方的前任看上，接下了這塊地方。
前任出外旅行，不知道此刻在哪裡做些什麼。
我不擔心他，因為他比我還要強。大概是在某處盡自己的責任吧。
總有一天，我也得將這個地方交給弟妹，踏上旅途才行。這是我們一族的使命。
然而，現在重要的是疼愛妻女、保護這個地方。加油吧。
我很幸福。

⋯⋯⋯⋯

騙人的。
我有些不滿之處。
那就是吃飯。
我從小在優渥的環境中成長，因此對於吃很講究。
所以，這裡的食物實在不怎麼合我的胃口。我吃得不多也是因為這樣。
然而，由於使命在身，我已經下定決心要忘記那個味道。雖然下定了決心⋯⋯偶爾想起來時依舊會手足無措。

妻子和小孩似乎以為這是種新遊戲，沒注意到我的不滿，讓人實在難受。
我不知考慮過多少次要回母親身邊。
但是，我有責任在身。如果我拋下責任，還是為了這種理由回去，必定會被母親斥責。
回不去。
唉，我的兄弟姊妹是否也在體會同樣的痛苦呢？還有，真羨慕那些留在母親身邊的兄弟姊妹。
不過嘛，留在母親身邊，同樣要扛起很重要的責任就是了。
能不能好歹去拿點農作物回來呢？反正在這裡也能種嘛。
…………不、不行，不能留戀。乾脆點，澈底放棄吧。嗯，我有妻子和小孩，也有責任在身。
嗯嗯？
這股氣息是…………那些無禮之徒嗎？變得相當大呢。
由於在地盤之外，我很想放著不管，不過這也是責任之一，得確實解決掉才行。何況放著不管，日後會變得更麻煩。
…………怪了？
這邊的氣息是……真令人懷念…………是那三人的氣息。
這倒是非去見個面不可。儘管在地盤之外，不過打聲招呼應該還可以。

Chapter,1

Presented by
Kinosuke Naito
Illustration by
Yasumo

〔第一章〕

族長來訪

01.大樹村　02.死亡森林　03.魔王國監視站　04.北山　05.溫泉地　06.巨人族迷宮　07.半人蛇族迷宮　08.好林村　09.塔羅特村　10.修馬村　11.山　12.古爾古蘭德山　13.德萊姆的巢穴　14.鐵之森林　15.很少有人走的街道　16.夏沙多市鎮（有商港，魔王國名列前茅的大型城鎮）　17.魔王國主要街道（繞過死亡森林與鐵之森林，沿海鋪設）　18.海　19.（沿路前進並北上，可通往魔王國的王都）　20.魔王國王都　21.五號村

1 悠閒的冬季

冬天。

秋天忙著照顧出生的孩子們，所以沒什麼時間陪小黑牠們。

為了補足缺少的份，小黑向我撒嬌。

好乖、好乖，很寂寞是嗎？讓我抱抱你。哈哈哈。

……氣味有點重呢。好，我幫你洗個澡吧。

反正冬天幾乎都會待在屋裡吧？要是不弄乾淨，安不會給你好臉色喔。

就算安不給好臉色也沒關係？

別說這種話。一家人要好好相處。

洗完小黑之後，小雪、小黑一與小黑二等輪流進入澡堂。

小黑牠們不是要把身體洗乾淨，而是要讓我洗，所以不歡迎其他人來幫忙。

不過，只靠我一個人實在有點嚴苛。

好歹刷毛可以讓別人來吧？

阿爾弗雷德、蒂潔爾、烏爾莎、古拉兒與娜特，全都一隻手拿著刷子等著要幫忙。

於是小黑牠們一副「真沒辦法啊」的模樣，去孩子們那邊刷毛了。

稍微輕鬆了點。

不過，一小時頂多只能洗四隻，等待的隊伍……嗯，我不想看。

能不能讓別人也來幫忙洗啊？不行？除了洗澡之外，我也會陪你們玩啦。

要在天氣好的日子到外面玩？我知道了。

我和手邊有空的高等精靈與山精靈一起洗小黑牠們。變成了流水線作業，真是幫了大忙。

流水線最前面的高等精靈驚呼一聲。

我擔心出了什麼事，於是趕過去，發現小黑的子孫之一肚子上有個大傷口。

可能有段時間了，血已經凝固，傷口也癒合了……沒事吧？什麼時候受的傷？

秋天在森林打獵時，犯了點小錯誤？受傷了不要默不作聲，要向我報告。傷口或許會自己痊癒，但是放著不管可不好喔。

我一生氣，酒史萊姆就帶著雪白的神聖史萊姆趕到。

神聖史萊姆靠近受傷的小黑子孫，詠唱治療魔法。於是凝固的血塊剝落，留下漂亮的肌膚，傷口不見蹤影。受過傷的證據，只剩下那個部位沒長毛吧。

他們表示要等毛自然恢復。原來如此。雖然不太明白機制，但我明白了。

謝謝你，神聖史萊姆。也要謝謝帶神聖史萊姆過來的酒史萊姆。
所以，受傷的小黑子孫。今後要多加注意。
好乖、好乖，沒事就好。

我回去處理清洗作業，不過神聖史萊姆還在隊伍周圍晃來晃去。

…………

該不會還有其他小黑子孫隱瞞自己受傷的事吧？
剛剛的傷最嚴重？其他都是擦傷之類的，所以沒問題？
我相信你，但是別逞強喔。
如上所述，酒史萊姆和神聖史萊姆好像感情不錯……實際上怎麼樣呢？
我詢問躲在暗處看著酒史萊姆的聖女瑟蕾絲。
「我和牠比較要好。」
我並不是想問這個……算了，也罷。

入冬後不久。
露帶了幾個新加入的文官少女前往「夏沙多市鎮」。
新加入的文官少女們要去協助「夏沙多大屋頂」的會計工作。

露則是被找去「夏沙多市鎮」的伊弗魯斯學園。

似乎是那邊的人用某種新理論做了魔道具，想徵詢露的意見。

露也是老早就想跑一趟，和那邊的人交換一些有關新理論的意見。不過之前在懷孕，所以不方便。

她在秋天順利生產，身體也恢復了。

雖然因為不太想擱下剛出生的露普米莉娜出門，讓她煩惱了許久，但最後似乎決定交給安。

阿爾弗雷德也要幫忙照顧露普米莉娜嗎？謝謝你。當然，我也會幫忙。

露預定離開兩週，但也有可能延長。不過，好像無論如何都會在春天之前回來。

住宿地點是蓋在「夏沙多大屋頂」附近的旅館。

麻煩替我向「夏沙多市鎮」的馬可仕、寶菈與米優打聲招呼。

由於是冬天，所以我前往溫泉地和死靈騎士與獅子一家交流。

「大樹村」的牛和馬好像從秋季開始定期會來泡溫泉。比我還常來呢。

獅子的小孩們雖然個頭比雙親小，但已經是不折不扣的成獸尺寸了。也得幫你們找伴侶才行呢。

一隻有鬃毛，這是公的吧。另外兩隻是母的。

背上有翅膀，所以不能找一般的獅子對不對？沒問題嗎？等露回來之後，再找她商量吧。

死靈騎士們……看樣子不需要伴侶呢。就算需要，以魔法土裝備上肉體之後，看起來就是三個帥哥，應該不缺對象。

拜託別用那種英俊模樣跳奇怪的舞。雖然有趣，但總覺得很可惜。

呃，就算是這樣，你們那種知道自己長得帥的態度也令人很不爽喔。對我壁咚想怎樣？那邊的文官少女，不要尖叫。

一封信透過「五號村」輾轉送到蒂雅手裡。寄信人是天使族的族長，大概是琪亞比特的母親吧。

信的內容相當於「差不多該回來報告了」。

蒂雅讀完之後決定無視，把這封信扔了。

可是，格蘭瑪莉亞、可羅涅、庫德兒、琪亞比特、蘇爾琉與蘇爾蔻這六位天使族認為該找個人去報告，因而討論了起來。

我知道妳們需要討論，不過這種事該窩在暖桌裡談嗎？短棉襖看起來很暖呢。需要橘子嗎？知道了、知道了。柿子和梨子都還有剩，我幫妳們削皮吧。

決定好由誰回去之後告訴我，我會準備土產。

2 琪亞比特的返鄉與溝通

最後決定由琪亞比特回天使族的家鄉。

「我恨抽籤。」

儘管嘴裡說些和魔王差不多的話，不過既然決定了就不能拖拖拉拉，所以她正在準備。

「土產這樣就行了嗎？」

酒兩小桶、蜂蜜三小瓶，還有我親手雕的像。一尊約十五公分大的農業神像。不雕創造神行嗎？

「這尊看起來比較有福氣對吧？」

畢竟範本是開花爺爺（註：著名的日本童話）嘛。

算了，硬塞給人家不好。事先準備好的迷你創造神像，就等始祖大人來的時候給他吧。

另外，我還拿了一袋銀幣給琪亞比特當途中的交通費。

「會不會太多？」

「總比太少來得好吧？」

「話是這麼說沒錯……可以自由使用嗎？」

「是啊，隨妳高興。」

「知道了，謝謝。」

「回去的路上要小心喔。」

「好。那麼，我這就……雖然很想這麼說，她還沒好嗎？」

琪亞比特在等的東西，是蒂雅的信。

蒂雅原本打算不管，但在琪亞比特和我的說服之下，最後決定寫信。

我之所以幫忙說話，是因為琪亞比特表示：信不是要寫給天使族族長，而是寫給蒂雅的母親。

剛出生的奧蘿拉先不管，據說蒂雅似乎連蒂潔爾的事都沒告訴母親。

我起先以為她們母女關係惡劣，然而事情好像並非如此。唉，這大概就是所謂「複雜的關係」吧。

我原本不該介入這種事，不過既然是蒂雅的母親，也就是我的岳母嘛。

…………

等了約三十分鐘，蒂雅拿信過來。

她似乎相當煩惱，臉上滿是疲態。

琪亞比特接過信之後，當場拆開來看。

「喂、喂！」

我覺得這樣未免太沒禮貌而出聲，不過琪亞比特一臉傻眼地讓我看信。

…………

信裡面只寫了蒂雅和她母親的名字。

「……暗號？用火烤會出現的那種？」

聽到我的疑問，蒂雅別過頭去。

「要是不再寫一點，輔佐長會哭喔。」

輔佐長是蒂雅母親的職位。她好像和以前的琪亞比特一樣，在加雷特王國擔任巫女。

「這樣她就懂了。」

「……」

「知道了，我再寫一點。」

琪亞比特晚了一天才啟程。

送走琪亞比特之後，我一回到屋裡，小貓艾利爾就撲了上來。

漂亮的一擊使我當場倒地。

小貓們紛紛踩在倒地的我身上。

怎、怎麼啦？

貓姊姊們也踩上來了。

該不會是……最近這段時間沒陪牠們，所以生氣了？應該是生氣了吧？爪子都刺在我身上了。

抱歉。好啦，讓我摸摸妳們的下巴吧。背上也來一下怎麼樣？肚子……啊，那裡不行是吧。我知道，只是以為說不定能順勢摸兩把。耳朵後面沒問題對吧。哈哈哈。

我只有兩隻手，沒辦法同時摸八隻貓。能不能不要因為排在後面就用爪子抓我呀？相當痛耶。

我和牠們玩了大約兩小時。

相當累。

不過，牠們似乎已經心滿意足，真是太好了。

但是，魔王一來玩就跑去找魔王是怎樣？牠們在玩弄我嗎？

貓……萊基耶爾來到我身邊，告訴我沒這回事。好乖、好乖。

就算摸你肚子，你也不會生氣呢。雖然你討厭人家摸你尾巴根部就是了。我知道，不會摸那裡。開玩笑的，所以別咬啦。

陪完這些貓之後，我注意到幾隻小黑的子孫在看我，一臉期待的表情。

大概是看見剛剛的小貓們吧。

…………

慢著、慢著。你們該不會想撲倒我吧？考慮一下貓和你們的差別呀。你們有長角，貓沒有，懂嗎？

這樣啊，你們懂了是嗎，太好了。不過還是要撲呢。好痛。

我原本還在想：在貓與小黑的子孫們之後會輪到誰，結果是阿爾弗雷德他們。

知道了，我們來玩吧。

要玩什麼？想玩新遊戲？這個嘛…………

我挑了段竹子把竹節去掉，試著製作吹箭。箭矢是木製，類似粗牙籤那種感覺。

首先，大家聽好。

只能對靶子吹喔。千萬不要對有生命的東西吹。如果有人受傷，我就沒收。

我會準備很多種靶子喔。

普通的圓靶，還有命中會倒下那種。分數也試著寫上去了。數字你們會看吧？哈哈哈，不是瞧不起你們，這是確認你們的成長。

吹三發箭矢，比賽刺中位置的合計分數喔。

孩子們開心地玩著吹箭，高等精靈們則在旁邊以認真的神情看待吹箭。

「呵呵呵，真是令人懷念的武器呢。」

「只要在箭頭塗上哈洛里的毒……呵呵呵。」

「塗毒的溝槽挖在這裡行嗎？」

……有點恐怖。

然後，山精靈在幹什麼啊？用機械裝置是犯規喔。不需要什麼連發功能。

呃，不是六十連發就ＯＫ的意思……啊啊，孩子們用羨慕的眼神看向山精靈的機械。

烏爾莎，不要晃過去。不行喔。絕對不行。

咦？可以讓我發射？只要轉這個轉盤就能發射？…………只、只有一次喔。

大家一起開心地玩吹箭（？）。

順帶一提，隔天——

我一大早就開始陪沒有冬眠的座布團孩子們玩。

我知道。我可沒有忘記你們喔。

3 冬季某日

仰望冬季的天空，就看見火一郎用龍的模樣飛來飛去。這是飛行練習。

雖然已經飛得比之前好，不過還是有點慌，不夠穩定。

在火一郎身旁一起飛的，不是哈克蓮也不是萊美蓮，而是蒂雅。自從火一郎能飛之後，他和蒂雅突然變得很要好。是因為指導飛行的關係嗎？

我知道哈克蓮向來採取放任態度，不過萊美蓮在教育時意外地很嚴格呢。原本還以為她很寵火一郎。為什麼會這樣呢？

「因為有個還沒好好教她之前就離巢，之後差不多二十年沒回家的女兒。」

德斯告訴我理由。原來如此。因為擔心才嚴格是嗎？

「話說回來，那個女兒是？」

「火一郎的母親。」

哈克蓮嗎？這樣啊。

「第一個孩子突然離巢又下落不明，導致萊美蓮大鬧一場，引發相當不得了的騷動……等到騷動差不多平息時，哈克蓮卻若無其事地回來了。據說是吵架還什麼的……那個哈克蓮如今生了小孩，老老實實地過日子，光是這樣就像個奇蹟。」

從德斯的反應看來，當年似乎真的很辛苦。

嗯？正在飛的火一郎……打了個好大的噴嚏。同時噴出一道很大的火焰。

可能威力不大吧，火焰很快就消失，不過火一郎的嘴巴似乎灼傷了。他張開嘴給蒂雅看，讓蒂雅對他施放回復魔法。

相當會撒嬌。位在德斯旁邊的萊美蓮看蒂雅的眼神很恐怖。

哈克蓮……正在屋裡為烏爾莎和阿爾弗雷德上課。

這麼一來，最生氣的大概是我懷裡的蒂潔爾吧。

她一看見火一郎和蒂雅待在一起就溜出來，但是被我逮到了。

之後蒂潔爾一直在我懷裡鬧脾氣。看來靠我沒辦法安撫，等蒂雅回來之後拜託她吧。

火一郎的飛行練習持續了大約一小時。

途中哈克蓮跑來找蒂潔爾，但由於蒂潔爾的心情還是很糟，因此我提議今天就由我照料她………

不過蒂潔爾被哈克蓮抱回屋裡了。

………

爸爸有點寂寞。

落地的火一郎化為人類模樣，就這麼給蒂雅抱著。

蒂雅儘管說著「好乖、好乖」地安撫火一郎，但還是將他交給萊美蓮。是不是注意到視線啦？這麼一來，蒂雅大概不會來我這裡吧。嗯，去蒂潔爾那邊了。

麻煩妳了。

好啦，那我就替火一郎弄點熱湯暖暖身子……鬼人族女僕們已經準備好了。她們說是萊美蓮的指示。

…………

好，火一郎交給萊美蓮和德斯，我就回溫暖的房間吧。

一回到房間，就見到小黑與小雪從暖桌裡探出頭看著我。

妖精女王默默遞出空茶杯，要我幫她倒茶。

乖乖迎接我的，只有不死鳥幼雛艾基斯。

是不是因為沒窩進暖桌啊？好乖、好乖。

我將艾基斯放回暖桌上，替妖精女王的杯子倒入新茶，摸摸小黑與小雪從暖桌裡探出來的頭。

暖桌裡……是小貓們啊。別生氣，我這就關起來。

嗯，沒我的位置。

小黑拋來一個「要讓位嗎？」的眼神，不過在我開口之前牠應該沒打算動。

……

放棄。去幫忙準備晚餐吧。

反正廚房很暖和嘛。

是不是大家想得都一樣啊？廚房裡擠滿了人。

其實鬼人族女僕們前陣子開始研發能夠保存的食品。

起因是我做的多層漆器餐盒。由於有四層，所以相當大。我把能夠久放的餐點裝進去，弄成像日式年菜那樣。

當我端出來招待大家時，鬼人族女僕們問了有關年菜的事。

很遺憾，我對於年菜的食譜幾乎一無所知。

所以，我只能靠印象說明，告訴她們「有這種菜、是這種味道」，於是她們開始嘗試重現。

能讓我滿意的，大概只有蜜黑豆和栗子泥，其他都是些沒見過的奇妙菜色……但是味道並不差。我想吃數子，記得那是鯡魚卵吧。有沒有什麼能代替呢？

進不了廚房的我躲進工房，一邊思考這些一邊製作追加的餐盒。

「裝飾請交給我們。要上漆對吧。」

我和山精靈們一起作業。

「別弄出皮膚病喔。」

「請放心。上漆這種事，我們已經做差不多一百年了。」

長壽種族的工匠真是犯規對吧？她們上漆遠比我來得熟練。

唉，畢竟我是個外行人，不需要爭這種事。

「好～那我會努力做，交給妳們嘍。」

「好的。但是訂單不是只有十個嗎？」

「多做的份會賣到外面去。」

「了解。可是，會不會讓陽子小姐困擾啊？」

「啊……………那就不要賣，拿來送禮和回禮吧。」

會讓陽子困擾的部分，在於「大樹村」和外界的貿易差。

「大樹村」所生產的農作物、酒和工藝品，會透過「五號村」販售；相反地，「大樹村」幾乎不會向外界採購。

雖然大約從一年前開始，我們會向外界採購柴火當燃料，但是金額似乎完全沒辦法相提並論。

於是，錢不斷滾進「大樹村」。

這些錢並非交給我本人，而是寄放在「五號村」，但是倉庫因此增加太多造成了困擾。不久前，我覺得陽子的怨言實在太誇張而特地跑一趟，發現倉庫真的增加了。而且，裡面堆滿金幣、銀幣與寶石。

之前麥可先生也提醒過我，現金堆在倉庫裡不是什麼好事。

在春天到來之前，想點方法把錢花掉吧。

閒話　獸人族男孩們的學園生活　夏　艾琳

我的名字叫做艾琳，出身於魔王國子爵家，是家中的長女。

雖然遲早要嫁個配得上我的人，但始終無法決定對象。

為什麼呢？

「呃，不就是因為妳把每個上門的人都痛打一頓嗎？」

「說痛打一頓就太失禮嘍，父親大人。那可是正規的決鬥。我希望找個強得能保護我的丈夫，這種願望難道有錯嗎？」

「既然有這種想法，那妳能不能別再鍛鍊身體了？咱們家最強的人是妳，這點從各方面來說都很尷尬耶？」

「這可就怪了。魔王國貴族要的就是強大——這麼教導我的人，不就是父親大人您嗎？」

因此，我努力鍛鍊自己的劍術。

「對不起，關於這點，我得老實向妳道歉。那是因為妳年紀小又可愛，我不想把妳嫁出去。」

「那麼現在呢？」

「拜託妳快點嫁人。」

「我還沒到需要擔心的年齡呀？」

身為魔族的我們，對年齡沒那麼執著。

確實，如果已經一兩百年還未婚，自然會令人擔心；不過，我才二十一歲。

「在貴族的世界，十來歲就訂婚、結婚也沒什麼不可思議。」

「話是這麼說沒錯……」

我沒有未婚夫。不，原本有，但是我揍了他一頓。

「拜託妳嫁人，讓我可以放心。我已經不會在乎對方的地位還是什麼的了，就算妳嫁給平民，我也不會生氣。畢竟光是能讓妳願意嫁，就已經是奇蹟般的存在。」

「父親大人，看見你真的流下眼淚，讓人很難過耶……另外，不好意思，我對於自己的美貌多少還有點信心。」

這不是騙人。

人家說，只要我不開口又不動，就是百年難得一見的美女。只要我有那個心，想娶我為妻的人應該會蜂擁而至吧。

「妳什麼時候才會不開口又不動？妳就連睡覺時都會搞得天翻地覆，讓人家以為妳在鬧事耶？」
「一年好歹有個幾次。」
「艾琳，那就叫做沒有啊。」
啊，父親大人一臉已經死心的表情。接下來要談的可就長了，還是趕快溜回學園吧。那裡是我唯一能自由胡鬧的地方。
要說不滿之處，就是沒人能贏過我……不過我因為要相親，已經離開學園很長一段時間，好歹會多出一兩個打起來比較過癮的傢伙吧。
呵呵呵，真期待。

我輸了。
這就叫做秒殺嗎？以前我能打得對手毫無招架之力，這一次我居然什麼都做不到就輸了……
而且那個人還是個稚齡少年。獸人族嗎？原來如此、原來如此。
……
很好，我就認可你當我的丈夫吧。
怪了？那名少年在哪裡……？啊，找到了。我們話說到一半，他在幹什麼……他打飛了學園裡最優秀的魔法師羅薇雅。
……

這下子……事情不妙了呢。

羅薇雅和我一樣，是個公開宣稱只會嫁給比自己更強之人的女性。啊～那個眼神已經來不及了。完全是女人墜入情網的眼神。

但是我不准。他是我先看上的。

「能立刻召集到的士兵有多少？」

現身回應我呼喚的，是我們家引以為傲的管家。

「如果學生也行，應該可以湊到二十人左右吧。若是子爵家的正規兵只會有兩人，但如果您能夠等到明天，就可以召集到三十人左右。」

「不能等。用二十個學生逮住他。確保之後再和他交涉，要他當我丈夫。」

「恕屬下直言，大小姐。就憑二十個學生，不可能抓得住他。您可能因為先前不在所以不曉得，那名少年和武神格魯夫大人似乎是知交。」

「那位武神大人？」

我在「夏沙多市鎮」見識過武神格魯夫大人的力量。

強得沒道理。還沒交手，我就知道贏不了他。若不是格魯夫大人已婚，我大概會請他當我的丈夫。

「大約兩個月前，武神格魯夫大人拜訪那名少年……正確說來是包含那名少年在內的三名獸人族。他們似乎在做劍術訓練，不過很遺憾被發現了……」

「你嗎？」

「非常抱歉。」

「不，真不愧是武神格魯夫大人。」

「……非常抱歉。發現我的人，是那名少年。格魯夫大人則是放了我一馬。」

「我更想得到他了。不過，既然背後有武神格魯夫大人在，就不能動粗了呢。即使出動正規士兵，恐怕也不是對手吧？」

「是的。」

「那麼，出個主意。」

「包在屬下身上。屬下一定會助大小姐成功奪得夫婿。」

就這樣，我的校園生活變得多采多姿。

「咦？他是教師？」

「大小姐，拜託您，碰上陌生人時不要突然找對方麻煩。」

「正是因為這樣我才能遇上人家，你就別囉嗦了。教師和學生，嗯，沒有任何問題。」

間話　獸人族男孩們的學園生活　夏　羅薇雅

我的名字叫做羅薇雅，是加爾加魯德貴族學園的學生。

不是我自誇，有關攻擊魔法這方面的事，我自認是學園第一。

不是學生之中的第一，是學園中的第一。換句話說，比教師更厲害。

不不不，這真的不是自誇喔。世界很大，人外有人也沒什麼好奇怪的。不過嘛，以我來說，主要是受到親近的人——家兄的影響。

攻擊魔法雖然是我比較優秀，但是談到其他魔法，我就遠遠不如他。

原本就是因為這位兄長在學園裡任教，我才會入學……但是不知為何，他突然跑到其他學園去了。真遺憾。

我記得，他是去伊弗魯斯學園吧？那所學園最近才剛創立，家兄或許是受到了聘請也說不定。一想到這裡，就令我有些自豪。

離題了。也就是說，世上還有比我更優秀的人。這麼認為的我，聽到友人聊起某個話題。

「傳聞中的那個人說不定會威脅到羅薇雅的地位喔。」

譯）據說最近成為話題焦點的獸人族三兄弟也很擅長魔法。不知道他們和羅薇雅誰比較厲害耶？我很好奇。

…………

我也有點好奇。

但是，我不會主動挑戰對方。不論是誰比較強都沒關係不是嗎？如果對方想成為我的丈夫就另當別論了。

獸人族三兄弟之一正在我眼前戰鬥，而且轉眼間就贏了。對手是那個武鬥派的艾琳。

…………

艾琳輸了？艾琳是學園裡少數受到我認可的魔法使用者。只看攻擊魔法雖然是我比較厲害，然而攻擊魔法和劍術的搭配則是我不如艾琳。那個艾琳幾乎什麼都做不到就輸了。

豈有此理。

…………啊，應該是動了什麼手腳吧。

不過，似乎是艾琳挑戰對方……當場接受的他，應該沒空動手腳才對。

換句話說，事前已經做好準備？為什麼？那還用說。

艾琳早已公開宣稱：「如果想成為我的丈夫，先勝過我再說。」

…………

那個獸人族……看起來還是個少年。

雖然魔族不能用外表判斷年齡，但是看動作就知道，可以確定他比我弟弟還要年輕。不過，這傢伙很不簡單呢。為了追求艾琳，居然準備到這種地步。

…………

有點不爽。

艾琳確實是美女，而且胸部比我大。

但是，既然要在這所學園找老婆，不是也該向我求婚嗎？難不成是知道我的實力，所以逃了？雖然有可能，但是小小年紀就沒志氣實在令人遺憾。

身為學姊，我該稍微教育他一下。

「那邊的少年，舉起你的法杖吧。」

那個少年就是我命中注定的對象。沒想到，居然會以這種方式相遇。

當下大為動搖沒有立刻求婚，實在是失策。也因為這樣，我遭到艾琳妨礙。

不能饒恕。他可是我的丈夫。還不是丈夫？小事情不要在意，這是已經確定的未來。

至於我的丈夫，正和珂涅姬特聊得很開心。

珂涅姬特是大商人的女兒。她雖然是平民，卻獲准進這所貴族學園就讀。

據說她在經濟方面的知識是學園第一。

還有謠言指出，四天王裡掌管財務的荷．雷格大人也認同她的實力，畢業之後可能會成為四天王的部下。

實際上，她雖然還在學，不過好像幾乎每天都會去王城幫忙。

這人罕見地跑來學校，和我的丈夫裝熟。真是的，她是從哪裡打聽到我丈夫的傳聞啊？

不過嘛，我可不會慌張。我丈夫才不會因為這種人的誘惑就動搖。

嗯？珂涅姬特拿出了某樣東西呢。便當？原來如此，親手做的便當嗎？賣弄小聰明。

不過還真遺憾啊。這傢伙不知道我丈夫的廚藝有多好嗎？半吊子的料理只會帶來反效果……我的丈夫吃得很開心！怎麼可能！

她的廚藝居然那麼高超？啊，該不會！那個便當裡的肉……果然，那是殺人兔的肉！和我丈夫有關的情報不多，這是少數能確定他喜歡吃的東西！

唔嗯嗯，有點本事。居然能弄到殺人兔肉。

最近這種肉不知為何流通量增加，但還是屬於高級貨。

我明明也很努力想弄到手。

話說回來，打從剛剛就待在我旁邊的艾琳同學。妳有話要對我說，沒錯吧？

不，不是我的部下和妳的部下起衝突那件事……也不是去借浴室時的事。

沒錯，就是那方面的事。先減少競爭對手的人數吧。

我們的勝負留到之後再說。

雖然他已經確定會成為我的丈夫，但我可不認為通往那個未來的路很平坦。何況路途越是險峻，愛情就越是火熱。

「咦？他們三人原來不是親兄弟啊？」

這可不好。也得多留心一些他以外的事才行。

間話　獸人族男孩們的學園生活　夏　珂涅姬特

我的名字叫做珂涅姬特，魔王國王都最大商會會長的女兒。
設定上是這樣。
…………
對不起，我撒了謊。
我想結婚。
但是，我並沒有達觀到對象是誰都可以。
嚮往和一個還不錯的丈夫結婚也沒關係吧？而且，我終於找到對象了。
進入加爾加魯德貴族學園就讀，後來成為教師的獸人族男孩之一。他真的很優秀。不，他太優秀了。所以，我原本自認配不上他而哭著放棄……卻克制不住自己的心。
特別是，看見別的女性對他發動攻勢，會令我很難受。所以，我決定把羞恥心和旁人觀感都丟到一邊一決勝負。
沒問題，我還有可靠的夥伴。那就是前人智慧與努力的結晶，《男性攻略法》這本書。

要得到男性的心，就要靠料理。親手做的最好。

親手做的料理是指什麼？用動物的手當作食材嗎？啊，原來是指我做的料理啊。原來如此、原來如此……咦？料理不是該由廚師來做嗎？

和我做的拙劣料理相比，專業廚師做的要好吃得多，難道不是嗎？我不懂。

話又說回來，我的廚藝並沒有到能做飯給別人吃的水準，這點我很清楚。

…………

如果廚師按照我的指示來做，不就等於我親手做的嗎？想必不會有錯，就這麼辦吧。

要得到男性的心就要靠接觸。男性是種只要被女性碰觸就會高興的生物，因此積極地去碰！

…………

太放蕩了，我做不到。

不，倒也不是毫無興趣……可是沒辦法。我做不到。

啊，還有針對沒辦法碰觸的女性做補充，真是親切呢。

呃，首先挽著男性的手臂？雖然很棒，但是對我來說太難了。

其他還有……摸大腿？白痴嗎？要是碰得了那裡，什麼地方都能碰了吧！唉，就沒有比較正經的……邀對方跳舞？原來如此。如果兩人共舞，就能自然而然地接觸了呢。

…………

可是，由女性邀舞好嗎？這不是幾乎等於告白嗎？要我積極到這種地步？如果退縮，會被別的女人偷走？的確，這倒是有可能。

知道了，我盡力而為吧。

不過，跳舞啊……近期可能共舞的活動……沒有耶。既然沒有，就辦一個。僅此而已。呵呵呵，趕快寫份企畫書，取得學園的認可吧。夢想就在眼前。

好啦，這些先擺在一邊。

盤問一下從剛剛開始就一直攻擊我的那些小嘍囉吧。

飼主是誰？還是本人親自動手？現在的我可不會手下留情喔。

我的名字叫做珂涅姬特。這是假名，外表也是偽裝的。

我真正的名字是荷・雷格，魔王國四天王之一。

儘管早已從貴族學園畢業，但我再次入學了。

為什麼？單純為了轉換心情。幸好我十幾年前就這麼做了。

啊，我有向學園長報告喔。

畢竟我在這麼做的期間，還有逮到密探、抓出得意忘形的貴族子弟等功績嘛。

在「大樹村」看見他們時，還以為沒辦法出手……呵呵呵。唉呀，不好。不能掉以輕心。短期內要有禁酒的心理準備。

總而言之，我就接受兩位的聯手邀請吧。

雖然不甘心，但是四天王的工作也不能丟下。考慮到我不在學園的期間，這也是不得已。

對了、對了，關於我的事別說出去。

在學園的我是珂涅姬特，是個柔弱的女孩。

4 火一郎的失敗與我的失敗

小貓們正在對龍形態的火一郎發脾氣，很罕見的畫面。

不過這也是難免。因為火一郎在屋內變成龍，毀了建築物的一部分。

屋子蓋得相當大，但是被破壞的地點不巧，小貓們常用其中一個空房間來午睡。儘管寒冷的冬季期間不怎麼使用，但那裡終究是牠們中意的地方。

小貓們喵喵喵地對火一郎抱怨。連龍形態都不怕，還真是不簡單。不過，差不多也該原諒他了啦。

我會弄個新的箱子，代替被毀掉的房間。嗯，不但窄得恰到好處，裡面還會鋪上毯子。

當然，一隻一箱。這樣能讓妳們消氣了吧？那就好。

火一郎也差不多該變回人形態了吧？因為這樣沒辦法修理。好乖、好乖。

嗯………火一郎一恢復成人類模樣，就變得好冷。因為牆上有個洞。

小貓們已經消失得無影無蹤，趕快修理吧。

火一郎……哈克蓮來接了，所以就交給她。

這麼說來，為什麼火一郎要突然變成龍形態呢？火一郎用個大噴嚏來代替回應。

於是龍出現了。嗯，我懂了。然後，幸好這次是在屋子的正中央，建築物沒有受到損害。

「哈克蓮，妳沒事吧？」

「唉呀？擔心我嗎？」

哈克蓮抱著化為龍形的火一郎。

「當然擔心啊。沒事就好。所以說，火一郎這個症狀是？」

她說只是還不穩定，長大就沒事了。原來如此。

問題在於打噴嚏吧。感冒嗎？

還是說對什麼過敏……找到原因了。是這條髒被子。這是什麼？火一郎心愛的被單嗎？原來如此。

愛用是無妨，但是好歹要洗……火一郎表示不想洗。

因為喜歡被單這個角落的部分，洗了之後觸感會變……原來如此。

萊美蓮和安想把被單拿去洗，於是火一郎來到這個空房間藏被單。

這樣啊。嗯，我明白你重視這條被單的心情，但是髒到會打噴嚏就成問題了。拿去洗吧。

火一郎絕望的表情令人心痛。哈克蓮，之後交給妳了。

順帶一提，鬼人族女僕似乎早已掌握火一郎的行動，打算事後再回收藏起來的被單加以清洗。這麼做可能比較不會讓孩子怨恨吧。

嗯？烏爾莎在安慰火一郎。喔喔，看上去就是一對感情很好的姊弟。

還有，阿爾弗雷德羨慕地看著有烏爾莎哄的火一郎。嗯～孩子似乎在不知不覺間長大了。

房間由高等精靈們全體出動修理，因此半天就搞定了。

嗯，辛苦了。我也很努力喔。忙著為高等精靈們做午餐和晚餐。

晚餐後。

我窩在工房裡為小貓們製作箱子。

做箱子本身不難，難的是尺寸。

有的小貓喜歡那種令人擔心「會不會小了點啊？」的箱子，有的小貓喜歡寬敞的箱子。

邊聽意見邊做最好，但是小貓們不可能陪我一起做。

我打算多做一點，讓小貓們確保自己中意的。

不過貓很隨興，大概要數天後才會決定吧。在那之前箱子就先擺著。

萊基耶爾、珠兒，你們要是有中意的，窩進去也無妨喔。萊基耶爾喜歡寬敞的箱子是嗎？珠兒……

和萊基耶爾同一個箱子呢。感情真好。

露不在讓我有點寂寞。

感覺有點寂寞，我緊緊摟住就在旁邊的小黑。

她是打算蓋大型建築嗎？

我還來不及高興，她又帶著看起來有空的高等精靈和山精靈們再次出門了。

正當我這麼想時，露回家了。

隔天早上。

我和陽子、文官少女組商量儲藏在「大樹村」和「五號村」的現金該怎麼辦。

文官少女組先把商品擺在陽子的桌上。

柴火、木炭與玻璃瓶。

這些是目前「大樹村」透過「五號村」大量採購的物資。需要的量和預備的量會運來「大樹村」，剩下的則寄放在「五號村」，然而這些東西好像也和現金一樣多到滿出來了。

然後，文官少女組將商品擺到我面前的桌子上。

胡椒、味噌、醬油、油、布、酒、蜂蜜、藥、肉、小麥、大蒜、蘋果、橘子、茶葉、白菜、白蘿蔔、草莓、木工藝品、鐵製工藝品、鐵製武具、木材與柿餅。

這是「大樹村」、「一號村」、「二號村」、「三號村」與「四號村」外銷的東西。

布是座布團牠們織的；藥是露、蒂雅和芙蘿拉的研究成果，評估過後認為在外流通也無妨的那些；肉是在森林裡獵的兔子和野豬；木工藝品是我親手製作的小東西，有杯子、盤子和叉子等。鐵製工藝品與鐵製武具則是加特與弟子們做的。木材……純粹就是用「萬能農具」砍下來的林木吧。

「我們按照貿易額的順序做了排列，胡椒、味噌與醬油賺得最多。」

原來如此。我還在想怎麼沒有美乃滋，大概是因為改成在「五號村」製造，所以排除了吧。

不過，柿餅有賣那麼多嗎？大部分都被拉絲蒂吃掉了，感覺賣到外面的應該沒多少啊？

「這是按照貿易額多寡排列，列出柿餅則是因為它排在最後。」

原來是這麼回事啊，了解。

「把這些東西擺出來，是為了讓村長弄清楚現況。」

雖然簡單易懂，不過我自認還是有某種程度的認知啊……

「目前向外採購的柴火、木炭與玻璃瓶，貨款都由販賣柿餅的收入支付。」

……咦？

「換言之，其他部分全都是賺的。」

……………咦？

「雖然已經對『五號村』投入了資金，不過數字頂多只有白蘿蔔的銷售額。」

是這樣嗎？

「賺錢不是問題。問題在於，現金集中在一個地方不動。」

前陣子麥可先生對我提過，陽子也點頭同意。這不是保管的問題，而是經濟的問題。

「請您花錢。」

「我、我知道。」

總而言之，先增加採購柴火、木炭與玻璃瓶的經費吧……

「很遺憾，柴火、木炭與玻璃瓶的採購量已經到頂了。」

「咦？」

「柴火、木炭與玻璃瓶，是由商會聯盟來決定每年的產量。這麼做不僅是為了保護工匠，也是為了避免材料枯竭造成損害。」

特別是柴火和木炭，這兩者也是軍事物資，沒辦法勉強別人。

這樣啊。那麼，暫時別把村裡的農作物外銷……

「您想讓魔王國陷入混亂嗎？」

咦？我被狠狠地罵了一頓。陽子也說這樣太過分。

對不起。呃……我會好好思考。

這讓我明白自己對現況的認知有多天真。

5 金錢對策

我一邊吃著晚餐的火鍋，一邊思考該如何解決錢的問題。

說到要花很多錢……就是大型工程吧。道路、建築、水壩、堤防與防波堤。

「『五號村』周邊已經著手開發。除此之外，還要在哪裡進行工程嗎？」

優莉邊用筷子夾鍋裡的肉邊問。

「呃，『夏沙多市鎮』周邊之類的？」

「村長，這樣可不行。」

「咦？」

「不止『夏沙多市鎮』，大部分的地方都有代官或領主。」

「嗯，所以拜託那個代官或領主不就好了嗎？告訴他錢由我這邊出。」

「村長，容我確認一下。你打算侵略魔王國嗎？」

「咦？沒這回事，為什麼要問這麼危險的問題啊？」

「呃，要解釋的話就是……對代官或領主說『錢由我出，給我做指定的工程』這種話，是非常沒禮貌的行為。」

「咦？是這樣嗎？」

「是的。因為代官與領主的工作，就是徵收該地稅金，以及運用這些稅金。」

我的主意似乎等於正面否定代官與領主的做法。

所以，如果把這種話說出口，輕則暗殺，重則戰爭。

「請把領地想成住家。一個陌生人跑來說：『你家地板好像有些損傷，修一下怎麼樣？錢由我出喔。』就算出於善意，聽到這種話會高興的人應該不多吧？」

「說得也是。」

雖然可能有一部分人會高興地認為走運，不過大多數人應該會覺得是找碴。

「抱歉，是我思慮不周。」

「哪裡，我也是失敗很多次之後才弄懂。我出言不遜，還請多多包涵。」

優莉說著就把筷子伸向鍋裡的肉……肉沒了，所以加了肉。記得也要吃蔬菜。

可是，如果不能弄大型工程……該怎麼辦才好？

「捐款也不行嗎？」

這次回答我的人是芙勞。

「並不是不行，但是需要名義。」

「名義？」

「毫無理由就收到錢，會令人困擾。」

「是這樣嗎？」

「和方才優莉殿下說得一樣。而且，也有所謂適當的金額。」

「適當的金額？」

「是的。如果給太多，可能會變成瞧不起對方的經濟能力。」

「會這樣啊？我以為只要是捐款，不管收到多少都會高興耶？」

「舉例來說，假設……某位只是見過面的人，每年都會送來多得難以置信的白蘿蔔和馬鈴薯，村長會有什麼感覺？」

「原來如此。要是超出了分享的範圍，感覺就像在嫌我種的白蘿蔔和馬鈴薯不怎麼樣呢。」

「沒錯吧？錢很重要，因此需要錢時會找信得過的人通融。超出需求的捐款，有可能導致既存的人際關係崩潰，特別是勢力平衡的部分。如果對這方面不夠熟悉，還是別輕率出手比較好。」

芙勞下了這樣的結論後，又在鍋裡多放了一些年糕。這是第幾塊啦？我知道它很好吃，不過吃太多可不好喔。

大型工程和捐款都被打了回票。

「根據優莉和芙勞的說法，對『大樹村』和『五號村』以外的地方出手不是好選擇。」

「的確沒錯。」

文官少女組之一表示同意。

「問題的本質在於『大樹村』外銷優良商品，但是從外界……應該說從魔王國採購的金額太少，也就是維持貿易順差的狀態呢。」

她似乎喜歡蘑菇。

儘管她想丟一堆蘑菇到鍋裡，不過周圍的人認為湯會變黑所以反對。只有舞菇才會這樣啦。我知道了，另外準備專用的蘑菇鍋吧。不過，松露要記得切成薄片喔，直接下鍋實在有點……蔬菜也要放喔。

「不過貿易順差啊……既然如此，把『大樹村』商品的價格調降怎麼樣？這樣能不能多少改善一點狀況呢？」

「有價值的東西不宜用低於價值的價格販賣，否則會導致魔王國混亂、產業崩潰。」

文官少女組之一一邊確認切片松露的厚度，一邊表示反對。

現今價格似乎已經壓得相當低，要是再降價可能會讓魔王國的農家與工匠們困擾。

輕率降價不好。我明白了。

還有，我覺得松露再薄一點比較好喔。

「該怎麼辦呢？不賣也不行對吧？」

商品買家的意見，多數是希望增加流通量。所以，要是反過來不賣，可能會引發暴動。

「市面上流通的商品，價格大概會暴漲。如果想讓魔王國混亂，這麼做應該是個很有效的手段。」

來到桌旁的蒂雅這麼告訴我。
之所以晚到，是因為要餵奧蘿拉母乳。啊，露普米莉娜也餵了嗎？謝謝妳。
「所以說，這是在商量要怎麼拿下魔王國嗎？」
「不是。這裡很多人出身魔王國，拜託別說些奇怪的話。來個人幫蒂雅拿新盤子和新筷子，還有追加蔬菜盤。」
「肉盤也麻煩了。」
為了晚到的蒂雅，我暫時當起鍋奉行（註：形容吃火鍋時規矩多，舉凡下什麼食材、要如何加調味料，或是催促大家趕快吃的人）。
「關於金錢這點，投資文化是最佳選擇。」
在等待追加食材煮熟的期間，我詢問蒂雅的主意。
「文化？」
「對，好比說藝術。」
「哦哦，像是繪畫之類的嗎？」
「不止繪畫，音樂、戲劇、詩、文學和設計等，有許多種類。這些如果沒有當權者保護，大概都會消失吧。」
「原來如此。文化保護嗎，聽起來不壞呢。」

問題在於我並不是當權者，不過這點就擺一邊吧。

錢不是問題，我認為是個好主意。優莉、芙勞與其中一名文官少女也點頭。

「但是，像這樣的文化推手，應該多數都在當權者的庇護之下。」

蒂雅本人提出反對看法。

而且我能接受。還輪不到我採取行動，當權者早已著手保護文化了。

「所以不是提供庇護，把重點放在培育方面。建立文化類型的學校如何？」

「……文化類型的學校嗎……」

似乎很有趣……但是看來問題不少呢。像是由誰來教、學校設在哪裡之類的。大概還需要和魔王國協商吧。

「這不是能立刻實行的主意，所以當成數年後的目標。現階段……就收購用來妝點這所學校的繪畫、工藝品、書籍，還有寶石等，應該能花掉不少錢。」

按照蒂雅的說法，既然問題是現金儲存過多，那麼換成現金以外的東西，問題就解決了。

這樣就行了嗎？

「只不過，有可能被人家揶揄是在灑錢。」

蒂雅說著，把筷子伸向煮好的火鍋。

飯後。

「既然是文化保護，那就把運動也包含進去吧。」

我找來訪的魔王商量之後，他這麼表示：

「棒球的弱點在於非得湊齊球具不可。目前，只有具備一定程度經濟能力的人能參加，但是只要球具變得便宜，參加者應該就會變多。如果舉辦大規模的棒球大會，錢這種東西轉眼間就會消失喔。」

原來如此，可以當作參考。真不愧是魔王國的首腦。

題外話——

魔王與優莉的對話：

「優莉啊，妳該誇獎一下沒說出『想要捐款』這種話的我。」

「父親大人，這是理所當然的事。」

6 實行金錢對策

「把錢花在文化的保護和培育上面嗎？」

聽到我的結論，陽子很感興趣地點點頭，並且接著說：

「檯面上對吧。」

拜託別講得好像我背地裡做什麼壞事一樣。

「其實差不多呀？」

陽子哈哈一笑，把手伸向桌上的鯛魚燒。

這是我找加特和山精靈做的鯛魚燒烤盤的成果，裡面是豆沙餡。原本在煩惱要用紅豆沙還是有顆粒的紅豆泥，不過感覺會形成派閥之爭，所以由我獨斷決定了。

鯛魚燒是紅豆沙。相對地，車輪餅則是紅豆泥。車輪餅的烤盤也做好了。

「首先是關於表面上的文化保護培育事業。」

陽子說明計畫。

首先，拜託商人在各地收購美術品，但是對單一物品的收購價格設限。

雖然需要花錢，不過我沒有無謂浪費的興趣。這點有顧慮到我的想法。

但是，畢竟我不懂東西的價值嘛。另一方面也是為了避免受騙，所以需要對收購價設限。

「再來，需要有展示這些美術品的場館，也就是興建美術館。」

建設地點在「五號村」，等到冬季再蓋。

高等精靈們被露帶走了，所以我表示等她們回來再蓋就行，不過建設工程交給「五號村」的木匠們好像也無妨。

不，並不是因為我不信任「五號村」的木匠喔。單純是在我腦中「建設就等於高等精靈」的印象太強了而已。

美術館也對一般民眾開放。

藉由免費參觀，不但能宣揚「五號村」的財力，還能推廣文化。

就我個人來說，如果能讓畫圖的人增加就再好不過。

「嗯，另外還有享受音樂的人。」

「五號村」的美術館也附設劇場。除了展示美術品之外，同時也預定成為一個能讓人享受戲劇和音樂的地點。

還會一併設立蒂雅提議的文化類型學校。

只不過，那並非我想像中的學校，而是類似把一整棟樓都當成教室的感覺。與其說是學校，可能更接近私塾吧。

目前還不知道教師和學生怎麼辦，找麥可先生和魔王商量吧。

對了、對了，還有魔王提議的保護體育文化。

球具的量產雖然勉強搞得定，但是舉辦大會的地點就麻煩了呢。總而言之，先在「五號村」弄一個能夠打棒球的場地。

「差不多就這樣了吧？」

我出聲確認，陽子滿意地點點頭。

「哎呀，商人們多半會大張旗鼓地收購美術品，應該沒問題吧。」

花錢雖然很重要，但是讓周遭的人明白有在花錢似乎也很重要。

因此，要有表面上的行動。

「那麼，接著談檯面下的事。」

陽子顯得很愉快。

剛才也說過，我可沒有打什麼壞主意喔。只是這些方案雖然花錢，但看不見花錢的成效，或者說很難看見。

「首先是成立醫療團。」

這個世界的居民因為有治療魔法，所以比較不怕受傷，但是對於疾病、傳染病等則缺乏對抗能力。疾病雖然也能用魔法醫治，然而會用這種魔法的人並不多，除了魔法使用者外還需要貴重的藥物，導致收費高昂。一般平民不用說，金額甚至可能貴到連貴族也無法輕易支付。我打算設立一個解決這些問題的組織。

也就是醫療團。

招募志願者加以教育，平常會由數人周遊各地，治療病患。無視身分，治療免費。絕對不收費，寧可逃跑也不收。預定要是個完全出於善意的集團。

「有趣。不過弱點在於，要到能夠按照村長的期望活動，恐怕需要花上三十年左右。」

正因為如此，才變成檯面下。

「再來是成立料理文化團。」

這個世界的料理尚未發達。不過，這是我的觀點。

在這個世界的居民看來，他們有認真在做菜。證據就是，各地都有自己引以為傲的地方菜。我要找人調查這些菜色，並且加以記錄。

這是第一項任務。

第二項任務，則是研究各地的獨特調味料與料理手段。好吃與否先擺在一邊，我希望調查各地有些什麼樣的東西。

畢竟光靠我的知識在各方面都有極限，這些資訊說不定能帶來新菜色的點子。

最後的任務，則是傳播我所知道的料理知識。

儘管陽子表示「獨占這些知識賺錢比較好」，但是我希望基礎的料理方法能夠廣為人知。

如果人人都能吃到還算美味的食物，世上應該就不會再有爭執了。這或許是種天真的理想，但總比食物都很難吃的世界來得好。

「美味的料理增加是好事。」

陽子把紅豆餡放到鯛魚燒上面。這種吃法不是邪魔歪道嗎？

「接著是成立魔物調查團。」

這個世界有冒險者。那些打倒魔物與魔獸，藉此取得賞金和素材的人。

哎，雖然城鎮裡似乎也有那種什麼差事都接的人，不過說到冒險者主要還是指和魔物戰鬥的人，這種認知沒有錯。

這些冒險者呢，基本上隸屬於冒險者公會，所以我原先以為大家會透過這個公會分享種種情報。

然而實際上並非如此。

公會所做的，是支付冒險者賞金與管理委託，培育冒險者不在業務範圍內。雖然也有願意培育人才的公會，不過那完全是公會職員的興趣、副業。

因此，魔物與魔獸的情報需要向冒險者前輩打聽，這方面不受眷顧的冒險者則會落得悲慘的下場。

這倒是無妨。

畢竟冒險者有冒險者的做法，而且冒險者也有可能把魔物和魔獸的情報拿來做生意。我不會逼他們教我，所以我要自己調查。

於是有了魔物調查團。

不過，主要應該還是在各地僱用冒險者收集情報就是了。

「知道總比不知道來得好。如果曉得魔物和魔獸的分布圖，說不定就能開發安全的路線。」

陽子吃完鯛魚燒，向我要求再來一個。

很遺憾，我正在做章魚燒。

章魚燒用的烤盤也是我找加特和山精靈製作的。由於也有人討厭章魚，所以放章魚的只有一部分。大半都是放雞肉、魚肉與干貝等。

「甜點之後又端出這個，實在太奸詐了。」

妳嘴上這麼說，到頭來還是會吃吧。

「大概就這樣吧。檯面下的部分都很花時間，而且總金額雖然龐大，每年的花費卻不多。不過，感覺很有意思。」

「我想也是。」

而且每一項都不能公開進行。

至於理由，就是先前找人商量時優莉和芙勞提醒過的，這些都屬於無視各地代官與領主的行為。

「唉呀，反正已經向魔王和比傑爾解釋過，也得到他們的默許了。」

應該不至於出什麼大事吧。

「不過，要說大問題的話還是有喔。」

「是這樣嗎？」

「目前檯面上和檯面下加起來……就算將村長的期望做到最大限度也一樣，連預定金額一半的一半都花不掉。啊，慢著。別逃啊，村長。」

改天再研究吧——正當我這麼想的時候，需要錢的人出現了。是露。

「抱歉，由於錢不太夠，借我錢。」

7 料理教室與露的研究

露來找我借錢，而且金額不小。

我問要做什麼，她說是祕密。因為她很可愛，所以我原諒了她，錢也借她了。

畢竟現在有錢卻找不到地方花嘛。至少我相信她不會拿去做壞事。

過了一個月。

檯面上為了保護文化所做的美術品收集有所進展，建造美術館也很順利。

檯面下的醫療團、料理文化團與魔物調查團，則在確保人才這部分陷入了困境。不過，這都在預料之中，所以我不介意。我打算慢慢來。

替料理文化團確保人才的手段之一，就是在「五號村」開辦料理教室，由數名鬼人族女僕來負責擔任教師。

打算網羅的學生，則是在「五號村」活動的冒險者們。據說對於冒險者而言，所謂的料理基本上只有烤，而且是用大火烤到焦，再把烤焦的部分削掉吃其他沒事的部分。

原來如此。大概是從經驗得知生吃很危險，所以採取了應對措施吧。不過，這種調理方法會減少能吃的部分，而且不好吃。

烤之前灑下大量的鹽，卻把東西烤焦之後再削掉，這麼一來根本不曉得為什麼要灑鹽。拜託至少把鹽灑在要吃的部分。這麼做會鹹到吃不下去？呃～不是把鹽抹上去，而是稍微灑一點……的程度。

難怪開辦料理教室會讓格魯夫和達尬那麼高興。

「村長，參加料理教室的資格和費用怎麼辦？」

幫忙籌辦料理教室的其中一位文官少女跑來問我。

「只要住在『五號村』，就都可以免費參加吧。食材的經費由我出。」

「了解。『五號村』以外的人怎麼辦？」

「啊……準備捐款箱，請大家放點心意進去。」

「我知道了。」

於是料理教室就此開辦。不過第一次沒什麼人參加，大概就格魯夫和達尬叫了約十個心不甘情不願的人過來而已。

不過，舉行第二次、第三次以後，參加者逐漸增多，到了今天的第五次，已經來了三百人以上。他們並非都是冒險者，大概有一半是冒險者以外的居民。

這個料理教室明明只教基礎呀？我原本對此感到疑惑，不過考慮到「五號村」成立的原委，也就明白事情為什麼會這樣了。

這個城鎮才剛建立，住在這裡的人大多是基於某些理由而流落至此。雖然有廚師也有家庭主婦，但應該也有不會做菜的人。幸好有注意到這點。

料理教室大受好評，因此變成定期舉辦。

希望有一天可以不需要找鬼人族女僕，而是由「五號村」的居民擔任教師。

順帶一提，從第一次料理教室開始，我就以監督人員的身分參加。

…………

需要監督人員嗎？

「需要。擔任教師的鬼人族女僕們，她們的幹勁會天差地遠。」

是這樣嗎？

正當我在想冬季差不多要結束時，露意氣風發地回到「大樹村」。

「完成了。」

什麼東西啊？

在露的邀請下，我召集「大樹村」裡有空的人移動到「五號村」，然後從該處南下抵達海岸。

這裡就是之前萊美蓮為火一郎造帆船，然後看著船沉沒的地點。和我同行的萊美蓮可能想起了這件事，因此顯得不太高興。

目前在場的有我、露、蒂雅、達尬、德萊姆、德斯、萊美蓮、哈克蓮、阿爾弗雷德、蒂潔爾、烏爾莎、火一郎，以及一些有空的蜥蜴人、哈比族、半人牛族與半人馬族。另外還有之前被露帶走的高等精靈和山精靈。加特也在……似乎是在我不曉得的時候被帶走的。

剩下的……則是許多看起來很聰明的人。似乎是伊弗魯斯學園的關係人士。

「差不多嘍。老公，看那邊。」

露指著約一百公尺外的海面。

什麼也沒有。

我看向露，她露出自信的笑容。先前和露一起行動的高等精靈、山精靈與加特也充滿自信地笑了。

這是怎樣？

我再度看向海面……結果海面突然隆起。海裡有東西？咦？很大？

從海裡冒出來的東西，是一艘巨大的船。

不過以船來說，船身的上半部未免太空曠。相對地，上頭有著普通船隻沒有的東西。從兩舷長出來的兩隻巨大手臂是？

「這艘就是剛完成的萬能船喔。」

露向我炫耀……不過我比較希望先解釋那對巨大手臂。

「真是急性子呢。」

露揮舞手旗對船打信號，巨大手臂便擺了擺作為回應。

接著，那對巨大手臂靈巧地組裝起船的上半部，轉眼間就已張起風帆，成了一艘簡單易懂的船。

「因為有那雙工作臂，所以能迅速變形。」

露得意地挺起胸膛。

然後孩子們大為興奮，嚷嚷著：「好厲害、好厲害。」

一旁，蒂雅用恐怖的眼神盯著露。

「那艘船用上了我的魔像術對吧？」

「有、有拿來參考。」

露別開目光，不敢直視蒂雅。

嗯，現在的蒂雅很可怕。我明白露為什麼別開目光，之後記得向蒂雅道歉喔。

「咳咳。雖然它是一艘在水中、水面都能自由行動的萬能船，不過光是這樣還稱不上萬能。」

露再度揮動手旗，對船打信號。

船再度改變外型。

「『夏沙多市鎮』的伊弗魯斯學園，傾全校之力不斷研究的成果就是這個！」

萬能船的船身脫離海面、浮上空中。

周圍爆出歡呼，伊弗魯斯學園的關係人士則開心地互道：「成功啦。」高等精靈、山精靈與加特他們也伸手互握；孩子們則興奮到連他們在講什麼都聽不懂。

「能夠在水中、水面與空中自由移動的船，也就是萬能船！」

露再度得意地挺起胸膛。

「我分析了太陽城的飄浮原理之後，成功將它小型化到這種地步喔！」

很厲害嘛。我老實地說出感想。

「真不愧是露。」

我這句話說出口的瞬間，遠方傳來令人不舒服的「啪嘰」聲。

心想「該不會……」的我轉頭望去，發現聲音來自空中的萬能船……它歪了？

就在我冒出這個念頭的時候，萬能船已經斷成兩截，就這麼解體、掉落在海面上。

…………

呃、呃……

我看著露。她趴在地上，伊弗魯斯學園的人們則抱著頭，高等精靈、山精靈與加特也神情黯淡。方才表情很恐怖的蒂雅，也因為體恤露而什麼都沒說。

開口的是孩子們……應該說阿爾弗雷德。

「剛剛這個也是變形？還會再從海裡冒出來嗎？」

我彷彿看見趴在地上的露在吐血的幻覺。

8 吸血公主的船

萬能船上有四十名乘員，不過沒人受傷，大家都平安脫離。

我先前製作的降落傘大為活躍。什麼時候量產的？雖然要量產也沒關係啦。

露振作起來，召集附近的漁夫與海洋種族，指揮大家回收沉沒的殘骸。伊弗魯斯學園的人們似乎也回學校檢討問題所在了。

我們留在這裡只會礙事，所以決定撤退。高等精靈與山精靈為了回收殘骸而與露同行，加特則和我們一起返回「大樹村」。

之後過了一週。

露總算搞定善後工作，一回到大樹村就黏著我撒嬌。她大概很沮喪吧，不過我有點不好意思。

還有，小黑牠們羨慕地在旁邊看。等到露滿足之後，就輪到你們啦。現在就讓給露吧。

露的撒嬌持續了大約三天。
之所以會停止，則是因為被哈克蓮指出問題所在。不是講她撒嬌，而是講那艘墜落的萬能船。
「差不多該坦白了吧？」
哈克蓮在晚飯後的悠閒時間這麼說。
我、露、蒂雅、德萊姆、德斯與哈克蓮圍桌而坐。
對於哈克蓮這句話驚訝的只有我，其他人似乎早已知情。
「這是怎麼回事？」
「嘿嘿嘿。」
對於我的疑問，露以笑容敷衍。嗯，真可愛。
雖然可愛，不過希望妳好好回答問題。哈克蓮希望妳坦白什麼？
回答我的人是蒂雅。
「露造了船，船沉了，事情就此結束──哪有可能會這樣。」
德斯接著說：
「以那個結構看來，船能順利飛行的機率約為一半。只要做實驗就能立刻發現的缺點，居然放著不管。我不認為能夠將太陽城飛行系統小型化的人會沒注意到這種事。換句話說，船有必要在那個場合沉掉，是這樣沒錯吧？」

聽完德斯這番話，露舉雙手投降。

「其實，來自人類國家的密探變多了。」

露為我解釋。

不久之前，潛入「夏沙多大屋頂」、伊弗魯斯學園，以及「五號村」的密探似乎變多了。其中最受矚目的就是伊弗魯斯學園。

不過，防諜措施很完美，密探大多數都抓起來了。

「既然已經抓到了，不就沒問題了嗎？」

「剛好相反。正因為完全得不到情報，更讓人恐懼。」

露立刻解答了我的疑惑。

「所以說，我才會發表自己在這個國家做些什麼，並且讓人家看見我失敗。」

「那麼，那次墜毀是故意的嘍？」

「德斯大人說了，機率一半一半吧。無論成功或失敗都沒關係。不過嘛，我原本以為會成功就是了……果然強度上有問題呢。畢竟是直接用建造中的船，要說難免如此也是沒錯。」

露說出需要反省之處，但是我不太明白。

有一點令我很在意。

「所以可以想成那場墜落減少了人類國家的恐懼嗎？」

「暫時吧。伊弗魯斯學園研究飛行船，但是失敗了。『夏沙多大屋頂』與『五號村』賺的錢則是投入這項研究——他們應該會這麼向人類國家報告。」

「妳就是為了讓事情變成這樣，才會洩漏情報對吧？」

蒂雅開口確認。

「當然。我是利用墜毀假裝陷入混亂……實際上，一部分不知情的人也是真的驚慌失措。那場混亂裡安插了假情報。」

「在對方得手的情報裡，伊弗魯斯學園的研究規模差不多有多大？」

「規模會是實際上的十分之一，資金則是二十分之一。」

「這樣會穿幫吧？」

「不，這種規模也已經夠大了，聽報告的人恐怕不太願意相信吧。」

「伊弗魯斯學園到底變成怎樣啦？」

…………

雖然不太清楚，但似乎暫時不會有問題。真是太好了。

不過，露沉船是為了應付密探啊？原來如此。

「這是無妨，但是花了不少錢吧？另外，妳還向『五號村』借了錢，妳打算怎麼還？」

「嘿嘿。」

雖然可愛，但這種事可不能讓妳蒙混過去喔。

不對，要是露付不出來，就由「大樹村」支付，我會想辦法賺……

「開玩笑的。錢不成問題，伊弗魯斯學園的研究成果可以賺錢……借的錢大約十年就能還清了。」

「妳說賺得到錢……可是失敗了吧？」

「畢竟我們也不是只研究飛行船嘛。而且……」

露表示時間應該差不多了，把我們帶到外面。

德萊姆他們也要嗎？

「都奉陪到這裡了，就陪到最後吧。」

確實。

露的目的地是……村裡的迷宮？要用傳送門嗎？要去的地方不是溫泉地對吧？換言之是「五號村」？現在是晚上喔？

「就因為是晚上才好呀。」

「五號村」是個建立在小山上的城鎮。

傳送門出入口在小山的山頂。

「請看那邊。」

露指向夜空。兩個月亮很美，其中一個月亮變形了。

「咦？」

出現在月亮前方的是一艘船。很大的帆船。它在天上飛。

「完成版萬能船。雖然不需要拘泥於帆船外型，不過這麼做在下訂時比較好敷衍過去。」

搭乘在船上的是那些之前和露一起行動的高等精靈與山精靈們。

我還想她們怎麼沒回來，原來在那種地方。

「妳說完成版，所以那艘船也能變形嗎？」

「是的，在水面與水中都能自由行動喔。」

「沒有手臂耶？」

「不需要做成手臂的形狀吧？我讓手臂擬態成船板了。」

露得意地解說起這艘萬能船。不過，解說的對象不是我，而是德斯、德萊姆與哈克蓮。不，應該是德斯吧。

「原來如此。」

德斯點點頭。

「漂亮。真不愧是永生的吸血鬼。不，不止種族啊。妳讓我見識到了出類拔萃的智慧。」

「多謝您的誇獎。」

聽到德斯這句話，露恭敬地低下頭。

「那麼，您認可了嗎？」

「嗯，我允許那艘船在空中飛行。」
「非常感謝您。」
…………
呃，這是怎麼回事？
對於我的疑問，哈克蓮回答：
「魔道具的進化，是由龍族管理。因為以前這些東西曾經過度發達，把世界搞得一團亂。」
龍族似乎不是受命管理，而是自作主張。
會飛的船是古代就有的題材。在人們興建太陽城的時代，飛行船並不算罕見。然而，如今除了露造的萬能船之外，只有幾艘太陽城時代的遺物。
其中實際飛上天的，只有眼前的完成版萬能船。聽完哈克蓮的說明，我再度感受到露所做的事有多了不起。
「不過，要是它迅速普及可就麻煩了。這麼一來保有的飛行船數量，就等於一個國家的國力。以目前的狀況看來，恐怕就連魔王也覺得棘手吧。」
「我明白。接下來數百年，不會再建造新的船。那艘船也只會用在村子和太陽城……『四號村』的往返上。」
「嗯，那就好。那麼……這個數目吧？」

「如果可以，希望有這個數目。」

「不不不，那樣實在……麻煩接受這個數目。」

「那麼，就這麼辦。」

德斯和露以手指對話。他們在幹什麼？我看向哈克蓮。

「因為是順從龍族意向停止造船，所以要交涉這麼做的價碼。」

「錢嗎？」

「應該是魔道具的數量吧？雖然爸爸擁有的魔道具堆得像山一樣，應該不痛不癢……可是一旦給了露，就會做什麼奇怪的改造不是嗎？」

我也這麼想。

交涉似乎會拖很久。

不過，會飛的船啊。嗯，真帥。

那艘船以手旗向我們打信號，然後和出現時一樣消失無蹤。

「幻影術啊。術式很確實，可能用上了之前爸爸送給村子的魔道具吧？」

哈克蓮取笑了一下驚訝的我，同時開口解釋。

「用看的就知道嗎？」

「因為我看得到魔力的流動嘛。以前的是穩固而粗魯，現在則是微弱卻精密。多層結構居多也是以前的特徵吧。」

聽不太懂。

無論如何，露的飛行船研究並不是完全白費工夫，確實有所成果，只要明白這點就夠了。雖然這些技術想來能應用到許多方面，藉此賺錢……嗯，這些錢就用在伊弗魯斯學園上吧。

萬能船似乎是飛向「大樹村」。

但願能平安無事。

總而言之，等船抵達「大樹村」之後，就讓孩子們坐上去吧。

露隨著第一艘船墜落的威嚴，得讓它恢復才行。

閒話　影子

我沒有名字。只不過，人家叫我影子。就是這種存在。

當然，不是指街上的人叫我「影子先生」或「阿影」，影子是代號。

沒錯，我是密探。潛入目標地點，奪取情報的人。

我接獲上司的命令，潛入了「夏沙多市鎮」。

地點是剛成立的伊弗魯斯學園。聽說有一批地位崇高的學者、魔法權威之類的人聚集在這所學園，目的是查出他們在那裡做什麼。

我喬裝為擅長扮演的商人前往「夏沙多市鎮」，途中經過幾個城鎮留下身為行商的足跡。

咖哩真好吃。

抵達「夏沙多市鎮」之後，花了半年的成果就是這個。

不，不止咖哩，油炸物也很好吃。那種叫漢堡排的食物，簡直就是一場革命。沒想到裡面居然加了起司……超好吃。上頭放荷包蛋這點也棒透了。

總而言之，伊弗魯斯學園附近的「夏沙多大屋頂」，裡面那家叫做「馬菈」的核心店鋪，賣的東西真的很好吃。

要是交出這種報告，我的腦袋大概會被物理性地砍下來吧。畢竟我的上司開不起玩笑嘛。

雖然非得想個辦法不可，但我實在無能為力。畢竟伊弗魯斯學園的防諜體制毫無破綻。

伊弗魯斯學園的關係人士鮮少離開伊弗魯斯學園，能夠出入的人也有所限制，就連上門推銷也有專門的窗口與接待人員，完全沒有機會接觸內部的人。

這半年間我之所以都在寫美食報告，則是因為伊弗魯斯學園的關係人士會到「馬菈」吃飯。

雖然也有靠「馬菈」外送的人所以不算完美，但已經能確認到不少人。

同時能夠確認到的，還有這個城市裡的密探人數。我所屬的國家、魔王國、其他十二個國家，再加上所屬不明的，總共超過兩百人。我能掌握到的部分是這個數字，說不定還有更多。

所有人都和我一樣，企圖調查伊弗魯斯學園。如果和他們聯手，說不定有辦法解決我的困境，然而就算對方是我國密探，我們也不會套交情。這就是密探。

不過，也沒必要與其他人為敵。

儘管所屬單位不同，我們都身負同樣的任務，不該浪費力氣。我們對彼此有這種程度的信任。

「第六屆不見光者保齡球大會！」

上次只差一點。這次我打算以優勝為目標。

唉呀，我不是在玩喔。這也是任務。我在從其他密探那裡蒐集情報。

要不要試著改變球的重量呢？還有，必須調查當天誰負責打蠟才行。這部分意外地因人而異呢。

弄到重要的情報了。

似乎成立了一支由伊弗魯斯學園關係人士組成的棒球隊。

所謂的棒球，就是目前「夏沙多市鎮」正熱門的運動，光是旁觀也很有趣。

就我個人來說，比較喜歡靠快腿擾亂對手的隊伍。雖然不討厭揮大棒的隊伍，但是這種隊伍實在不太會贏球。能夠贏球的隊伍，打者在上壘之後也會盡自己的責任。

伊弗魯斯學園的關係人士參加這項運動……我對周圍的密探使了個眼色。看來大家想得都一樣。棒球隊，不見光鯨軍成立。

猛虎魔王軍好強。

該死，那個投手是怎樣啊。還以為只是個獸人族少年，投出來的球卻很厲害。

球路刁鑽應該是捕手的指示吧。這支隊伍的捕手以智取對手聞名。他長相和鄰國的先王很像，是不是親戚還什麼的啊？

即使勉強打中球，也還有紮實的守備。到頭來，我們連一分都拿不到就輸了，真不甘心。

不過在對方監督的邀請下，大家一起到「馬菈」吃飯。一邊回顧比賽需要反省之處，一邊提出今後的目標。

嗯，全隊都不太會接滾地球呢，必須多練習才行。

咦？那位擔任投手的少年，是王都某所學園的教師？好厲害啊。

查出了重大事實。

伊弗魯斯學園裡，確認到了露露西的身影。

露露西．露，種族是吸血鬼，別名吸血公主，魔法、魔道具與醫學等方面的大權威。

這段時間都沒看見她露面，什麼時候投靠魔王國的？雖然人類國家對於亞人種待遇不佳，然而不把這點當一回事照樣活動才是露露西的作風吧？

唔，我還有點迷她耶。

只是個密探的我什麼都做不了，真不甘心。

露露西的舉動十分顯眼。

她買下建造中的船之後，突然僱用大量的人手，開始改造船隻。

是要把船造完嗎？還能看見很多伊弗魯斯學園的人。

我原本考慮喬裝成工匠混進去，最後決定放棄。因為比我先喬裝成工匠的密探被抓了。

這表示戒備森嚴啊……換句話說，他們要製造相當重要的東西。這可得盯好。

…………

我自認有盯好，可是不知不覺間又冒出大批精靈。

她們迅速加入建造行列，是哪個種族的精靈啊？作業速度完全不一樣，轉眼間就成了工匠們的領袖。看來是很優秀的工匠。

不好，戒備變得更嚴了。看樣子連觀察建造過程都不行了呢。必須想個辦法才行。

確認到露露西身影的第七十天。

露露西所做的事，以及伊弗魯斯學園所做的事，終於查清楚了。

研究飛行船。

老實說，這是個很有歷史的題材了，並不罕見。

我偷看了應該是極機密的實驗現場。船從海中登場時雖然令人驚訝，不過僅此而已。這樣有什麼意義嗎？

船飛上天，還以為實驗成功時……卻失敗了。變得七零八落的船隻沉入海中。果然啊。

過去飛行船的研究已經進行過無數次，然而成功的案例非常少。光是飛得起來就值得讚賞了吧。

至於我該調查的，則是今後有沒有成功的希望，還有建造那艘變得七零八落的船花了多少錢。

畢竟這次實驗的失敗，應該造成了不少混亂嘛。至少這部分調查得到吧。話雖如此，要混進伊弗魯斯學園還是沒辦法……但是原本不該讓別人看到的重要數字外流了。

那是有關學園規模與這艘船的數字。這點我們可不會錯過。

咦？錯過了？真沒辦法啊。人活在世上就要互相幫助，我把情報也分給其他錯過的人。

我姑且也考慮過這是假情報的可能性，不過負責判斷的不是我，而是上司。

就我個人的看法，數字似乎大了點，應該是打腫臉充胖子給外人看的吧。另外，有關飛行船的重要零件，似乎在那場失敗裡毀了。

換句話說，研究會繼續，但不會立刻建造下一艘飛行船。

向參與回收飛行船殘骸的海洋種族求證後，得到的證詞也相符。

「一顆大到能用雙手環抱的球變成兩半啦。那些地位很高的老師看見之後哭倒在地喔。」

這顆很大的球，應該就是飛行船的重要零件吧。

那是魔石嗎？還是魔道具？如果可以，希望至少能拿塊碎片回國，不過好像全都回收了。唉，這也是理所當然。總而言之，這麼一來我就可以交份像樣的報告給上司了。

先送一份快報，之後再整理詳細的情報發送。這麼一來我的任務就結束了吧？如果可以，真想就這樣繼續在「夏沙多市鎮」潛伏啊。

若要回去，希望能在回去之前，和伊弗魯斯學園關係人士組成的學者蜘蛛軍再次交手。畢竟我們勝少敗多嘛。

還有，我想學會他們投的魔球再離開。那個叫「滑球」的是什麼鬼啊？單純握法不同就能投出那種球嗎？

我沒有名字，只是被稱為影子的存在。

「喂～阿影。加雷特王國那些人準備回去了，要辦歡送會喔～」

「咦？真的假的？要變冷清了呢。慢著，那些傢伙要是回國，不就沒有投手和捕手了嗎！」

我依然在「夏沙多市鎮」當密探。

閒話 返鄉

我的名字叫做琪亞比特，是天使族族長的女兒。

同時也是加雷特王國的前任天翼巫女，因此還算有些地位，是個大人物。

在我面前，有個表情很恐怖的女性。

輔佐長。天翼巫女輔佐人員的領袖，蒂雅的母親琳夏。

她平常是一位冷靜的女性……看來是我說錯話了。

「琪亞比特大人，我剛剛沒聽清楚，可以麻煩妳再說一次嗎？」

騙人的吧。要是沒聽清楚，才不會露出這種表情。不，沒事。我這就說。

「蒂雅忙著照顧出生不久的第二個孩子，沒辦法回來。」

……哎呀？她陷入沉思耶。有什麼事需要長考嗎？

「琪亞比特大人，容我確認一下……妳說的第二個孩子是誰生的？」

「咦？蒂雅啊。」

為什麼要問這種理所當然的問題？

……怪了？該不會？雖然我知道蒂雅沒告訴她小孩的事……

「難道說……妳應該知道蒂雅結婚了～對吧？」

最後我裝可愛，但是行不通。

「不知道。」

不知道為什麼我挨罵了。真的搞不懂。好歹我也是妳的前上司耶。我原本可是天翼巫女喔？有鑑於這點，妳最好改一下自己的態……不，沒事。

是，明白了。我會告訴蒂雅。不不不，我有確實和家母聯絡喔。我有告訴她，自己看上的男性還年輕，數年內恐怕難以成婚。

對了、對了，我都忘了。這是蒂雅給輔佐長的信。嗯，很難得對吧。我費盡苦心要她寫的。哦哦，高興了、高興了。就算假裝冷靜也沒用喔。妳背後的翅膀拍個不停。

要是先把這封信交出去，挨罵的時間應該會減半吧。真是失策。

不，真要說起來，為什麼我必須因為蒂雅疏忽報告而挨罵啊？

我不該因為前職場很近，就趁著返鄉時來露個臉。還是趕快離開這裡，回到我溫暖的家…………輔佐長，為什麼要抓住我的翅膀啊？翅膀被妳抓著我沒辦法飛耶？

「我的孫子叫什麼名字？幾歲了？長相呢？這部分麻煩說清楚一點。」

這種事就看信……那封信還被輔佐長小心翼翼地拿在手裡。

「妳不看信嗎？」

「她可是蒂雅呀。她不可能會把這種事寫在信裡。」

還真是種奇怪的信賴呢。

「輔佐長，雖然有很多話想和妳談，但是我還要和家母見面。」

「妳的母親就在神殿裡喔。」

「咦？」

「妳辭掉巫女之後，決定不了繼任人選，所以由瑪爾比特臨時接手了。」

瑪爾比特是我母親的名字。

…………

「妳說決定不了繼任人選，為什麼？」

「沒有為什麼。在妳腦中，接班人選有誰？」

「咦？這個嘛，以實力看來是格蘭瑪莉亞、庫德兒與可羅涅，再來是稍微弱了一點的蘇爾琉和蘇爾蔻姊妹……啊！」

「我想到的也是她們。但是，所有人都聯絡不上。話說回來，妳知道她們在什麼地方嗎？」

呃、呃……該怎麼辦呢。

「知道是嗎？很好。全都招出來。不過，在這之前先談談我的孫子。來吧。」

…………

我明明天剛亮就抵達，卻等到傍晚才獲釋。

母親已經先回到家了。

「為什麼不來救我啊！」

即使我這麼說，她也只是笑著敷衍我。我知道，畢竟媽媽也拿輔佐長沒轍嘛。

不過，我和媽媽都承認輔佐長很能幹……應該說，如果沒有她，天使族之里就無法運作。

和加雷特王國交涉幾乎由她一手包辦，長老們也是交給她應付。

要是她把工作丟一邊，那就真的糟了。

因此母親大概也不想觸怒輔佐長。

我懂。我雖然懂，卻不能原諒。我要刪減給母親的土產。

「小琪～歡迎回家～」

是母親。母親都叫我小琪。儘管我一再提醒她，但她總是不肯改口。我已經死心了。

「我回來了。土產送到了嗎？還得分給鄰居才行，不可以吃喔。」

「我知道啦。晚餐就由我一展身手，好好期待吧～」

「慢著，如果要下廚就用土產裡的調味料。最近不加這些東西，就會讓我覺得食之無味。」

「之前妳拿回來那個嗎？用那個做菜很好吃耶。最近是不是改在『五號村』生產，然後拿到『夏沙多市鎮』販賣啦？」

「母親，拜託別試探妳女兒。這部分的情報我不會告訴妳。」
「呵呵，這只是單純的疑問啦。啊，我已經先把土產裡的調味料拿走了。」
「……真是的。我會期待晚餐的。」
「包在我身上～」
母親的廚藝得到眾人一致的好評。
……………原本是眾人一致的。唔，我的舌頭被養刁了。對不起，母親。

「好啦，小琪。很高興妳回家，不過出了什麼事嗎？」
「妳問我『怎麼啦』，那還用說……怪了？」
究竟出了什麼事？開端是媽媽的信。蒂雅讀完之後決定無視，因此需要有人回來報告，然後抽籤決定由我……
為什麼我要參加抽籤啊！
「小琪，妳突然那麼激動很可怕耶。」
「對、對不起。我之所以回來，是因為想念母親呀。」
嗯，沒錯。我想回來探望母親。
絕對不是因為暖桌和橘子讓腦袋變遲鈍了。
「這樣啊，真開心。」

為了母親著想，這是最佳回答。
「所以呢，我什麼時候可以看到孫子？」
…………
「之前也說過，我看上的男性還年輕，恐怕還得至少再等上十年。」
「小琪，妳之前不是說盯上了他的爸爸嗎？」
「競爭對手實在太多了。」
「這樣啊，真是遺憾呢。話說回來……以前，我有個朋友和妳說過一樣的話。」
「咦？」
「如果父親不行，就等兒子。要是兒子不行，再等他的兒子……到頭來，她始終沒能結婚。」
「我、我會盡力不讓事情發展成這樣。」
「加油喔。還有，不好意思妳剛回來就有事，能麻煩妳跑一趟西邊嗎？」
「出了什麼事嗎？」
「好像是勇者怪怪的喔。」
「勇者怪怪的？」
「沒錯。我們所知的每一個勇者都是。」
「恕我直言，勇者不是本來就怪嗎？」
「話是這麼說沒錯，不過這回似乎有點嚴重。不過嘛，我們在意的，是拜託其中一組勇者處理不死生物的委託被丟著不管。」
「而那件委託的地點在西邊。」
「對。離這邊約兩週路程的地方。可以帶五個幫手過去，能拜託妳嗎？」
「知道了，我明天就出發。還有，關於勇者……是怎麼個怪法？嚴重是指？」
「這可是祕密喔。畢竟是極機密的案子嘛。」
「我知道，我不會對別人說。」
「這樣啊，那我就告訴妳嘍。」
…………
聽完之後，我吃了一驚。事情真的很嚴重。

9 建設專用池與瑪爾比特

從天使族之里歸來的琪亞比特窩進暖桌鬧脾氣。
「怎麼了嗎？」
「好像是因為，她在天使族之里聽到的機密我們早就知道，所以很不爽。」
格蘭瑪莉亞邊吃橘子邊告訴我。原來如此。

「那麼旁邊這位是？」

我看向琪亞比特身旁的陌生天使族。

「琪亞比特的母親瑪爾比特，天使族族長。」

哦～還真年輕耶。

「小琪、小琪，這裡有個老爺爺自稱龍王（Emperor Dragon）耶。」

「他是本人喔。」

「那麼，長得和科林教宗主很像的人也是？」

「是本人。」

「那個在和貓玩，人家叫他魔王的也是？」

「是本人。」

「在這張暖桌上窩成一團、那隻充滿神聖氣息的是……」

「不死鳥幼雛艾基斯。牠很受哈比族歡迎喔。」

「從剛才就一直在我後面監視、那隻長得很像地獄狼的狗是？」

「很遺憾，就是地獄狼。呃……是小黑四吧。牠很會下棋喔。」

「棋是指……這個遊戲？地獄狼會玩？」

「沒錯。啊，要是在這時候拿起棋子，會讓小黑四很期待……來不及了。牠已經進入對戰模式，逃不掉了。」

「咦？咦？咦？」

「加油吧。規則寫在這塊板子上。順帶一提，我從來沒贏過牠。」

「我會加油……不過小琪啊，這個村子到底是怎麼回事？」

「到底是怎麼回事呢～還有，稍微找一下應該還可以看到吸血公主和守門龍，但是不要想太多對心理健康比較好喔。啊，幫我拿個橘子。」

琪亞比特的母親要和小黑四下棋。她好像是初學者，沒問題嗎？

雖然在意，不過我還有自己的工作。先打聲招呼，之後再好好聊一下吧。

…………

機密案件是什麼啊？我可以聽嗎？

我的工作內容，就是弄出一個保管萬能船的地方。

萬能船的外型是船，所以需要供它停泊的水域。

目前它停在村子的蓄水池裡。雖然也有人認為停在蓄水池就好，不過最後還是決定闢一個專用池。因為山精靈們主張：為了清掃船底，弄一個能把水放掉的池子比較方便。

我聽了恍然大悟，也表示贊成。

於是，我用「萬能農具」把地面耕軟，然後讓萬能船把側壁變形為手臂運土。船自己打造居所看起來很好笑，不過我已經習慣了。

地點在村子南邊，大樹迷宮入口的西邊。

萬能船是全長二十公尺、寬八公尺的常見帆船造型。專用池差不多前後左右各比船多上五公尺左右，深度則是乾脆挖到十公尺。

池底擺了用來安置船的底座。我和山精靈們弄了個升降底座的裝置。

「為了避免摔進池裡，池子周圍需要柵欄。」

也對。畢竟十公尺很深，就算有水也還是很危險吧。

為了避免孩子們誤闖，我沒有單純把圓木放倒，而是做了個完整的圍欄。

「這樣的話，就會想要再弄個搭船用的裝置呢。」

雖然我覺得用不著裝置，不過卸貨變輕鬆是好事。

這艘萬能船已經決定用在往來「四號村」——太陽城。

這麼一來，不需要拜託龍族也能運輸大量貨物了。

至於船員，經過一番商量之後，由「四號村」惡魔族與夢魔族的志願者擔任。

預定由墨丘利種的成員之一當船長，而他們正在「四號村」進行無船練習。

萬能船似乎具備一定程度的自動功能，操作容易，這是為了萬一時的考量。等到座布團醒來之後，再拜託牠做船長服和船員服吧。

呼，好冷。畢竟還是冬天嘛。

正在使用「萬能農具」的我不要緊，但是其他人應該覺得很冷吧。
適度休息烤個火……沒人休息呢。
大家使出全力作業，而且笑容燦爛。
雖然笑容很燦爛，不過身體令人擔心。要不要為大家弄點熱湯啊？

晚餐時。

我正式問候琪亞比特的母親。
「我是火樂。」
「方才不知您是這個村子的村長，還請您原諒我的失禮。」
失禮？她對我做了什麼嗎？
琪亞比特在旁補充：
「她說自己沉浸在棋局裡，對於村長的招呼只有舉個手回應這點。」
「什麼啊，原來是這種事。不用在意啦。」
「我也這麼說。」
「不，方才的失禮，我一定會讓我的女兒琪亞比特償還。」
「咦？母親？」
「小琪、小琪，眼前有這種人才卻以人家的兒子為目標，媽媽好傷心。」

「不，媽媽妳不也隨便應付人家的招呼嗎？」

「我剛剛沒看清楚嘛。」

「把這個當藉口也……」

「無論如何，他一看就知道是個好男人。要不是身為族長，我就自己進攻……乾脆把族長讓給小琪，由我……」

「母親、母親。妳把父親忘了嗎？」

「我們死別已是三百年前耶？妳不覺得差不多可以有新戀情了嗎？」

「對這種敏感話題我不打算多說什麼，但是拜託別在女兒面前講。」

「唉呀，是嗎？那麼，小琪妳加油喔。」

「咦？」

「就是這麼回事，村長先生。小琪就麻煩你多關照嘍。小琪，放心吧。只要妳進攻就會淪陷。對自己的長相和身材有點信心。」

「呃，我並不是沒有自信……但是村長已經有很多老婆了。」

「蒂雅也是其中之一對吧？真不愧是她。真希望妳效法一下她的行動力。啊～格蘭瑪莉亞、庫德兒和可羅涅也是。原來如此、原來如此。難怪小琪贏不了。」

「才、才不是贏不了！我只是想按照天使族的傳統，建立兩個人的幸福家庭……」

「父親是這樣，兒子很可能也差不多是這樣喔。」

「……」

「想要符合小琪的期望，是不是得等幾千年啊？」

「嗚嗚嗚。」

呃……

拜託別當著我的面把女兒推過來。還有，妳說只要進攻就會淪陷，我的意志可是像鋼鐵一樣堅固喔。雖然沒有實績。

「話說回來，瑪爾比特女士。」

「直接叫我瑪爾比特就好，說話不需要太客氣喔。」

「這樣啊。那麼，瑪爾比特。妳和琪亞比特同來有什麼目的嗎？觀光？」

「沒有。其實待在天使族之里的蒂雅母親很敬業，是個把工作擺在私情之前的人。」

「？妳想逃離蒂雅的母親嗎？」

「這也是原因之一啦……只要我待在這裡，她就會追來。」

「……啊，是為了讓她和蒂雅，以及蒂潔爾、奧蘿拉見面？」

「是的。所以，希望能讓我再停留幾天。」

「若是這種理由，我很歡迎。別說幾天……」

我原本想表示可以一直待下去，但是說到一半就打住了。因為琪亞比特迅速以雙手比了個叉。

「別說幾天……要留到春天都無妨喔。」

「謝謝您。話說回來，這裡的酒真好喝呢。和小琪帶回家的土產，又有種不一樣的深度。」

「這是五年前釀好的。雖然我感覺放得還不夠久……」

「要忍五年不喝想必很辛苦吧。販賣的價格是？」

「只要一瓶的話，可以當成土產送妳。如果需要量……詳情請問負責人，我會交代幫妳打個折。」

「那就麻煩您了。」

晚餐時，我和瑪爾比特聊得很愉快。

10 琳夏與勇者話題

隔天。

蒂雅的母親琳夏抵達「大樹村」。

比預期得還要快。

「那是什麼啊？」

瑪爾比特問道。

「是什麼呢？」

琪亞比特表示不知道。我則是很清楚。

在兩人面前，蒂雅之母琳夏和德斯、萊美蓮、德萊姆、魔王與始祖大人等人一起喝酒。

這是父母親的聚會。別名：兒孫好可愛會。

琳夏上午抵達村子後，一邊向我打招呼一邊揍倒瑪爾比特，並且對琪亞比特說教。

「那個，為什麼連我也要挨罵啊？」

「因為妳答應瑪爾比特同行啊。」

「非常抱歉。」

琳夏雖然是蒂雅的母親，不過看起來很年輕。瑪爾比特也一樣，或許是因為天使族基本上都青春永駐吧。

說感覺像是酷一點、胸部小一點的蒂雅，會不會很失禮啊？然後，琳夏和蒂雅見面了。雙方對看了大約一小時。

表情……兩人都很普通。她們在互瞪？

「那是怎樣？」

「那對母女向來都是那樣。」

正在對瑪爾比特施放治療魔法的琪亞比特回答我。

「她們並不是感情不好對吧？」

我記得之前聽過。

「嗯。因為害羞而不知道該說什麼，就變成那樣了。」

害羞？那樣叫害羞嗎？

「是的。」

從蒂雅平時的樣子實在無法想像……好一對奇怪的母女。

「對啊。啊，也有人說，她們是靠背後翅膀的微妙動作進行溝通。」

確實，兩人背後的翅膀有些許動作。真的是對奇怪的母女。

兩人出現進一步變化，則要等到露把蒂潔爾和奧蘿拉帶來。

原本以為琳夏會像萊美蓮一樣寵孫女，不過她只有將翅膀大幅張開兩次。

剛剛那是在表現她很開心對吧？嗯，看來是正解。

嗯？琳夏在看著我呢。而且她還對我揮手。有什麼事嗎？

「幹得好。」

她稱讚我。

午餐。

在這之前，蒂雅先餵奧蘿拉母乳。

蒂雅餵奶時，琳夏則負責陪蒂潔爾。

…………

雖然都是蒂潔爾在說話，琳夏在聽，不過看來處得不錯。

午餐後。

我打算去挖萬能船的專用池……但是走不掉。蒂雅抓著我不放。

「怎麼啦？」

「可、可以的話……希望你陪在我旁邊。」

真可愛。

今天的作業取消，我向山精靈們道歉。

於是，我今天一整天都在陪蒂雅。我只能說，很辛苦。

然後到了晚上。

琳夏在父母親聚會上喝酒。她表現得很自然。非常自然。自然得彷彿多年來的常客。瑪爾比特和琪亞比特很驚訝，不過能融入大家是好事。追加酒菜吧。

順帶一提，蒂雅則是害羞到累了而先回房。哎，親子關係有很多種吧。儘管如此，兩人在談公事的時候，好像還是能正常對話。

「村長，你聽說過勇者的事嗎？」

德斯向我搭話。

勇者？喔喔，琪亞比特回來之前大家談論的話題。

這個世界有勇者。

話雖如此，他們並不是從異世界召喚過來，而是和這個世界的教會訂立契約後產生。

所以訂立契約者有多強，勇者就有多強。有擅長使劍的勇者，也有擅長魔法的勇者。

勇者被稱為勇者的理由只有一個。

那就是他們不會死。

不，死還是會死。不過，死後會在訂立契約的教會復活。死亡時隨身物品雖然會留在原地，卻能帶著記憶和知識復活。

真是鬼扯。

不過，他們也因此能夠不畏死亡地採取行動，就算死了也能帶著死前的記憶復活。在攻略迷宮等場合，這種優勢似乎無比強大，而且在敵人眼裡可不止麻煩而已。

不管殺掉多少次，都會復活並再度來襲。與其說是勇者，不如說是惡質的恐怖分子？不，並沒有什麼優質的恐怖分子吧。

就像這樣，他們的行動是以死亡為前提，所以不適合團體作戰。

通常一名勇者會搭配三人至十人的支援者。

弱點在於復活的位置。

每次死亡都得回到訂約教會，似乎是他們的弱點。復活地點好像無法改變。

所以，過去也曾有人襲擊復活地點，把教會燒掉，勇者卻在廢墟中復活。因此有人甚至把熔岩引入復活地點，讓勇者一復活就被熔岩燒死。

原本以為這會是個無限迴圈，但是在這種情況下，復活地點似乎會逐漸偏移。根據紀錄，新復活地點似乎會離最初的復活地點約一公里。勇者還真方便。

然而，無論原本有多強，剛復活時都是全裸，復活的位置必然是弱點。因此，訂約的教會往往會集結戰力保護教會，據說戰力甚至比小國的軍隊還要強。

好啦，這些勇者……不知道為什麼，變得不會復活了。好像就算重新訂立契約也不行，原因不明。

訂立勇者契約的教會雖然拚了命想隱瞞此事，但是魔王已經掌握到這項情報。

於是他來到村裡，向始祖大人確認。

始祖大人雖然是教會人士，對勇者契約卻持否定意見。他公開宣稱：若不是因為科林教的教義，就要出手毀掉勇者契約。魔王大概也是因為這樣，才會特地找始祖大人確認，然而始祖大人並不知情，於是他連忙動身調查。

這是四年前的事。

琪亞比特似乎將這件事當成機密而守口如瓶，不過村裡的居民大多都在四年前就知道了。為什麼琪亞比特不曉得呢？時機不巧嗎？啊，因為當時琪亞比特還沒來村裡定居是吧。

「關於勇者的話題，我總算知道詳情了。村長要不要也過來邊喝邊聽？」

始祖大人舉杯邀請，於是我前去奉陪。

始祖大人，你得到勇者的情報之後，似乎變得相當忙碌對吧。有段時間甚至忙到連溫泉都沒空泡。

啊，瑪爾比特坐到琳夏旁邊，好像也要參加。至於我……就坐在始祖大人旁邊吧。

「勇者變得無法復活，已經確定是距今約五年前發生的事。當時出過什麼大事嗎？像是地震或乾旱之類的。」

始祖大人詢問德斯和魔王，不過兩人似乎都沒什麼頭緒。

「小規模的地震和乾旱應該有，不過那個時期應該沒什麼特別嚴重的。」

瑪爾比特邊回想邊開口。萊美蓮、德萊姆與琳夏的意見好像也一樣。

「這樣啊。」

「為什麼要問地震和乾旱？」

「我懷疑，可能是因為這樣才導致勇者契約的根源神殿遭到破壞。」

根源神殿？有這種地方嗎？

「那只是謠言吧？這些年來不是完全沒人發現嗎？」

德斯表示否定。

「就算是這樣，也無法否定它的存在吧？按照那份勇者契約的內容，不管怎麼想都是缺乏魔力。要讓死人在別的地點復活，必然要有個巨大的魔力儲藏器。」

「這個理論我知道，不過即使如此，也需要神級的魔力量吧？有那種東西存在卻始終沒人找到，這點明顯不自然。」

「不不不，我相信一定有什麼地方成了盲點。」

可能是因為喝了酒，大家情緒亢奮。呃，勇者無法復活該高興嗎？

閒話 勇者寇特奇

不過，五年前啊……

差不多就是烏爾莎來村裡那時吧。那時候有什麼怪事嗎？我所想到的，就是去北方迷宮、開闢溫泉地。這麼說來，是不是還有把黑色大岩石雕成創造神像啊？大概就這樣吧。

…………

嗯，我也沒頭緒。喝吧。

我的名字叫做萊基耶爾，是隻貓。

嗯，貓。我正在享受貓生。冬天窩在暖桌裡最棒了。夏天時的最佳位置則是地下室的樓梯。雖然有時候會被女兒們趕出來，不過我每天都過得很快樂。

沒有不滿或不安，飯也很好吃。

可能是因為這樣吧，我偶爾會想起過去。想起自己的惡行。

…………

勇者系統。

當年是因為它和魔王系統成對不能毀掉，我才加以利用，但我真的錯了。

…………

為了表示反省，今天就別和老婆調情吧。

嗯？怎麼啦，老婆？沒、沒有，我並不是討厭妳……抱、抱歉。我很愛妳喔。嗯，沒騙妳。真、真沒辦法，那咱們就繼續卿卿我我吧。

我的名字叫做寇特奇，過去人稱勇者的男人。

現在不一樣了。我只是個普通人。

不過，究竟怎麼回事啊？剛剛那是？為什麼我會夢到貓？慾求不滿嗎？如果是這樣，為什麼會出現貓？我可沒有那種性癖喔。沒有吧。應該……沒有才對。嗯，和貓比起來還是人好。我喜歡胸部大一點……而且溫柔的女性。

…………

呼，恢復得差不多了。

我看向自己的手背。這裡原本有勇者的紋章，和教會訂立契約時獲賜的，是身為勇者的證明。只要紋章在，我就算死了也會復活。沒有風險，只有一項義務。

「打倒魔王。」

僅此而已。除此之外都自由。這就是勇者。

然而，我的紋章突然消失了。不知道發生了什麼事。

我原本想回教會找相關人士商量，但是紋章消失導致我無法證明自己是勇者。

等了十天以上才見到認識我的人，真是可笑。

之後，我在教會待了一年調查原因，卻毫無進展。

唯一弄清楚的，就只有紋章消失的不止我一個，所有勇者都失去了紋章。因此我隱瞞自己曾是勇者這件事繼續過日子。

勇者死了也會復活，不管殺掉多少次都會復活，比尋常的魔物更惡劣。

因此，一般人不會與勇者敵對。只是不敵對，不代表沒有敵意。

畢竟就算是勇者，也不見得總是心靈純潔、行事端正。當然，也有正直的人。呃，畢竟有得到教會認可，一開始幾乎每個人都很正直。不過，大多數的人都會越來越糟糕。

畢竟在達成「打倒魔王」這項使命的途中，必須不斷克服死亡的恐懼。因此心裡會覺得，這點程度的優待應該也無妨吧？於是，勇者變得討人厭。即使成了這樣的勇者，也沒人能阻止。畢竟人人都不想招來勇者的怨恨。

就算是王族，也不會處罰勇者，頂多會對教會抱怨。

不過嘛，因為事情會變得很難應付，所以找王族和教會人士麻煩的勇者很少。勇者造成的損害，大多數由不難應付的一般人承受。以前我都會小心別造成這種損害，會注意自己的用詞和禮儀，也會避免使用太亂來的戰法。

從當上勇者到紋章消失這兩年之間，我不記得自己做過什麼事會招來壞蛋之外的人怨恨。然而就算我說自己不是壞勇者，人家也不見得會相信。

世上的壞勇者太多了，多到光是當過勇者就可能被人家丟石頭。唉，畢竟我以前也沒阻止過壞勇者嘛，算是自作自受吧。

不能復活之後，勇者們的行動大致上分成兩種。

一種，就是像我這樣拋棄勇者經歷，當個普通人過新生活。

另外一種，則是一如既往地行動。

選擇新生活的能理解。

因為復活這項好處沒了，繼續做「打倒魔王」這種麻煩事沒意義。

實際上，如果沒有復活，大概連接近魔王都辦不到吧，所以我懂選擇當個普通人過日子。

搞不懂的是一如既往那種。

我原本還懷疑那些人腦袋有問題，但是碰上這麼做的前勇者之後我就懂了。

似乎是以前過得太隨性，事到如今已經沒辦法當普通人了。只不過，由於沒有紋章，所以周圍的人不承認他們是勇者，已經有好幾個前勇者被當成普通盜賊逮捕或討伐。

一想到自己選錯路也會變成那樣，就讓我不寒而慄。

我運氣不錯。

勇者時代我總是戴著遮住整張臉的面罩，所以幾乎沒人知道我的長相。不僅如此，我還小心翼翼地遷往自己不曾活動過的地方，在那裡展開第二段人生，認真地過日子。

說穿了，我當初只是為了逃避貧困生活才成為勇者，並不是想當勇者。

我拿勇者時代賺的錢當資本，開始做生意……但是我沒有做生意的才能，讓人家僱用比較簡單。我對武術和力量有自信，找工作不難。

也結了婚。

對方是勇者時代和我一同行動的人。原本以為我不當勇者之後她就會離開我，不過她依舊留下了，我很感謝她。

雖然有點凶，但是胸部很大。我們的兒子兩歲了，此外肚子裡還有一個。

我的名字叫做寇特奇。

已經忘了自己曾是勇者。

四年前來到「夏沙多市鎮」時，我是個木匠。

當年曾經參與過城市地標「夏沙多大屋頂」的工程，讓我引以為傲。如今我在「夏沙多大屋頂」擔任警衛。

最近的嗜好是看棒球比賽，還參加了棒球隊的加油團隊。

雖然有時會希望工作可以再多一點空閒，不過還有妻兒要顧嘛。工作好好做，同時想辦法抽空去加油，我很享受這種生活。

呵呵呵，我們猛虎魔王軍很強喔。下次比賽是什麼時候啊？

異世界悠閒農家

Farming life in another world.

Chapter,2

Presented by
Kinosuke Naito
Illustration by
Yasumo

〔第二章〕

男孩們的冒險

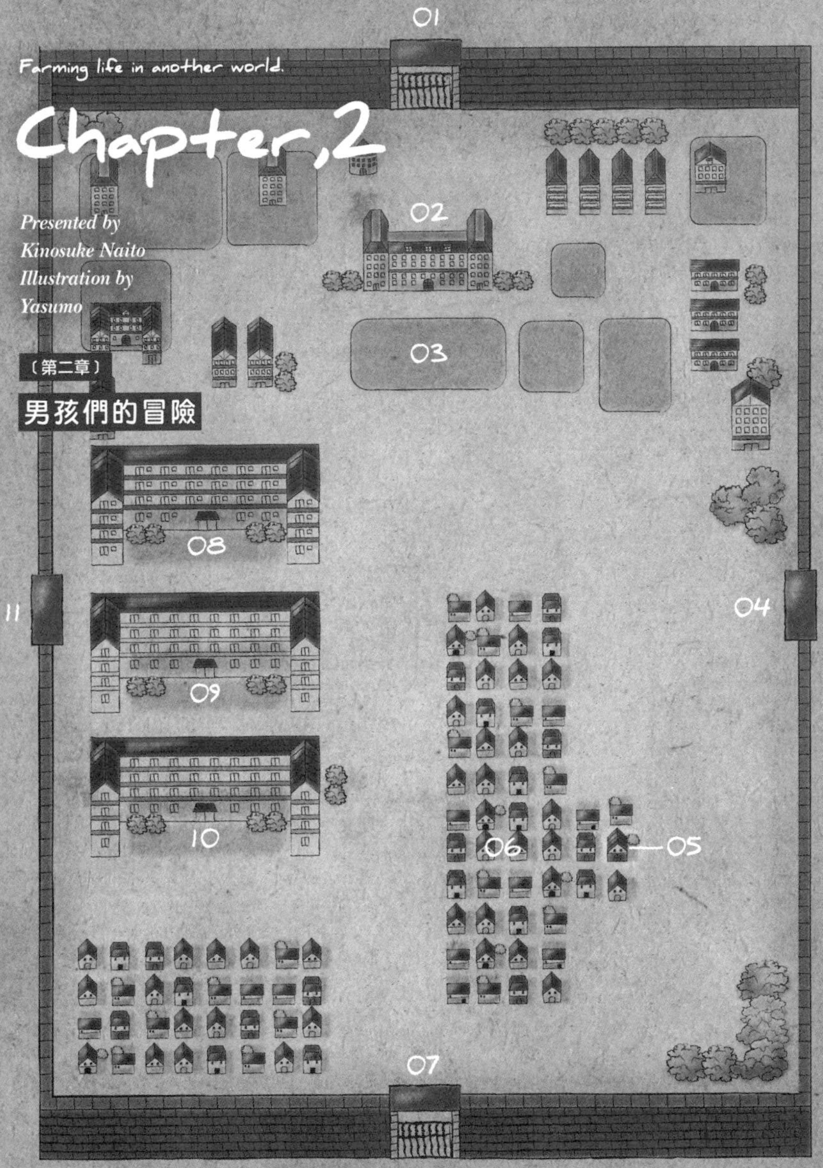

01.北門　02.校舍　03.操場　04.東門　05.戈爾等人租借的地　06.租屋區　07.正門
08.教師宿舍　09.女生宿舍　10.男生宿舍　11.西門

閒話　獸人族男孩們的學園生活　秋季的教師生活

本人是……更正，我的名字叫做席爾，出身於「大樹村」的獸人族男性。
和同樣出身於「大樹村」的獸人族男性戈爾與布隆，一同來到加爾加魯德貴族學園就讀。
基於種種原因，現在我們三個擔任教師。細節不要在意。

我們負責的科目是生活。
教學對象不是全體學生，僅限於希望參加這門課程的人。我們教的內容包括建築、農業、打獵、釣魚與料理等。
不過，只靠我們三人忙不過來，因此我們拜託有相關知識的其他學生協助。
「就讓你們見識一下我家的實力吧。」
譯）我家是鄉村小領主，如果要問蓋房子倒是幫得上忙喔。
「土壤的氣味聞起來不錯呢。」
譯）可以闢一塊田地嗎？
「居然要我在山野奔馳，還真有意思呢。」

譯）打獵就包在我身上。

「別跟我搭話，無禮之徒……不過嘛，那枝釣竿看起來倒是不壞。」

譯）雖然火候不到家……但是釣魚應該還行。

「別說蠢話。要是還敢開口，我就扭斷你的脖子。」

譯）因為我家沒有女僕嘛，飯也得自己做才行呀。

明明是貴族學園，願意協助的人卻比想像中還要多。

雖說是貴族，但也不是每個人的家境都很富裕吧。好像也有些貴族過著和領民差不多的生活，所以他們在這些方面的知識或許也比我們更清楚。真是可靠。

雖然可靠……不過你們有好好去上其他課吧？總覺得你們一直留在這裡耶？就算說待在這裡很愜意也……要是不好好學習貴族知識，會惹人家生氣吧？

我們的教室不在校舍內。

並不是因為校方待我們太差，而是因為不需要。

我們向學校借用自家附近的土地，在那裡授課。

不過看上去就是在蓋房子、耕田與做飯，是村裡常見的景象。明明只過了幾個月，卻令人懷念。

這麼說來，舉行武鬥會時比傑爾大叔會帶我們回村子，真讓人期待。

雖然我們已經習慣在這裡授課，不過有幾個問題。

首先是雨。

雖然會改在蓋好的屋子裡授課，不過能做的事極端地少，因此下雨時料理以外的課程暫停。

我個人想效法村長，努力做點小東西……但是還沒到能夠給人家看的水準。

再來是社團活動。

原本只是我們三人私下行動，後來成了社團活動，然後就這樣變成上課內容。話雖如此，不過社團活動還是保留了下來。

「我想，在這個世上，也有選擇待在籠中的鳥。」

譯）如果是課程就不會弄晚餐了對吧？為了我的晚餐，請保留社團活動。

這就是社團活動保留的理由。

原本以為保留社團活動應該不成問題，不過出問題了。那就是人數。

目前來上課的學生人數，我們三個合計約四十人左右；然而來參加社團活動的則有六十人左右，下課之後的人口密度比較高。

儘管如此，因為宿舍伙食有所改善，這樣已經比之前某段時間要好多了，有陣子社團活動會聚集到將近兩百人。雖然人沒有那時候多，不過來上課的學生大多數會直接留下參加社團活動，到了晚上會湊到大約百人。

「晚上賞花也很美呢。」

譯）每天晚上都像大型晚會，錢沒問題嗎？

因此，也有人會像這樣表示擔心。

最後的問題，就是剛剛提到的錢。

說是問題，但我們不缺資金。村長給的錢還剩不少，而且我們已經聯絡上麥可大叔的戈隆商會。

唉呀，我們沒有向麥可大叔拿零用錢喔。只是把在學園北方森林獵到的魔物與魔獸素材賣給戈隆商會而已。我們靠這個賺了不少。

其他商會也願意收購，不過格魯夫大叔曾經交代過，這種事要找靠得住的店家，所以我們只賣給戈隆商會。戈隆商會應該沒問題吧。

不過，沒想到戈隆商會那麼大，令人吃了一驚。還有，我們對學園長很抱歉。改天拿我們做好的蛋糕請學園長吃吧。嗯，所以希望學園長不要一想到這件事就埋怨。

言歸正傳，所謂錢的問題，講得簡單一點就是會計。

如果只有我們帶來的錢、賣東西賺來的錢，倒還沒什麼關係，不過擔任教師之後還有每個月領的薪水、教學準備金、學生關係人士的捐款與王都商人們的心意，所以會計變得不可或缺。

特別是教學準備金。用途必須交代清楚，所以很麻煩。總是丟給布隆處理，實在很不好意思。還有，別老是和職員大姊卿卿我我，讓人很羨慕耶。

咦？你說我應該也有對象？有是有……但是和那三個人待在一起，不知為何會覺得自己像是被逮到的小動物……有點恐怖。

嗯，什麼卿卿我我的實在沒辦法。就這點來說，布隆還真幸運呢。戈爾也和安德麗小姐處得很好。

…………

回村的時候，去請教一下村長吧。

好啦。

雖然有問題，卻不至於絕望。雖然有小麻煩，不過還應付得了。收支也沒什麼問題，可以算是一帆風順吧。

不過……有件事令我在意。

來到學園之前，村長交代我們要學習都會生活，結果我們卻變成傳道授業的這一方，這樣不是很奇怪嗎？

雖然村長說的都會生活，和我們教大家的生活是兩回事。

算了，想這些也沒用，總會有辦法的。今天也得好好努力。

「那麼，今天的課要開始嘍。」

聽到我這聲宣告，待命的學生們拿起武器。他們拿的不是打獵或釣魚的道具，而是戰鬥用的武器。

這也都是為了教學。

前面忘了提，最近我們的生活課程也會教戰鬥。戰鬥包含在生活內嗎？這並不是個小問題。不過，學園長同意了，也有人希望如此。看來不能多想。我們姑且算是已經抵抗過學園長嘍。

「這麼一來，不就像是鳥在狂風中振翅飛翔嗎？」

譯）我們沒有強到能教別人耶？

被笑了。還有，人家說別在意，儘量教。嗯……

算了，既然有人想學，我們就不會拒絕。加油吧。

但是拜託別讓本校學生以外的人參加。還有，軍人來參加也讓我們有點困擾。葛拉茲大叔，別在這裡打混啦。

閒話　獸人族男孩們的學園生活　北方森林

我的名字叫做席爾，是加爾加魯德貴族學園的教師。

今天發生了大事。

開端在早晨。

由於學園北方的森林發現危險的魔獸，因此來了暫時禁止進入的通知。我乖乖表示了解。

我告訴戈爾和布隆，也聯絡了學生們。由於打獵和釣魚時我也會同行，就算出了差錯，應該也不至於到北方去。

事件發生在中午過後。

我接到報告，似乎有部分學生前往北方森林。

報告這件事的人，是以王都為據點的冒險者。

好像是之前格魯夫大叔來王都時拜託他的。說是如果本校學生有危險，就通知學園。

格魯夫大叔，謝謝。不過，這種時候應該阻止人家而不是通知學園吧？還有這位冒險者朋友，來通知確實幫了個大忙沒錯，不過你是偷偷溜進來的嗎？衛士們都氣勢洶洶地在找你耶。

下次記得請衛士叫我們出來喔。這次我會陪你去道歉……在那之前還得先聯絡學園長。

學園長確認之後，得知有五名學生僱用冒險者前往北方森林。

目的似乎是要打倒危險的魔獸，揚名立萬。

學園衛士堵住了往北方的路，但是沒辦法防止別人從王都前往北方森林。

順帶一提，前往北方森林的學生沒有上我們的課，這讓我稍微安心了點。

「我們不是會特地去踩龍尾巴的蠢蛋。」

譯）我們可沒有想找死到會無視老師的指示。

哈哈哈，你說的老師是指學園裡的所有老師對吧？不是指我們吧？我覺得我們應該沒那麼恐怖耶？

還有，龍不會因為尾巴被踩這種小事生氣喔。儘管我以前踩過龍形態德萊姆大叔的尾巴，不過他笑著原諒我了。

「話說回來，那五個人強嗎？」

單純的疑問。

如果那五個人夠強，即使有問題，危險也比較小。回答我的是艾琳。

「那五個人比我弱喔。就算五個人一起上，我也會贏。」

……………

事態嚴重。

艾琳比我還弱。非常弱。既然比她還弱……為什麼要跑去危險的地方啊！呃，說要揚名立萬……好歹練到能打倒艾琳再說吧！

我連忙向就在附近的葛拉茲大叔報告。

葛拉茲大叔當下就召集部隊前往北方森林。麻煩你了。

然後我再次向學園長報告。
告訴她學生很弱，還有已經請葛拉茲大叔前往北方了。
學園長在我們報告之前就已了解狀況，以學園教師組成一支救援部隊。此外也有向王都求援，就算我們沒告訴葛拉茲大叔，他應該還是會採取行動。
不愧是學園長。
…………
雖然不愧是學園長……
學生有危險所以編組救援部隊，這點我懂。把我們列入也無妨。可是，為什麼會由我們帶隊呢？
「我認為這是最恰當的安排。有意見之後再說，所以動作快。」
既然不是貴族語而是用普通語氣，那就沒辦法了。
更何況學園長起先要自己去，只不過被周圍攔了下來，讓人更無法推託。
總而言之，從戈爾、我與布隆之中決定代表。
咦？我？抽籤呢？我、我知道了，沒空做什麼籤對吧。領隊任務了解。趕快移動吧。
接近北方森林時，發現前方架了幾個大帳棚。那是葛拉茲大叔的部隊。
「太慢嘍。」
他斥責我們，並且告知現況。

五名學生似乎已經在森林裡遭到魔獸襲擊，不過還沒全滅，也沒有人死亡。他們勉強維持住隊伍，在森林裡逃命。

這項情報來自受託解決北方森林魔獸的冒險者們。

「原來還有冒險者進森林啊。」

「因為北方森林出現危險的魔獸啊，優秀的冒險者接到委託是理所當然。」

因此，五名學生僱用的冒險者實力差了一截。取勝大概毫無希望吧。

「帶來情報的冒險者，沒辦法解救學生嗎？」

「畢竟是遭到其他魔獸襲擊之後的事了嘛，不要勉強人家。」

葛拉茲大叔編組好幾個十人一組的小隊，讓他們散開監視森林南側。

「進森林的呢？」

「我已經將能夠在森林中作戰的人編為四支部隊，送往有情報的地點。其他的就沒辦法，森林裡無法戰鬥。」

「是這樣嗎？」

「很遺憾就是這樣。已經聯絡王都了，所以會有援軍。雖然想等他們……不過問題在於魔獸。」

「？」

「報告中的危險魔獸是指戰熊，不過似乎還有情侶獸。」

情侶獸？沒聽過。

「牠們是四隻腳的野獸，體長約五公尺，背上長滿硬毛。不怕毒，生性好戰。人家說打倒一隻戰熊需要犧牲三十名士兵，打倒一隻情侶獸則需要犧牲百名士兵。」

「意思是強度有戰熊的三倍以上？」

「嗯。除此之外，情侶獸總是兩隻以上一起行動。」

「咦？」

「也就是和伴侶一同行動的魔物。」

「原來如此……兩隻以上？」

兩隻以上是指……公、母、母之類的嗎？

「偶爾也會有小孩吧。」

「啊，喔，這樣啊。」

想到奇怪的地方去了。抱歉。

「總而言之，因為有機會碰到情侶獸，所以能進森林的只有你們三個，其他人就別進去了。」

「咦？」

「就算是軍隊的士兵，也不想在森林裡對上戰熊和情侶獸喔。要是學園的教師能贏，大家就不用那麼辛苦了。」

森林裡的魔物和魔獸，基本上好像都是交給冒險者處理。

「畢竟沒辦法形成士兵擅長的團體戰嘛。」

…………

「怎麼啦？」

「不，只是覺得不太像平常的大叔耶。」

往北出發時，我還以為大叔會率先衝進森林；沒想到他會留在森林前面蒐集情報、管理部隊。

「盡全力去做自己做得到的事，僅此而已。你們也一樣吧？」

「這我是知道……所以說，你要我們進入森林對吧？」

「放心，告訴你一個好消息吧。」

「什麼消息？」

「你們在村裡時會抓兔子對吧？」

「嗯。」

「情侶獸就算成群結隊，也打不贏一隻那種兔子。」

…………

既然如此，為什麼事情會鬧得這麼大？

咦？不是有百名士兵的戰力嗎？魔王國的士兵有那麼弱嗎？

這不就害我擔心起這個國家的防禦力了嗎？

不行、不行。別想些多餘的事，趕快進森林救學生吧。

閒話　獸人族男孩們的學園生活　北方森林深處

森林裡有點暗。

不過沒什麼問題。畢竟我們已經來這裡打獵多次，不會因為有點暗就猶豫。

我們朝有情報的地點前進。

葛拉茲大叔派出的先遣隊有留下路標，所以不會迷路。

我、戈爾與布隆雖然是三人移動，但是他們不在我身旁。戈爾和布隆在樹上移動，這是我們還在村裡時對付兔子的隊型。

我擔任誘餌，他們兩人負責攻擊兼偵察。真要說起來，偵察比較重要。畢竟對付兔子時，最可怕的就是遭到其他魔物與魔獸偷襲。

我們的武器都是相同款式的劍。

這把劍是來學園之前加特大叔為我們做的。以加特大叔打造的劍來說，裝飾相當精美，不過他要我們有什麼萬一時把劍賣了換錢。

雖然我很中意這把劍，不到緊要關頭不會賣就是了。

我單手持劍前進，樹上的戈爾給了個止步信號。
我們以眼神交談。
不遠處似乎有個可疑地點。等到樹上的布隆先繞過去之後，我筆直前進。
那個可疑地點……有人。似乎是逃離魔獸之後躲在這裡。
「怎、怎麼是小孩子……不是救兵嗎，該死。」
從他的樣子看來，似乎是受僱於學生的冒險者。他的手臂受了傷。
「沒錯，抱歉我不是救兵。我的目的，是找到那些僱用你們的學生。既然你是成年人，就自己想辦法逃出去。」
來這裡的途中碰上的魔物和魔獸都解決了，現在回去應該相對安全。
告訴冒險者這件事之後，我準備繼續前進，卻被他叫住了。
「怎麼了？」
「這個拿去。」
「嗯？」
鈴鐺？
「我們的雇主帶著好幾樣魔道具。」
「魔道具？」
「對，其中一種是隱藏身形的魔道具。雖然隱藏得非常澈底，但是從裡面無法了解外界的狀況。」

「意思是連救援的聲音都聽不到？這可就頭痛了。」

「不過聽得到這個鈴鐺的聲音。安全的信號是短搖三次，拜託你了。」

「知道了，我盡力而為。話說回來，可以問他們還帶著什麼樣的魔道具嗎？」

既然有未知的魔道具，就得保險一點。

「他們會大聲炫耀，說出來應該沒問題吧。我知道的有會噴火的魔道具，以及暫時封住對手動作的魔道具。除此之外，大概還有三種。」

「暫時封住對手動作？能封住多久？」

「雇主說差不多能數到十，不過就我的感覺大概只能數到三，一眨眼就過了。真是爛道具。」

不不不，如果在數到三的時間之內只有自己能動手，不管是誰都贏得了耶？

應該是很厲害的魔道具吧？我們得小心別被這種魔道具扯後腿。

「多謝情報，那我走了。」

「嗯。把你當成小孩子看待是我不對。抱歉，雇主就拜託你了。」

「別在意啦。畢竟我的體格怎麼看都是小孩嘛。雇主不用你說我也會努力把他們救出來，但是同伴不用管嗎？」

「雇主優先，同伴如果有餘力就拜託。麻煩也替我問候你樹上的同伴。」

「知道了。走出森林就會碰上軍隊，要乖乖照他們的話做喔。」

「好。啊，對了。我叫做寇庫斯，你們的名字是？」

「席爾。上面的是戈爾和布隆。那麼再見啦。」

和冒險者分別後三十分鐘，我們已經接近情報中的地點。

疑似大型魔物鬧過的痕跡映入眼簾。這裡有批顯眼的人，是葛拉茲大叔派出的先遣部隊。

他們一身方便在森林中活動的輕裝，武器是劍和柴刀。拿柴刀的人看來比較多呢，差不多有四十人，適度地分散在森林中。

「喔，是做飯的小弟啊。」

原本還以為對方會提防我們，不過有熟面孔在所以沒問題。

不過，拜託別叫我做飯小弟。明明只是你在吃飯的時間跑來吧？

「話是這麼說沒錯啦。小弟你來我就放心了。另外兩個呢？」

「在上面。」

「嗯？喔，原來如此。抱歉，麻煩你們就這樣繼續戒備。」

認識的士兵先生，其實負責統率進入森林的四支部隊。

「雖然是臨時編組，不過我好歹算是中隊長，很了不起喔。」

中隊長這麼表示，將情報和我們分享。

「找到了外行人移動的痕跡，我想多半是學園的學生吧，人數也符合。周圍那些看似專家的痕跡，應該是受雇的冒險者……」

「啊，等等。途中我們碰到一名受雇的冒險者，得到了一些情報。」
我亮出鈴鐺，告訴他隱藏身形魔道具的存在。
「最近的小孩都會帶些方便的東西呢。」
「我可沒帶喔。這個鈴鐺交給你們，拿到可疑的地方搖鈴找人吧。」
「知道了。小弟你們呢？」
「追蹤魔獸的痕跡嘍。要是碰到……就想辦法解決。」
「沒問題嗎？」
「如果不行就逃嘍。」
「該逃就要逃，不用考慮什麼爭取時間。」
「哈哈哈，我知道啦。」
和中隊長等人分別後移動。
我們一邊解決魔物和魔獸一邊找戰熊，但是卻沒找到。或者該說……
戰熊有幾隻啊？痕跡太多了。
除非其中一隻為了迷惑追蹤者而繞來繞去，否則應該有十隻吧？儘管如此卻完全沒碰到。
怎麼回事？有點不對勁。樹上的戈爾和布隆也覺得奇怪，卻不知道哪裡奇怪。
就這樣過了一小時。

我們與十名中隊長的部下重逢。似乎是對方來找我們。
「找到四名學生和受雇的冒險者了。雖然有好幾個人受傷，不過都沒什麼大礙。目前正護送他們離開森林。」
「四名學生？」
少了一人。
「其中一名學生下落不明。」
「為什麼沒有一起行動？」
「提議來森林的人似乎就是他。他覺得應該負起責任，所以擔任誘餌。因為帶著魔道具，有可能還活著。」
「方向呢？」
「在北方。」
「更深處嗎？我知道了。」
「可以同行嗎？」
「我是無妨，但是你們沒問題嗎？」
「已經得到中隊長的許可。我們的主要任務是救出學生。」
「知道了，請多指教。」
希望至少別碰上最糟的發展啊……

找到最後一名學生了。

還活著。不過他右邊有五隻戰熊，然後左邊有三隻情侶獸。

…………

看樣子是因為戰熊和情侶獸對瞪才能活下來，相當幸運。

啊，或者那是學生手中魔道具的效果？

學生注意到我們了。糟糕！不要鬆懈！

對瞪的戰熊和情侶獸朝學生散發殺氣。牠們似乎無法容許食物逃跑。

我衝了出去。樹上的戈爾與布隆也幾乎同時行動。幹得好。

我衝向情侶獸，戈爾和布隆則衝向戰熊。

作戰是由我爭取時間，戈爾和布隆趁機想辦法搞定戰熊，然後三個人合力趕走情侶獸。

戰熊雖然看起來強壯，不過交給戈爾和布隆應該沒問題吧。若是那種程度，來個二十隻也能擺平。

至於我眼前的情侶獸…………好戰得令人討厭。不過，將注意力集中在我身上倒是幫了大忙。

注意到時，中隊長的部下們已經扛起學生逃跑了。好耶，幫了大忙。

戰熊和預期得一樣，由戈爾和布隆搞定了。

打倒兩隻，趕走三隻。

然後兩人和我會合，與情侶獸對峙……卻發生了緊急狀況。

三隻情侶獸的背後，冒出狀似黑霧的怪物，約有村裡的旅舍那麼大。

而且，就在黑霧狀怪物裹住三隻情侶獸的瞬間，怪物又大了一圈。換句話說，它應該是吃了三隻情侶獸。

這是什麼玩意兒？危險信號在全身上下流竄。烏爾莎和古拉兒真的生氣時會感覺到的那種。不，甚至更嚴重。

那是種非常不妙的存在，而且我知道自己贏不了。如果問誰能贏，大概要找哈克蓮老師或村長吧。

既然他們不在這裡，就該立刻撤退。

儘管我這麼判斷，然而為時已晚。

方才戈爾和布隆趕走的三隻戰熊回來了。起先我還嫌他們煩，但並非如此。

戰熊也被黑霧狀怪物追著跑。

別的個體？不對，只是霧形態拉長了而已。

「席爾，劍沒用。會被吃掉。」

我知道。

其中一隻戰熊試圖反擊，卻直接被吃掉了。另外兩隻想逃往樹上，照樣被追到並吃掉。

黑霧狀怪物似乎連高度都能克服。這下子……相當糟糕。黑霧狀怪物已經包圍我們了。

「戈爾、布隆，有什麼方法嗎？」

「魔法怎麼樣？」

「同時施放火焰，趁機逃跑。」

「好，就這麼辦。三、二、一，就是現在！」

我們施放的魔法遭到黑霧狀怪物吸收。

喂喂喂，饒了我吧。

疑似怪物之手的黑霧伸向我。我躲開了，但是手的數量太多。這下子我要完蛋了嗎？

……不，不能放棄！要抵抗到最後！

在村裡就是這麼教的。手多又怎麼樣？靠幹勁躲掉！

魔法也只是火魔法被吸收而已，試試其他魔法。能做的事還很多，怎麼能放棄！

黑霧狀的怪物嘲笑如此下定決心的我們。

會不會只是我覺得它在笑而已？我也不知道真相。

因為怪物被新出現的不速之客吃掉了。

新來的不速之客，是一隻宛如巨岩的大蜘蛛。

這隻不曉得從哪裡冒出來的蜘蛛撲向黑霧狀怪物，一陣猛吸把怪物吸進肚裡。

蜘蛛雖然大得像塊巨岩，但是黑霧狀怪物更大。

蜘蛛把怪物吃了？怎麼裝進去的？因為是霧狀存在，所以不會占用肚子裡的空間嗎？可是，剛剛吃掉的戰熊和情侶獸……細節就別去思考了。

話說回來這隻蜘蛛……是村裡沒見過的種類。不過，感覺得到這隻蜘蛛……

「座布團的孩子？」

蜘蛛舉起一隻腳左右晃了晃，隨即從我們面前離去。

…………

我和戈爾、布隆面面相覷。

「那是春天時離家的座布團孩子！」

閒話　獸人族男孩們的學園生活　北方森林前

我們一走出學園北方的森林，葛拉茲大叔便上前迎接。

「沒受傷吧？」

「還好沒事。所以說，這麼多人要做什麼？」

大約有上千士兵全副武裝待命。他們排列整齊地分成數支約百人左右的部隊，彷彿隨時都能衝進森林裡。

「不是不相信你們喔，畢竟我的工作就是考慮到萬一嘛。五名學生已經平安歸來，受僱的冒險者們也是。」

這樣啊，太好了。

「五名學生已經回學園，冒險者們就在那裡。」

葛拉茲大叔所指的地方，有一批裝備和軍隊不同的人。看樣子冒險者們聚集在那裡。

啊，看見在森林裡遇上的寇庫斯了，他好像平安無事。發現我之後他揮揮手，於是我也揮手回應。

「所以說，戰熊和情侶獸怎麼樣了？解決了嗎？」

「啊～關於這個啊。五隻戰熊和三隻情侶獸死在我們眼前。」

「……真是詭異的報告呢。」

葛拉茲大叔注意到我們想表達什麼了。

「能不能安排一個其他人聽不到的地方？」

「那裡行嗎？」

葛拉茲大叔走向帳棚，於是我們跟著他過去。

帳棚用的布料和柱子雖然還算實在，不過裡面只有直接擺在地上的廉價桌椅。

「因為寒酸而失望了嗎？」

「不，事出緊急，如果這裡很豪華反而讓人驚訝。」

畢竟，萬一魔獸跑出森林，可能要放棄這裡，弄得豪華也沒意義吧。

「弄得豪華倒也有它的意義在就是了。這個帳棚施加了阻礙魔法，不用擔心會被外面的人聽到。所以呢，要談什麼？」

「呃……」

在出森林之前，我已經和戈爾、布隆商量過這次的事要講到什麼程度。

那個黑霧狀怪物的事一定會講，問題在於該不該把座布團孩子的事說出來。就結論而言，說謊不好，要照實講。

不過，我們都知道村外的人不喜歡座布團的孩子，就連「五號村」也因為魔王國的要求而去不了。

所以，我們決定先告訴葛拉茲大叔，之後的事交給他處理。嗯，這主意不壞。

我們盡可能精確地把發生的事照順序說出來。

葛拉茲大叔抱頭苦思。

「沒事吧？」

「啊，嗯，謝謝。呃……麻煩等我一下。」

葛拉茲大叔走出帳棚，沒多久抱了好幾本書回來。

「黑霧狀的怪物是指這個嗎？」

葛拉茲大叔翻開一本書，確認書上的圖。

的確是這種感覺。

不過這本書的其他頁明明寫了很多內容，這一頁卻只有圖。

「雖然形狀和圖有點不同，但是給我的感覺一樣。」
對於我的意見，戈爾和布隆也表示贊同。
「我知道了。關於這個魔物的事，嚴禁對外洩漏。」
「咦？」
「理由你們不需要知道，閉上嘴聽我的就好——雖然我很想這麼說……不過你們擅自跑去調查也是個麻煩。我這就解釋，記得別說出去喔。」
葛拉茲大叔一臉真的很為難的表情為我們說明。
「這傢伙是種叫『摻雜怪』的魔物，截至目前為止，已經確認過四隻。這回是第五隻吧。最早確認到是在兩千年前，第四隻則是四百年前。」
「哦～」
「『摻雜怪』會吸收生者，將對方的力量納為己有。如果吸收使用火魔法的人，牠就會變得能使用火魔法；如果吸收力量能夠粉碎鋼鐵的人，就會變得能粉碎鋼鐵。如果吸收十個人，就會具備十人份的力量。換句話說，牠是種活越久越強的麻煩存在。」
確實，這傢伙還吃掉了戰熊和情侶獸。
「之所以嚴禁洩漏，則是因為魔王國沒有對抗這種魔物的手段。」
「沒有對抗手段？」
「沒錯。束手無策，只能逃跑。」

「怎麼會……」

「四百年前確認到的第四隻，就是出現在魔王國。聽說當時放棄了二十三個城鎮與村落，失去廣大的田地。」

「可是，還是解決掉了對吧？當時是怎麼做的？」

「龍把它燒掉了。」

「……」

「其他三隻也差不多。換句話說，就算『摻雜怪』出現，能不能解決掉也要看龍的心情。這種事不能讓國民知道，人類國家也一樣。關於這種魔物的存在，我們和人類國家共享情報，並且嚴禁說出去以免擴散，懂嗎？」

「嗯、嗯。」

「唉，畢竟之前和龍沒什麼來往嘛。現在只要去你們的村子哭訴，他們應該就會出手解決……」

「拜託村長不就好了嗎？」

「希望如此。不過，就算是這樣也嚴禁外傳，懂嗎？」

「知道了。」

「然後，下一個問題。」

原本以為「摻雜怪」只能靠龍對抗，卻出現了能輕易解決牠的座布團孩子。

「那真的是座布團大人的孩子嗎？」

「不會錯。應該是……大約五年前吧？當時離開村子的成員之一。雖然已經長大就是了。」

「能夠瞬間解決『摻雜怪』的個體就在王都附近，這種狀況……該怎麼辦？」

「呃，你問我們也沒用啊。」

「也對。」

葛拉茲大叔表示給他一點時間，接著又抱頭苦思。

等待他的期間，我們決定看看剛才的書。

上頭記載著許多沒見過的魔物，學了不少。要不要在學園也放一本啊？

「啊，這個。」

布隆所指的頁面，畫著吃掉「摻雜怪」的座布團孩子。

「種族森林守衛，個體名森王？」

聽到我們低語，讓葛拉茲大叔有所反應。

「這就是你們看見的座布團大人之子嗎？」

「嗯，就是這個模樣，沒有錯。」

記載的大小也相去不遠。

只不過，這一頁所寫的內容很奇怪。

「米亞加魯德地區，就是這一帶對吧？書上寫著森王已經在這裡住了千年以上耶……」

剛才也說過，我們見到的那隻，是五年前離村的座布團孩子。

千年以上是怎樣？

我們沒將疑問說出口，因為葛拉茲大叔一臉認真地嘀嘀咕咕：

「這是怎麼回事？森王可是當今王都建成時就已經存在的北方守護者喔。意思是世代交替了嗎？不，慢著。更重要的是，假如森林守衛是座布團大人之子，代表森林守衛屬於惡魔蜘蛛系統？咦咦咦咦咦咦咦？」

葛拉茲大叔停了一段足以數到一百的時間之後，好像決定先擱置問題。

「好，留下部分軍隊戒備，其他人解散。那些提供協助的冒險者，就支付他們謝禮。」

葛拉茲走出帳棚，然後下達指示。

太陽差不多要下山了。

「抱歉，我回來晚了。」

正當我們也打算撤退時，葛拉茲大叔帶著部下回來了。部下裡頭還包含那位中隊長先生。

「這次的事件，很感謝你們幫忙。」

葛拉茲大叔一臉正經地伸出手要和我們相握，於是我們也正色回握。

「你們之所以踏入森林，雖然應該也和身為學園教師的立場有關，不過一切都是出於我這個魔王國西部方面軍司令葛拉茲的命令，這一點千萬別忘記。」

「？」

是這樣沒錯呀？有什麼其他的意義嗎？由於我們面面相覷，所以葛拉茲大叔小聲解釋：

「意思就是，如果這次事件導致你們傷亡，責任在我身上，此事和學園與魔王國無關……這樣可能太過自私，但是希望你們諒解。」

「啊，擔心村長生氣嗎？」

「當然。向村長報告時，請考慮到這部分。」

「知道啦。不過就是因為這樣，大叔你才會和平常不一樣，表現得很正經？」

「我向來很正經。」

「平常講話口氣明明很隨便。」

「工作中可不會。何況我是貴族。」

我不禁笑了。

「再次感謝你們的協助。事情源自學園的學生，所以軍方無法支付謝禮，不過會由我個人出資。」

「不用那麼客氣沒關係啦。」

「不不不，你們才不用客氣。謝禮是糧食。」

「……該不會，你打算來吃飯？」

「哈哈哈。我明天會帶過去，今晚記得去冒險者那邊露個臉。」

「冒險者那邊？」

「似乎是想答謝你們。他們託人傳話會在王都北邊的酒館等。」
「我們沒做什麼值得讓人請客的事耶。真要說起來，救他們的是軍隊吧？」
「你們負責攻擊，軍隊負責防禦，旁觀者一看就知道。這種邀約就接受吧。」
「知道了啦……可是我不曉得酒館的地點耶。」
「我叫部下帶路。」
看來是中隊長先生。
「請多指教。啊，去酒館之前先讓我們向學園長報告喔。」
「那當然。要是忘記這件事，我會挨學園長罵。記得確實報告。還有，學園長大概也會和我說一樣的話，不過先說先贏喔。」
就是指「誰負責」對吧。大人還真麻煩。

日後。
我們前往北方森林深處搜索。
挑了個適當的地方，擺下「大樹村」種的馬鈴薯。
一隻很大的座布團孩子瞬間現身。就是當時救了我們的那隻。看來他一直守候著我們呢。
還有，這隻座布團孩子的周圍，有很多拳頭尺寸甚至更小的蜘蛛。牠們全都對我們舉起一隻腳打招
呼……但是我沒見過這些蜘蛛。

啊，是太太和小孩啊。

原來如此，看來過得不錯。

閒話 冒險者寇庫斯

我的名字叫做寇庫斯。雖然是魔族，不過很遺憾地魔力方面不受上天眷顧，是個主要以劍戰鬥的冒險者。

所屬團隊的名稱是「米亞加魯德之斧」。

團隊成員雖然有十二人，不過總有人忙於其他工作而脫隊或受傷休息，通常是五到八人一起行動。

在魔王國王都，我們自認是名列前茅的冒險者團隊。不過嘛，只是自認。實際上大概是前段班的末尾吧。

證據就是，北方森林有戰熊出沒，我們團隊卻沒接到討伐委託。老實說很不甘心。

雖然也有「我才不要去對付戰熊」的念頭，不過既然成為冒險者，就會想往上爬。其他團隊成員大概也有同感，看他們都在討論該怎麼對付戰熊。不過嘛，如果真的有人委託我們解決戰熊，大概還是會猶豫該不該接吧。

這樣的我們呢，接到了某些傲慢傢伙的委託。

這些傢伙似乎是貴族學園的學生，但是他們完全沒有隱瞞的意思。這樣會被當成肥羊喔。儘管如此擔憂，我依舊向他們自我介紹，並且詢問委託詳情。

「我們要去解決北方森林出沒的魔獸，想拜託你們護衛我們。」

「你們是白痴嗎？」

談話中，團隊裡最年輕的這麼說。你才是白痴。我也有同感，但是把這種話說出口有什麼好處？

「誰、誰、誰是白痴啊！」

傲慢的傢伙生氣了。

當然會生氣吧。人家是貴族學園的學生，可以猜到他自尊心很強。拜託別為了些無聊事起衝突。

「啊～抱歉這傢伙嘴巴壞。不過啊，既然實力足以解決魔獸，應該不需要什麼護衛吧？」

我代替隊員道歉，讓話題繼續下去。

必須弄清楚委託的本質。是有實力的貴族少爺，為了體面想找護衛？還是說，是以護衛名義僱用我們，要我們解決魔獸？

輕易相信字面上的委託內容而落得悲慘的下場，已經不止一兩次。儘管這應該是領隊的工作，然而不曉得為什麼往往由我來。

「我們有對策。」

這些傲慢的傢伙亮出一個細長的盒子給我們看。

「裡面裝了劍嗎？」

「這是魔道具。只要用這個，無論什麼樣的魔獸都收拾得掉。當然，魔道具不止這個，另外還準備了好幾種。」

其中一個傲慢傢伙這麼說，其他人手裡也都拿著某些道具。

「我們有辦法解決魔獸。不過，魔獸擅長偷襲對吧？我們不想在使用魔道具之前被襲擊，所以才打算僱用老練的冒險者。有什麼奇怪的嗎？」

「……不，我明白你們是出於謹慎考量。」

原來如此，魔道具啊。

確實，既然擁有能對魔獸生效的魔道具，或許真的敢說自己想進森林。

「假如我們接下護衛工作，可以在進森林前先見識一下魔道具的性能嗎？」

「好吧。反正也不是什麼用個一兩次就會損耗的脆弱魔道具。」

於是我們接下委託。從這一刻起，傲慢傢伙成了我們的雇主。

雖然要立刻出發，但是不成問題。

我們是冒險者，早已做好隨時都能移動的準備。

「寇庫斯，他們是學園的人。過了中午記得要聯絡喔。」

認識的冒險者這麼告訴我。

對呀，這麼說來的確有這回事。我可沒打算違逆武神。

「那就拜託嘍。如果碰上傳聞中的傢伙，記得告訴我是什麼感覺。」

「如果你還活著的話。」

「那就沒問題了。」

我們出發了。

…………

話說回來，為什麼那傢伙是對我說啊？我們的領隊就在旁邊耶……

該不會，他以為我才是領隊？

我們雇主的魔道具很厲害，不過也讓人感覺不太可靠。

對付魔獸時，說不定我們也得參與。

我稍微思考過「接下討伐委託的冒險者們先一步解決魔獸」的可能性……這大概是事態最好的發展吧。

我抱著這種念頭踏入森林，過了數小時。差不多剛過中午，我們遇上了魔獸。

戰熊的壓迫感十足。儘管如此，雇主們依然毫無懼色，我覺得他們相當努力。

「要讓人家曉得，我們也做得到。」

進入森林之前，我聽說了雇主們的目的。似乎是有喜歡的對象，這麼做是為了博得人家的青睞。實在太過青澀，團隊成員聽了全都不禁臉紅。

但是，這種心態倒不會讓人討厭。我當時這麼想：我會全力支援你們。

——直到戰熊變成兩隻為止。喂喂喂，居然不止一隻……還有這樣的啊？

我們一邊保護雇主一邊逃跑。

不知道逃了多久，我們總算逃離戰熊。但是，我的手臂受傷，還和同伴與雇主失散了。

雖說我負責殿後，會這樣也是無可奈何，不過情況有些不妙。

雇主們的魔道具裡，有種能完全隱藏身形的東西。內部無法得知外界的狀況，只能靠特殊的鈴鐺交換情報。要是用上那個東西就很難會合了。不，他們想必會用吧。喊著逃跑之後就用那個躲起來的人是我，所以我不後悔。

我用特殊鈴鐺打信號。

……似乎不在附近。果然啊。好啦，該怎麼辦呢？

手臂的傷……還真嚴重。先做緊急處理，然後固定。離開森林之後，必須找人用魔法治療才行。

不過，接下來我要一個人走出森林嗎？雇主們怎麼辦？同伴呢？離開森林求救是正解嗎？一個人走得出森林嗎？除了戰熊以外還有其他魔獸，要是在這種狀況下被發現……唔！

我倉促間躲了起來。戰熊？不對，氣息薄弱。然而，來者確實很強。對方已經發現躲起來的我。是單獨……不，上面還有兩個？被圍住了。這是……同行嗎？很好，得救了。

這麼想的我定睛一看，獸人族的小孩映入眼簾。

「怎、怎麼是小孩子……？」
不是救兵嗎，該死。

我出了森林。
多虧那些小孩解決了魔物和魔獸，沿路都很安全。
一出森林，我就遭到軍隊保護。進森林時明明沒看到，現在卻聚集了好多人。
誇張嗎？不，有兩隻戰熊，的確需要這麼多人吧。我將手邊所有情報全部告訴軍方。
「你們有帶會治療魔法的人來吧？麻煩治一下我的手，我帶你們去現場。」
「別慌。會有人治療你，但是不需要帶路。畢竟小弟他們已經進森林了嘛。」
「你說小弟他們……是指獸人族的小孩嗎？」
「沒錯。你認識啊？」
「怎麼可能。只是剛才在森林裡碰上了而已。」
戈爾、席爾與布隆。
不久前來到王都的武神格魯夫，向冒險者公會提出一項委託。
「假如學園關係人士跑來這個冒險者公會想做些什麼，麻煩聯絡在學園的那三個人。如果他們三人跑來這個冒險者公會想做什麼，麻煩聯絡王城。」
只要聯絡就好。為了這種簡單的委託，武神砸了大錢。

冒險者公會欣然接受，並且利用這筆錢改善公會設施。隸屬於公會的冒險者，全都強制接下武神的委託。

這項委託。

第一個委託，就是要冒險者公會和那三人建立合作關係。

同時，也是要監視那三人。讓武神做到這種地步，那三人究竟是什麼角色？

我感受到一種非比尋常的強大。難道說，他們是武神的私生子？希望只是單純保護過度。

等他們三人回來再問吧。

接受治療後，我決定在森林附近待命。

雇主和同伴都還在森林裡，我不想先回王都。話雖如此，我也沒打算一個人返回森林。

光是兩隻戰熊已經非常嚴重，聽到軍隊的人說裡面說不定有情侶獸之後，我就更不想進去了。

過了約兩小時，我的同伴和雇主們從森林裡出來。還有士兵護衛，真是奢侈。

不過沒事就……雇主少了一個？當誘餌……這樣啊。

我認同他的毅力，但是這種事不值得誇獎。只能指望他身上的魔道具了。

冒險者們三三兩兩地從森林中回來。就是那些接下魔獸討伐委託的冒險者。

之所以回來是因為天快黑了吧？好幾個人受了比我還重的傷。雖然認得，不過人員有缺。大概和我一樣，還有同伴留在森林中吧。

即使接受了治療，依舊不肯遠離森林。

儘管我沒什麼重要資訊，不過還是打聲招呼交換一下情報吧。

我一靠近，負責帶隊的傢伙便輕輕舉手。那個手勢，是僅限冒險者使用的獨特暗號。極機密。

事到如今居然還有極機密？情侶獸的事我已經聽說嘍。我把耳朵湊過去。

「『摻雜怪』出現了。」

「……真的嗎？」

「嗯。我們團隊的斥候確認到了。我已經派了一個人去通知冒險者公會。」

「軍隊呢？」

「還沒說。但是，那個沒辦法。就算告訴軍隊也沒用。」

「可是，既然『摻雜怪』出現了，不讓大家避難就糟了吧？」

有相當多士兵聚集在這裡，一想到「摻雜怪」到來會怎樣，就讓我不寒而慄。應該把這件事告訴軍隊吧？

「一樣要等冒險者公會的判斷。老實說，這種機密不能由我們告知軍隊。假如一個不小心讓消息傳開，王都會陷入恐慌。通知軍隊是冒險者公會大人物的職責。」

「或許是這樣沒錯，不過……」

這時的我比起雇主和同伴，更擔心那三個獸人族小孩。

希望他們不要有什麼蠢念頭，平安逃走。

就在太陽即將下山時，最後的雇主從森林中出來了。他被士兵扛著，顯得相當窩囊，不過人似乎沒事。相當努力呢。

雖然我想跑過去，不過他好像得先治療。之後……學園的人包圍著他，實在沒辦法靠近。

一陣兵荒馬亂後，那三個人從森林裡出來了。平安無事啊。看來相當疲憊呢。不過嘛，這也是理所當然吧，畢竟還是小孩子嘛。

居然是軍隊的大人物上前迎接……他們究竟是什麼人啊？

「這次討伐了五隻戰熊和三隻情侶獸。短期內會持續戒備，不過在此宣告威脅已經解除。」

聽到軍方的發表令我大為震驚。

戰熊居然有五隻？不，更重要的是，「摻雜怪」要怎麼辦？軍隊到現在都還沒掌握「摻雜怪」的情報嗎？

他們要隱瞞這件事？因為離王都很近？怎麼辦？要現場大喊嗎？

「重複一次。軍隊在此宣告，威脅已經解除。感謝聚集在此地的諸位冒險者提供協助。還要對森林的守護者……以及龍表達感謝之意。」

……咦？負責宣布的士兵面帶笑容。

最後連龍都要感謝是指……「摻雜怪」已經被討伐了嗎！

誰解決的？他說是龍……然而每個人都知道不是龍。難道說，是那三個人？

……不會吧？可能性……是零吧。

不過，他們有可能知道內情。好想和他們聊聊。非常想。何況他們救了我嘛。

「不好意思，有些話想麻煩你們向那三位獸人族轉達。」

我這麼喊道。

當天晚上——

「這樣啊，原來是森王大人解決的嗎？原來如此，不愧是北方守護者……嗯？問我有沒有在森林裡討伐過蜘蛛類魔物？沒有、沒有。畢竟牠們很強，動作又非常敏捷，還待在森林深處嘛，哪有這麼容易打倒……應該說做不到吧。碰上蜘蛛類啊，與其對付牠們還不如逃跑，沒有冒險者會特地出手啦。話說回來，我真想抱怨公會應對太慢，都不知道我在那裡流了多少冷汗。」

閒話　獸人族男孩們的學園生活　魔道具與訓練

午安，我是席爾。

前往北方森林的五名學生被嚴加斥責。不僅如此，還禁止上課一年。

不過，目前學園的制度是出席想上的課收集畢業證明，實際上等於遭到延畢一年的處分。雖然還有學費問題，不過算是很寬大的處置。

因為遭逢危險，所以體恤他們？我原本這麼認為，然而並非如此。

五人攜帶的魔道具，合計七個，全部被學園沒收了。

學生們似乎沒得到許可就擅自拿走老家的魔道具，這次的事會向他們家報告，並且等候家中處置。

如果情況嚴重，說不定會被逐出家門。考慮到這一點，算是很嚴厲的處置吧。

儘管可憐，不過聽到魔道具的價格之後，我就懂了。

然後呢，這七個魔道具。

此刻就擺在我們家客廳的桌上。

「這些是怎樣啊？」

回答我的人，則是不知何時冒出來的葛拉茲大叔。

「有人認為，之前『摻雜怪』的事，說不定和這些魔道具裡的某一件有關。」

「我們並不希望把這麼危險的東西擺在家裡耶？」

「別這麼說。畢竟最後得出的結論，是形式上由學園將這些東西借給你們這三位教師，再讓軍隊和你們一起調查。」

「？為什麼用這種形式？如果想調查，葛拉茲大叔你自己來借不就好了嗎？」

「我是貴族當家，就算工作上有需要，借用沒收自其他貴族的物品，依舊會引來奇怪的謠言。」

「我們就沒問題嗎？好歹我們也相當於男爵家當家耶？」

「你們有學園教師的身分吧？抱歉把麻煩推給你們。」

葛拉茲大叔道歉的對象不是我而是布隆。答應的是布隆啊？

「所以呢，誰來調查這些？葛拉茲大叔？」

「我雖然有興趣，但並不是專家。你們村子裡有專家在吧？交給那位處理。」

「專家？」

「村長夫人。」

「很多位喔。」

「這麼說也對。專家是露露西大人。她在魔道具界可是名人喔。」

「哦～」

「還『哦～』呢……她是大人物耶。還有，雖然已經聯絡過了，不過聽說剛生產完還亂成一團，要我等一陣子。」

「生產？已經生了？」

「生的是女兒。露露西大人的孩子叫做露普米莉娜。還有，蒂雅大人的孩子叫做奧蘿拉。」

「蘿娜娜小姐呢？」

「哈哈哈，別調侃大人。如果你們當乖孩子，結婚典禮會邀你們來。」

「已經進展到那種地步了？」

「還差一點——這是我的看法。」

「加油喔。」

「嗯。然後言歸正傳。我要在村裡舉行武鬥會的時候交給她，在那之前先幫我保管。」

「與其交給我們保管，不如還給學園怎麼樣？」

「駁回。你問布隆把這些東西借出來需要辦多少手續。」

我看向布隆，他臉上寫著「再借一次實在太麻煩」。原來如此。

「理由明白了，但是這樣很危險吧？」

要是這些魔道具導致「摻雜怪」冒出來就糟了。

「放心。如果原因在於這些魔道具，會出現更多『摻雜怪』。它們只是可疑……應該說，有一批人主張『摻雜怪』來自魔道具，純粹是為了說服他們才要進行調查。」

大人還真辛苦。

「除了魔道具說之外，還有『「摻雜怪」是勇者末路說』、『一切魔物的最終形態都是「摻雜怪」說』，以及『由古代魔法師製造的不滅怪物說』吧。」

「明明禁止外傳，卻有很多說法呢。」

「雖然禁止外傳，但是四百年前曾經出現在魔王國嘛。當年見過的人還在王城工作，此外也有研究對策。」

「禁止外傳有意義嗎？冒險者們也知道喔。」

「禁止外傳的目的，在於避免讓那些無力逃跑的人感到不安。具體來說，只要別講『它在北方森林出沒』就沒問題了。」

「了解。呃，這些魔道具可以用嗎？」

「別弄壞就好。你已經聽過它們的價格了吧？」

……還是小心保管吧。

回村裡參加武鬥會之前，我們試著在學園舉辦模仿武鬥會的活動。

北方森林那件事，讓我們深切體會到自己實力不足。

我們募集志願者，舉行簡單的淘汰賽。

為什麼志願者裡還有士兵啊？雖然人數不多所以無妨。還有，因為北方森林一事遭到訓斥的五人也參加了。

畢竟這不是教學嘛，沒什麼問題。

雖然他們看起來幹勁十足……是想讓誰見識一下自己優秀的一面嗎？

嗯……

首先是學園的學生，整體來說偏弱。儘管武器很不錯，實力卻配不上。

北方森林那五人也很努力，但實力遠遠不足。

艾琳與羅薇雅兩人的實力比其他學生高出一截。可能這一截很長吧，碰上學生都能輕易取勝。

再來是士兵。

職業人士果然有實力。碰上大部分的學生，都能用不怎麼樣的武器壓制對手，技術與經驗的差距很明顯。

撐得住的只有艾琳和羅薇雅兩人。該誇獎艾琳和羅薇雅嗎？不過嘛，贏的依舊是士兵就是了。

然而這些士兵，不知為何敗給了我們。

他們……沒有預判行動。沒有預判，因此擋不住我們的攻擊。因為是訓練而放水嗎？不，這麼做有意義嗎？完全搞不懂。

難道說，他們沒辦法預判對手的行動……不會吧？何況格魯夫大叔和達尬大叔都說過，預判行動是基礎中的基礎。

會不會是因為在學園內所以手下留情……不對，他們贏了學生。

嗯……我也不是笨蛋。來到這所學園已經過了半年以上，再加上先前北方森林的事件，差不多也該發現了。

我看向戈爾和布隆。嗯，他們兩個似乎也確定了。

魔王國的軍隊非常弱。

如果是顧慮到我們而留手倒還好，然而似乎不是。

「喂～再來改成團體戰喔。你們那邊是你們加上十個淘汰賽前面名次的學生，我們這邊會派出三十個人。」

由於我得到淘汰賽優勝，葛拉茲大叔開始接手主持。

「咦？等等，為什麼大人那邊比較多啊？」

「你們那邊有特洛伊子爵的女兒和利布斯子爵的女兒吧？這點讓步剛剛好……不行啊。考慮到你們有三個人……去兵舍再找二十個人。來個人幫忙跑一趟！」

特洛伊子爵的女兒是指艾琳，利布斯子爵的女兒則是指羅薇雅。

「對了！將軍在吧！休假中？放心，只要告訴他這邊有架打，他就會高高興興地跑來。快點，快叫他來！我們要拿下勝利！」

……魔王國沒問題吧？

1 救命

前略。

救命。

後略。

補充：

冬季的嚴寒也降臨「夏沙多市鎮」了。各位，過得還好嗎？我被工作淹沒了。

那麼，這次之所以執筆，是為了控訴某件事。

廢話不多說，這就進入正題。我費盡心血培養的四名部下，被伊弗魯斯學園的榮譽學園長挖角了！

這是怎麼回事啊！不管怎麼求援都被無視，不得已我只好從頭培養有希望的人才，好不容易覺得他們堪用的瞬間就被挖走了，你們懂我的心情嗎！你們懂吧！
此事我必須嚴正抗議。
我深信你們會歸還那四人，並且提供相應的賠償。

「來了這麼一封充滿怒氣的信耶？」
我把信拿給一起窩進暖桌的露。
信上那個伊弗魯斯學園榮譽學園長就是指露對吧？妳去「夏沙多市鎮」的時候，做了什麼事啊？
「哈哈哈哈哈。」
她笑著敷衍我。

寄信者是墨丘利種的米優。雖然外表是幼女僕，不過相當優秀。
原本送她過去支援「馬菈」和「夏沙多大屋頂」的會計……不過在那之後，待遇確實差了點。
不過，我們這邊也沒有無視她喔。我們預定春天會送幾名新的文官少女過去，還拜託麥可先生和陽子安排優秀的人手。一來應該有送援軍，二來生產之後變成定期往返的寶菈說沒什麼大問題耶？
總而言之，我伸手拉扯露的笑臉。
「好鬨、好鬨！」
「所以說，到底怎麼回事？妳挖人家的牆角了嗎？」

「那個啊，簡單來說呢，『夏沙多市鎮』的經濟實力提升，所以懂會計的人根本不夠用啊。」

「然後呢？」

「伊弗魯斯學園的會計原本是一團亂啊。我在的時候還能整理到某種程度，但是我不在可能就有危險了……」

「所以才挖角？」

「『夏沙多大屋頂』懂會計的有二十七人耶。我想少掉幾個人應該沒關係吧～不過，我不是挖角。只是趁米優睡覺的時候，偷偷找他們談而已……好鬨、好鬨。」

看來得好好向米優道歉。

「那四個人，還得了嗎？」

「我想很困難。要是歸還，伊弗魯斯學園大概會垮吧。」

「有那麼嚴重嗎？那裡是學園吧？」

「畢竟聚集在那裡的，都是專精領域的第一人嘛。知識與經濟概念、會計能力是兩回事，不如說他們一旦埋首研究就會把會計拋在腦後。雖然另外向戈隆商會借了三名會計師，不過戈隆商會也表示會計師不足，要求歸還……」

…………

也向麥可先生道歉吧。

總而言之，結論就是……

嗯，儘快安排文官少女組移動吧。反正現在是冬天，她們都窩在屋子裡嘛。
原本說等到春天，所以可能會有人抱怨，不過只能想辦法拜託她們了。
另外就是要向「四號村」的貝爾確認了吧。
要是有新的墨丘利種醒來，問題就解決了。啊，不過沒有會計能力行嗎？畢竟是以前負責管理太陽城的種族，應該可以期待吧。
「會計相關？如果能接受加雷特王國的人，我可以介紹喔。」
琪亞比特的母親瑪爾比特從暖桌探出頭提議。
「鑽進暖桌……還穿著短棉襖，這樣會太熱吧？拜託別這麼做。還有，妳說能幫忙介紹人手？」
「因為很暖和，一不小心就……呃，加雷特王國某間以研究學問為主的學園，面臨畢業生難以謀職的狀況。」
「然後那裡的畢業生懂會計。」
「對。因為要移動到魔王國，或許會有人排斥……不過『夏沙多市鎮』也有很多人類，我想沒問題吧。應該至少能介紹個二十人喔。當然，還得準備不少錢就是了。」
「最多是多少？」
「咦？」
「最多能夠介紹多少人？」

「大、大概一百人左右……」
「全部都要，拜託妳了。」
「可、可是，錢……」
「我會準備訂金。」
如果能用錢解決，就用錢解決。從沒想過我也會有這麼認為的一天。
因為希望立刻召集到懂會計的人，我請瑪爾比特寫封信給天使族之里。
雖然瑪爾比特回去一趟會比較快……
「這麼說來，瑪爾比特妳要在這裡待多久？」
「待到春天。」
「妳不是加雷特王國的巫女嗎？」
「沒關係、沒關係。那是葛比特負責的。」
「葛比特？」
「母親的假名。族長兼任巫女傳出去不好聽。」
琪亞比特端著放了熱飲的拖盤走來。自己的份和暖桌裡瑪爾比特的份……我和露也有呢，謝謝妳。
「巫女雖然重要，但就算不在也應付得來。輔佐長不在的問題還比較……」
輔佐長——蒂雅的母親琳夏也還在村裡。她天天寵著蒂潔爾和奧蘿拉，過著優雅的生活。

至少不會像眼前的瑪爾比特一樣，穿著短棉襖窩進暖桌。

「要是有了孫子，我也會疼愛他們。」

瑪爾比特戳了戳窩進暖桌的琪亞比特。儘管琪亞比特很尷尬，不過隨便幫忙緩頰可是會惹火上身。

總而言之放著不管。

琳夏不在似乎讓加雷特王國很頭痛……

「就算對琳夏提起回去的話題，她也只會當耳邊風嘛。」

「說到這件事，先前她曾找我商量過移居的事耶？」

露開口說。

嗯。畢竟她是蒂雅的母親，要搬過來當然歡迎，不過希望她能先處理好加雷特王國的問題。

「如果琳夏要搬過來，那我也要～」

「等等，母親。妳在說什麼傻話啊！妳是天使族的族長吧！」

「從今天起，我將族長的位置讓給小琪。加油喔。」

「妳要我怎麼搞定沒了琳夏的天使族之里啊！不要開玩笑了！」

「我才沒有開玩笑～」

「那就更糟糕了！母親妳應該攔住輔佐長，守護鄉里！」

「咦～然後我這麼做的時候，小琪卻在村裡悠哉嗎？」

「我可沒有悠哉。今天我有出去巡邏，也有好好工作。和只會在暖桌裡睡覺的母親不一樣。」

「我也沒有都在睡覺，一樣有好好工作喔。」
「工作？怎麼可能？」
琪亞比特看向我，但我什麼也不知道。
該不會是指正在寫的信？啊，寫好啦？那我收下了。
「再怎麼樣，我也不會說這封信是工作啦。」
瑪爾比特才剛說完，小黑四就來了。
「啊，我等很久嘍。」
瑪爾比特表示歡迎。
怪了？小黑四超有幹勁。怎麼回事？
「呵呵呵。就在昨天，我的勝場終於超過牠了。」
……騙人的吧？
「話是這麼說，但也只有昨天是六勝四敗。不過，如今棋王的頭銜在我身上，這就是我的工作。」
瑪爾比特得意地挺起胸膛。
呃，就算妳說這是工作，我也很難贊同啊。妳看，琪亞比特也很為難。不覺得頭痛的只有小黑四，牠輕吠一聲表示今天不會再敗。
「好好好。那麼來一決勝負吧。」
瑪爾比特離開暖桌，和小黑四夾著棋盤坐下。

「族長的事沒問題嗎？」
我問留下來的琪亞比特。
「我想應該是開玩笑，所以沒問題……如果是認真的，就要拜託你幫幫忙了。」
「不，就算妳拜託我也沒用啊。」
「還有輔佐長那邊，移居的事她究竟有多認真……之後再去確認。」
琪亞比特這麼說完，旁邊的露就一臉歉意地報告：
「琳夏女士找我商量的，包括蓋房子的價碼是多少、如果在這裡生活該做什麼樣的工作喔？」
相當認真呢。
「這下糟了。」
琪亞比特神情嚴肅。
「嘴上這麼說，但妳還是沒有離開暖桌耶？」
「……再、再讓我窩一下子。」

番外　假的

深邃森林之中，能夠眺望周圍的高聳樹木上頭，有兩名精靈男子。

「利留斯，精靈隊與矮人隊到齊了。總數一千兩百。按照預定，要上前嘍。」

「利格爾嗎？先等一下，領軍還沒就位。」

「喂喂喂，又是領軍啊？叫領軍之後再來怎麼樣？」

「要是這麼做，之後會起爭執喔。需要弄成『大家一起打勝仗』的形式。」

「真麻煩。」

「既然有意見，那你要去踢領軍的屁股嗎？」

「可以嗎？包在我身上。我去吼吼他們。領軍帶頭的是誰？」

「席爾大哥。」

「咦？」

「所以說，席爾大哥。」

「大哥什麼時候來的啊？」

「昨天晚上。今天早上開會時報告過嘍。」

「哈哈哈……我睡著了。」

「那麼，你就努力去吼席爾大哥吧。可以的話，到時記得幫忙作證，說這件事和利留斯沒關係。」

「哈哈哈。啊…………嗯，抱歉。我想還是慢慢等領軍到齊吧。」

「那就好。如果總帥不是我而是席爾大哥就輕鬆了。那些吵死人的傢伙會比較安分。」

「這樣才會有形式上的問題吧？『大樹村』必須領頭。」

「我覺得『大樹村』由我領頭也是個問題耶。」
「你要把正在耕田的阿爾弗雷德少爺叫來戰場嗎？對方太可憐了吧。」
「啊………嗯，也對。要是把阿爾弗雷德少爺叫來，烏爾莎小姐也會一起來嘛……」
「毫無疑問蒂潔爾小姐也會跟來呢。」
「說不定連火一郎少爺、古拉兒小姐與拉娜農小姐也會出面。不知道奧蘿拉小姐能夠阻攔他們到什麼地步。」
「奧蘿拉小姐真是心靈的綠洲呢。」
「一點也不錯。抱歉都在說些喪氣話。我會努力代表『大樹村』的。」
「拜託嘍，我們的長兄。話說回來…………那個是什麼啊？」
「那個？」
「你看，南邊的天空。」
「………是天使族和哈比族呢。拿著的旗幟是……『大樹村』？」
「有聽說誰要參戰嗎？」
「沒聽說。啊，帶頭的是露普米莉娜小姐。」
「看起來幹勁十足耶……在那個位置攀升，代表庫德兒夫人也在吧？」
「應該在吧。畢竟庫德兒夫人喜歡俯衝轟炸。她把角拿出來，有徵求過村長的許可嗎？」
「我投沒有一票。」

「沒辦法打賭呢。啊～局勢已定，城門炸爛了。」
「意思是這一仗贏了對吧？」
「話是沒錯，不過拉提和特萊因努力做的開城準備全都泡湯啦。」
「泡湯了呢。」
「假如拉提和特萊因跑來，該說什麼好？」
「只要告訴他們『這不是現實，都是假的』不就好了嗎？」
「原來如此，真是溫柔啊。還有，接下來我身為總帥，必須去向露普米莉娜小姐抱怨才行。」
「加油，我們的長兄！」
「拜託告訴我這不是現實，都是假的。」

作了怪夢。

為什麼利留斯他們在打仗？之前也見過吧。是那場夢的後續？不，場面完全不一樣耶……而且他們好像長大了。

敵人是誰？嗯～算了，反正是夢嘛，多想也沒用……

多和利留斯他們溝通吧。兄弟姊妹之間不需要敬稱喔。

2 正經話題

在我家接待用的客廳一角，名字很長的前任四天王與比傑爾圍著設置於木製地板區域的地爐，一本正經地在進行討論。

「原本再三調查都弄不清楚的事，一來到這個村子就有答案了。關於這點你怎麼想？」

名字很長的前任四天王邊喝酒邊問。

「這條路我也走過。這次弄清楚了什麼？」

「加雷特王國的巫女。之前因為沒聽過她的名字而做了調查……結果真面目就是那邊窩在暖桌裡的族長。」

「喔，假名的事嗎？抱歉，應該由我主動告訴您的。」

「你怎麼知道的？」

「得知巫女換人之後我寫了封信，從回信的筆跡看出來的。」

「你在騙人吧。巫女的信是輔佐長代筆。」

「呵呵，不好意思。其實，我直接去登門拜訪了。」

「傳送魔法是嗎？這招很奸詐喔。」

「畢竟我軟弱無力，這點小事就放過我吧。」

「如果能把你這種級別看成軟弱無力，魔王國就穩了呢。」

「是啊，我軟弱無力。來到這個村子之後更讓我深切體會到這一點。」

「原來如此，確實沒錯。我在現役時代還以為這個世界上找不到魔王大人的對手。」

「現在甚至會輸給貓呢。」

兩人望著讓小貓薩麥爾躺在肚子上的魔王。

「那個……是不是該想點辦法處理啊？」

「畢竟他待在王城時，工作很勤奮嘛。」

「那就好……戰線沒問題嗎？」

「勉強讓戰局陷入膠著了。您聽說勇者的事了嗎？」

「有所耳聞。真是痛快。」

「他們也是群悲哀的傢伙。」

「哼！如果趁著勇者無法行動時讓魔王大人上前線，應該至少能滅掉福爾哈魯特王國吧？」

「滅得掉喔。但是，滅掉之後就麻煩了。」

「唔嗯，不能把福爾哈魯特王國的人民殺光啊。」

「沒錯。所以，就算吞併現在的福爾哈魯特王國，魔王國也沒有半點好處，反而會讓經濟惡化。」

「所以才援助福爾哈魯特的**王室**嗎？」

「這是機密耶……您消息真靈通。」

「沒有靈通到能夠查出巫女的事啊。你這樣很危險吧？要是前線的貴族聽到了，可是會把矛頭指向你喔。」

「我私下打點過了。更何況，對面的王室也不是笨蛋。提供多少援助，他們就會做多少事。」

「不過貴族都是些蠢蛋啊。」

「與其說是蠢……不如說是因為保有勇者的教會施壓才屈服吧。那部分我也打點好了，差不多該有動作嘍。」

「總算嗎？還真是小心啊。」

「嗯。不過，這麼一來戰線應該會逐漸縮小吧。」

「戰爭不會結束嗎？」

「很遺憾。就如您所知道的，福爾哈魯特王國是透過與我們戰爭來領取其他國家的支援。對方表示，如果戰爭不維持下去，恐怕無法重振經濟與糧食產量。」

比傑爾看向正在吃橘子的瑪爾比特。

「既然加雷特的巫女這麼說，應該就是這麼回事了吧。」

「正式展開停戰交涉要等到三年後。人家說，到時候加雷特王國會促成和談，還請多指教。」

「加雷特還是老樣子，總是把好處拿走。」

「真想和他們學學呢。差不多烤好嘍。」

「喔，抱歉啦。」

比傑爾拿起串起來放到地爐旁烤的魚，遞給名字很長的前任四天王。

「好燙，呼……嗯，鹽加得恰到好處呢。」
「是啊。請配點酒吧。」
「嗯。」

倒酒的比傑爾旁邊，不知何時出現了酒史萊姆，還拿著專用的杯子喝。
不死鳥幼雛艾基斯則在酒史萊姆旁邊靈巧地用單腳拿起烤魚啄食。
真是奇怪的成員。
這麼想的我，把懷裡的露普米莉娜遞給始祖大人。
嗯？不喜歡始祖大人？我比較好？哈哈哈。
雖然我很高興，不過妳還是去始祖大人那邊陪陪他吧。要是太排斥始祖大人，他會哭喔。我懷裡還有一個奧蘿拉。
讓爸爸經歷長，但是抱小孩經歷算短的我同時抱兩個幼兒是怎樣？
雖然兩名等著支援的鬼人族女僕就站在我背後。
不知不覺間琳夏出現了，還看著我。好好好。
我把奧蘿拉交給琳夏。
這邊倒是不排斥呢。有點寂寞。

不過我的雙臂自由了。世上的母親真辛苦。

方才為了不讓小孩摔下去而在旁支援的兩名鬼人族女僕，隨著露普米莉娜和奧蘿拉移動位置。這下更寂寞了。

不過沒關係。接下來，我已經排好要和利留斯他們玩了。

仔細一想，我已經很久沒陪他們玩了。玩什麼好呢？畢竟才五歲左右嘛。嗯……

唉呀，畢竟是父子，總會有辦法吧。加油嘍。

…………

孩子們對我非常有禮貌。

大概是練習過吧。厲害喔。

嗯，有好好打招呼。好乖、好乖。

要玩什麼也決定好了是嗎？我知道了，就這麼辦。

不過先等一下。

好啦，躲在那邊柱子後面的母親們，過來這裡。之後我有話要對妳們說。

關於孩子們的教育方針，讓我們花點時間談談吧。嗯，不是什麼複雜的話題。總而言之，有件緊急的事。

不要教孩子們喊父親「村長」。

之前他們還叫我爸爸吧？

不能疏忽和孩子們的交流。

我將這點銘記在心。

3 冬季將盡

關於萬能船專用池的計畫改了。

原本因為外型是船，讓我覺得非得有個水池不可，但是既然會飛就不需要浮在水面上了。

只要有個安置船隻的臺座就好，連挖洞都不需要。讓人有點難過。

安慰我的人是露。

「從地底出動不是很帥嗎？」

是這樣嗎？算了，挖好的洞就要有效利用。

我在洞上面做了個堵住洞的門，平常關起來避免萬能船暴露在外。門為了擋雪遮雨弄成三角屋頂形。

要出動時，會用萬能船的手臂開啟這道門。船有手還真方便呢。會不會變成船的標準配備啊？

由於門相當重，所以開關前會響起警告聲。暫時靠萬能船聯絡用的鐘就行了吧。

正式的鐘等到春天座布團醒來之後再商量吧。

我和一同作業的高等精靈、山精靈們分別，回到屋裡稍作休息。

休息要在我的房間還是客廳呢？阿爾弗雷德他們似乎在客廳，就去那邊吧。嗯，感情融洽是好事。

不過，這裡是客廳，注意不要跑來跑去。外面……很冷對吧。我也覺得很冷。

我挑了個適當的地方擺下坐墊坐著。環顧周圍……沒看到小貓們。既然孩子們在這裡，小貓們大概在我房間避難吧。

不死鳥幼雛艾基斯和酒史萊姆，以及小狐狸模樣的一重也在這裡。

雖然每天見面，不過總覺得已經好久不見了。好乖、好乖，要坐我腿上嗎？哈哈哈。酒史萊姆，我不是在對你說，去那邊喝酒。艾基斯，也不是在對你說，你到我頭上去。

我讓雖然有些見外但還是靠了過來的一重坐到腿上，感到心滿意足。

鬼人族女僕將桌子搬到我附近，接著為我擺上茶。一重是果汁對吧。謝謝妳。

我和一重聊起陽子。

近來有時候陽子會太專心工作而忘了妳？這可不好啊。嗯，不好。我跟陽子談談吧。

不過，陽子不是因為討厭妳才放著妳不管喔。這點可別弄錯了。

一重被阿爾弗雷德他們找去，於是離開我的腿。

一直等待機會的小黑，把頭放到空出來的腿上。好乖、好乖。

我讓一重坐到腿上之後，你一直在我周圍晃來晃去嘛。抱歉、抱歉。

我還以為你在我房間睡覺，哈哈哈。我一邊安撫把頭放在我腿上的小黑，一邊猜下一個會是誰。

小雪嗎？也可能是座布團的孩子們。

……………瑪爾比特？

真是出乎意料。呃，所以妳為什麼要坐到我腿上？妳是人妻吧？

妳說丈夫已經過世多年，不過這樣也有很多問題吧？

妳看，琪亞比特用很恐怖的表情看向這邊……

避難。

或許我在不知不覺間鬆懈了。要嚴以律己。

我對頭上不動如山的艾基斯發誓。

我在宅邸中央的大廳思索。

這裡在召集全體村民談話時很方便，冬天則會因為太寬敞而變得很冷。畢竟差不多等於一個略窄的足球場嘛。

在高等精靈們的計畫裡，預定要用魔法加溫，不過把這麼寬敞的地方弄得暖和從各方面來說都很浪費，所以停擺中。

結果，雖然比外面好一點卻還是很冷，所以沒人要來，讓人覺得更冷了。該怎麼辦呢？

……

準備些能夠簡單移動的隔板，試著弄成個人房怎麼樣？

在我後面的高等精靈和山精靈點點頭。似乎不壞。那就試試看吧。

我試了。

弄出了一個兩坪多的空間，令人安心。只要在中央擺個火盆就夠暖了吧。

……

上方還是挑高空間，真想要個屋頂啊。高度大約三公尺左右。

很好，一片黑暗。麻煩用魔法照亮。

……

哦哦，相當不錯的空間。

不過，當成房間看待之後，就會在意起從空隙吹來的風。

雖然牆壁和牆壁之間弄得很緊密，但如果把地板和牆壁之間弄得密實就會難以移動。這是構造上的弱點吧。

這麼一來，感覺不要用隔板，直接用布搭帳棚還比較能擋風呢。不過，在室內搭帳棚會傷到地板和牆壁，不能做這種事。

…………

我在地板上鋪了一層約有三十公分厚的木板，試著在上面搭帳棚。

帳棚裡連兩公尺見方都不到，感覺卻相當不錯。把毯子放進去，就有舒適的空間。躺下來試試看。

…………

不錯耶。

這麼一來……高等精靈和山精靈們把露營馬車拉到帳棚旁邊。妳們很懂嘛。

只有我享受也不好，總之再做幾個帳棚吧。至少得做出高等精靈和山精靈們的帳棚才行。

我還開始用露營馬車做菜。雖然在室內，卻有點露營的感覺。

「用魔法把這裡加溫，不是比較輕鬆嗎？」

我決定假裝沒聽到安的正論。

「這麼說來，魔道具的事怎麼樣了？」

待在露營馬車附近的我，邊吃東西邊問露。

戈爾他們回來參加秋季武鬥會時，委託露進行調查。

拿回來的雖然是戈爾他們，不過委託人是葛拉茲。他說魔道具會產生一種叫做「摻雜怪」的危險魔物還什麼的。

「那個連調查都不需要，因為魔道具不會產生『摻雜怪』。不過很久以前曾經有魔道具會吸引『摻雜怪』，才讓這種誤解傳開。」

「是這樣嗎？」

「是。不過嘛，與其立刻退還人家，還不如暫時保管之後才說沒事，比較能讓對方安心，所以還在我這邊就是了。」

「記得確實歸還喔。」

「我才不會借了不還呢。何況以性能來說更高階的魔道具就在倉庫裡。」

「那就好。還有，那個叫『摻雜怪』的是什麼啊？」

「嗯～主張牠是魔力集合體的聲浪比較大。」

「聽不太懂。」

「哈哈哈。呃～有操縱魔像的魔法對吧？」

蒂雅用的魔法對吧。也有應用在萬能船上頭。

「只要施法者給予某種程度的指示，它就會自己行動，不是嗎？」

「是啊。」

「就類似不下指示也會擅自動作的魔像吧。因為能夠自主行動，所以就某方面來說算是終極魔像，不過畢竟它的目的只有自我保存嘛。如果說是做壞的墨丘利種，可能會傷到貝爾和葛沃吧。」

「……抱歉，我還是不太懂。」

「雖然確實是很危險的魔物，但是絕對不會在這附近出沒，所以不用擔心。我想，出現在魔王國的機率應該相當低。」

「這麼說來，會出現在戈爾他們學校附近是……」

「運氣差到極點吧。大概有被天上掉下來的石頭砸到那麼差。」

「這……還真慘呢。」

「唉，所以葛拉茲才會神經質地委託我調查嘛。到了春天要還魔道具時，我會順便去調查一下。」

「又要出遠門嗎？」

「唉呀，覺得寂寞嗎？有瑪爾比特在吧？」

「妳聽說啦？」

「呵呵呵。讓我坐到腿上就原諒你。」

「……請坐，公主殿下。」

閒話　獸人族男孩們的學園生活　出發

我的名字叫做布隆。

戈爾、席爾，還有我三個人，原本進入加爾加魯德貴族學園就讀。

如今我們三個在當教師。為什麼會變成這樣呢？

…………

別在意小事。我在村裡是這麼學的。村長也這麼說。重點不是過程，而是結果。

只要最後能為村子帶來利益就好。話雖如此，不擇手段大概還是會出問題吧。

總而言之，學生和教師能做的事天差地遠。對於村子來說，我們當教師應該比當學生更有利吧。希望如此。

更何況，就算成為了教師，也不代表什麼都不能學。可以拿空閒時間自主進修，或是上其他老師的課。嗯，加油吧。

問題在於，當上教師已經半年，直到現在還是沒有空閒時間。

好啦。

加爾加魯德貴族學園雖然是春天入學，卻沒有規定畢業時間。

儘管有畢業條件，但是只要滿足條件就隨時都能畢業，因此湊不到一起。

只不過，入學就讀的都是貴族關係人士。魔王國在冬季有大規模的冊封儀式，人事會隨之變動，通常在秋末左右會有很多人畢業。

有幾個參加我們社團活動的人畢業了。

「抱歉啊，讓你們遷就我。」

譯）雖然時間不長，不過還是承蒙您關照了。

「哼，這下子就能告別愚蠢的環境了。」

譯）我不想畢業。

「今後就見不到閣下……不，老師了呢。」

譯）為什麼不早點來學園任教呢？真遺憾。

即使想留在學園裡，也可能因為家庭或金錢問題而做不到。儘管令人難過，卻也無可奈何。社團活動也畢業了，所以是用貴族語進行對話。

戈爾和席爾計劃舉辦宴會，盛大地慶祝他們畢業，這點我也贊成。

不過，我覺得不該把會計相關的工作都丟給我。戈爾和席爾也只是不太擅長而已，做得到就拜託自己做啦。

別以為一句人盡其才，我就會原諒你們喔。

然後到了冬天。

雖然開課與否由老師決定，不過整體來說冬天的課似乎比較少。

可能是因為這樣吧，社團活動的密度比平常來得誇張。

對了、對了，關於社團活動的名稱，之前都是用「生活社」，不過我們開的課名叫「生活」，兩者容易混淆，所以校方職員找我們商量改名。

結果，「生活社」改名為「統治研究社」。

簡稱「統治研」。不過，這麼一來不就像是研究統治方法的社團了嗎？我們是在當工匠、農夫與獵人耶？和實情有落差不會產生問題嗎？還有，會不會讓已經入社的人覺得尷尬……

向父母報告時「統治研」比「生活社」來得響亮，所以希望換成新名字？是這樣嗎？

等到出問題再改吧。

「老師，您聽說了嗎？」

我已經習慣聽到遠比我來得年長的學生用敬稱了。

「出了什麼事嗎？」

「在北方森林發現了迷宮喔。」

「迷宮？」

「對。雖然已經有好幾批冒險者進去，不過好像還是很有賺頭。怎麼樣？」

「問我怎麼樣……難道說？」

「是的。我們打算去探索。」

我記得，你們就是秋天闖入禁地森林而被禁止上課一年的五人組對吧？

「還學不乖啊？」

「這次可沒有禁止進入北方森林喔？」

「話是這麼說沒錯。」

「上次確實給老師添了麻煩。所以，我們打算這次先找老師同行！」

「呃……」

「很遺憾，戈爾老師外出，席爾老師被女生追著跑。」

「這樣啊。」

不得已。至少麻煩會比只讓這五人去來得少吧。

「好。總之先去冒險者公會，在那裡做準備和蒐集情報。」

如果可以，希望僱用一些能夠帶路的冒險者。要是「米亞加魯德之斧」的寇庫斯他們在，拜託他們帶隊之後我溜掉也是個辦法。

冒險者們的報酬？這點錢就我出嘍。

不是用村長給的錢喔~是我幫忙處理學園事務賺來的錢。多到能讓我在僱用冒險者時不會猶豫。

不過嘛，也因為去幫忙害我沒辦法進修……雖然人家說沒有比實際經驗更好的學問，這點我姑且算是能接受。

進入冒險者公會之後，便看到「米亞加魯德之斧」的寇庫斯他們。

他們也聽說了迷宮的消息，正準備前往。時機正好。

不過，他們反對五名學生進迷宮，說太危險了。我也這麼想。

如果能就此說服這五人，倒是輕鬆不少。然而五名學生不肯退讓，於是有了測驗。

如果無法通過測驗，就死了心回去。如果通過，就帶他們去迷宮。

「而且不是被你們僱用，會把你們當成我們的同伴。」

這句話讓五名學生決定好好努力。

他們沒通過測驗。

「嗚嗚，老師。我們好不甘心。」

真遺憾啊。

「這次我們會遵守約定放棄。」

聽話是好事。

「老師，請連我們的份一起努力。一切就拜託您了。」

……咦？

「好啦，布隆。走嘍。」

寇庫斯拍拍我的肩膀。

不，他抓著我的肩膀。

「雖然曉得你的戰鬥力，不過收入要對半分。畢竟我們這邊有六個人，你就體諒一下吧。道具類的優先權讓給你。」

慢、慢著。

「我沒有參加測驗喔？」

「如果有你沒辦法通過的測驗，代表那個測驗有問題。」

「一點也不錯。老師，我們等你回來講看到什麼！」

此刻，我和「米亞加魯德之斧」的成員，站在北方森林深處的迷宮入口前。

為什麼會這樣？

不過，考慮到之前有「摻雜怪」出沒，調查森林裡的迷宮應該也不壞吧。所幸「米亞加魯德之斧」的成員具備調查所需的技術，既然如此，能偷學多少技術是多少。

「好，出發！」

寇庫斯高聲一呼，我立刻喊停。

雖然我不太在意小事，不過有件事想確認一下。呃，我不是要問為什麼喊口令的不是領隊，而是寇庫斯。

「你們應該沒有利用那五人把我拖下水吧？」

「我們怎麼可能做出這種事嘛。」

這樣啊，那就好。

「不過，對那五人提起迷宮的是我們。」

…………

進入迷宮之前不能揍隊友。要是平安回來，你們給我記住。

好，出發。

閒話　獸人族男孩們的學園生活　探索

被稱為迷宮的地方，大致上分成三種。單純的洞窟、魔物或魔獸築的巢，還有遺跡。

單純的洞窟與魔物或魔獸築的巢，除非以該處為家的魔物或魔獸有收集癖，否則基本上沒什麼能換錢的東西。

遺跡能指望找到以前的武器防具或道具，也可能直接找到現金。冒險者說要去迷宮時，基本上都是指遺跡。

這回在北方森林找到的，原本是個單純的洞窟，但是在洞窟深處碰上了遺跡——沒探索過的遺跡。

原本優先攻略權歸於發現遺跡的冒險者團隊，不過這次基於種種原因，魔王都的冒險者公會取得優先攻略權，派出了大約二十組冒險者攻略。

剛進遺跡就碰上諸多陷阱，雖然沒人死亡，卻接連有人受傷，無法抵達深處。

我一邊聽著這些一邊在北方森林的迷宮裡前進，隨後抵達一個廣場。那裡架了大約三十個帳棚，相當熱鬧。

「這些是其他的冒險者？」

「一半吧。另外一半是商人。他們有賣很多東西喔，雖然價格很貴就是了。」

「明明很貴卻還是有人買？」

「要是賣不掉，商人就會早早回家啦。」

原來如此。

「嗯，花的時間比預期還要多呢。」

離開王都時才剛過正午，踏入迷宮時卻已經接近黃昏。

「雖然探索迷宮和太陽的位置無關，不過還要考慮身體狀況，今天就在這裡睡一晚。」

寇庫斯這麼說完，便走進某個帳棚。其他成員好像要去別的地方。

我跟在寇庫斯後面。

「歡迎光臨冒險者公會。」

帳棚裡，有氣派的桌子和櫃檯大姊姊迎接我們。

「這裡是公會辦事處。」

「進迷宮要登錄？在王都辦過手續了吧？」

「這是蒐集情報啦。我是『米亞加魯德之斧』的寇庫斯，有什麼新情報嗎？」

「兩天前，『嫩草色』從北側帶回魔道具，現在那邊似乎很熱門。」

「『嫩草色』……利伯他們嗎？幹得不錯嘛。南側呢？」

「從十天前到現在都沒有變化。似乎還是沒辦法突破那個地點。」

「知道了。我們明天會去南側，如果有什麼狀況就拜託了。」

「了解……之所以要去南側，是因為有布隆先生在？」

櫃檯大姊姊看向我。

「是啊。」

「知會學園了嗎？」

「已經聯絡啦。其他還有什麼嗎？」

「不，沒有。祝各位平安。若是碰上麻煩，還請各位盡可能別把冒險者公會牽扯進去。」

「哈哈哈。」

寇庫斯笑了笑，不過冒險者公會這種應對行嗎？

離開冒險者公會辦事處的帳棚之後，寇庫斯走向稍遠處的大帳棚。

「等你們很久嘍。」

「米亞加魯德之斧」的成員就在裡面，因此我以為這個帳棚是旅店，然而我搞錯了。

似乎是「米亞加魯德之斧」成員負責管理的住宿用帳棚。

「畢竟好位置人人搶嘛。我們團隊的成員會輪流睡在這裡。」
「原來如此。不過，既然這裡有人在，就不需要去辦事處蒐集情報了吧？」
「如果睡在這裡的成員會打聽情報就不需要嘍。」
原來如此，沒打聽情報啊。
「既然如此，留在這裡做什麼啊？」
「加入其他隊伍幫忙之類的嘍。」
「哦～」
「總而言之，應該也有人是初次見面，先自我介紹一下。喂～這位小個子就是學者布隆。請多多指教喔～」
「咦？什麼？那個『學者』是指？」
「不知道嗎？你們很出名喔，主廚戈爾、花花公子席爾和學者布隆。」
「…………咦？」
由於太令我震驚了，導致初次見面那幾人來打招呼時我完全沒聽進去。
隔天早上，我們再度確認團隊成員。
「米亞加魯德之斧」包含寇庫斯在內共十人。不過，好像有四個人會留在這座帳棚支援，因此負責探索的只有我和「米亞加魯德之斧」其中的六人。

「寇庫斯，你說要去南側，那邊有什麼？」
「喔，一道開不了的門上面有個謎語。雖然很多人挑戰過，卻沒人能前進。」
「謎語？這麼一來，就算我去也沒用不是嗎？」
昨天說要去南側是因為有我在耶？
「你是學園的教師吧？」
「……教師也分很多種啦。」
對「教師」這個詞期望太高會讓我很困擾。算了，究竟是什麼，要看了才知道。

謎語沒解開。因為那不是謎語。
上面寫著的，只是開關門的說明。而且，連正常步驟開不了時的緊急開關方法都周到地寫在上頭。
「不愧是學者！」
「幹得好！」
「南側是我們搶到第一啦！」
不，麻煩先等一下。
「怎麼啦？」
「你們看不懂這個嗎？」
「你問我們看不看得懂，當然看不懂嘍。那是用圓形、三角形，以及四邊形所構成的圖吧？完全搞不懂。」

「不不不，這是普通的古代（高等）精靈語吧？」

「古代精靈語不叫『普通』。所謂的『普通』是指共通語（Common）。」

在村裡時莉亞姊姊她們用得很自然耶……仔細一想，當其他種族在場時，莉亞姊姊她們的確是說共通語。

這不普通嗎？這樣啊。原來不普通啊。

大受打擊的我，朝向從來沒人踏入的地點……停下腳步。

因為「米亞加魯德之斧」的成員之一喊停。

「有陷阱。要先拆掉，稍微等一下。」

……的確有飛箭陷阱。我大意了。

打起精神吧。

閒話　獸人族男孩們的學園生活　捕獲

解除陷阱後，我們向前進。

「米亞加魯德之斧」的兩名成員走在前方十公尺處負責偵察和確認陷阱。

之所以出動兩個人，則是因為遭到攻擊時能夠喊叫。雖然也有兩人都被封口的可能性，不過機率比較低。

本隊包含我在內共四人。我們做好戰鬥準備，慎重前進。

在本隊後方約十公尺處，另有一人隱藏身形跟著，由他戒備來自後方的奇襲。還有，如果意外或陷阱導致本隊受困時，也要負責呼救。

「這麼一來就確定了。有人住在這裡。」

遭遇數個陷阱之後，寇庫斯對全員這麼說。

我也這麼認為。因為陷阱很新。

寇庫斯之所以能肯定，是因為陷阱上的樹枝。從樹枝的枯朽程度，看得出是數個月前裝設的。

而且是用以捕獲的陷阱。這種陷阱需要定期檢查。

「從藏陷阱的技術看來不像一般人，但是不要一見面就發動攻擊。畢竟人家可能只是普通地住在這裡。要攻擊等確認對方的敵意之後再說。」

寇庫斯提醒大家，接著繼續探索。

被抓了。

除了我之外，都被關在遺跡中的房間。明明已經提醒過了，卻還是一個一個被抓住了。待在後方那一人最先被抓，所以無法期待救援。

我雖然留到最後，但是「米亞加魯德之斧」的成員成了人質，實在無能為力。

「不要接受被扣為人質的投降，事情不會因此而改善。」

儘管沒忘記芙勞老師的教誨，然而我只能投降。畢竟對方比我強。要逃跑或許還有可能。

不過，如果我逃跑了，「米亞加魯德之斧」的成員大概會被殺掉吧。這麼一來會讓我晚上睡不好。話是這麼說，但我也不想乖乖被人宰掉。

事態姑且還是有好轉的希望，所以我選擇投降——就當成是這樣吧。要不然，就算平安回去了，也還是會挨罵。

「確認完了吧？」

抓住我們的對手這麼問。

我之所以投降，是為了確認「米亞加魯德之斧」成員是否存活。

雖然受了傷，卻沒有生命危險，可以暫且放心。

「那麼，說來聽聽吧。」

我點點頭。

抓住我們的只有一個人。是高等精靈，不是精靈。我在「五號村」也見過精靈，因此不會認錯。

這人和莉亞姊姊她們一樣是高等精靈，而且比莉亞姊姊她們還要強。

看見她拿弓的架勢我就明白了，所以我不打算和她交戰。
這人可能覺得我們不是對手吧，甚至沒要我們繳械。
她之所以抓住我們，則是為了問我話。
「說出你認識的高等精靈名字。」
她用古代精靈語這麼問，所以我也用古代精靈語回答。
「莉亞、莉絲、莉莉、莉芙、莉柯特、莉婕、莉塔、菈法、菈莎、菈菈薩、菈露、菈米……」
我列出村裡那些高等精靈姊姊的名字。
「……慢著。」
她在途中喊停。似乎很驚訝。
「為什麼你知道的名字不止一個氏族？」
「氏族？」
「就是血統。莉亞和莉絲是莉弗氏族；菈法和菈沙是菈弗氏族。兩邊雖然曾經並肩作戰，不過基本上生活在不同地方吧？」
「這樣啊。不過她們都在村裡耶。」
「……」
「要繼續列名字嗎？」
「呃，全部總共有多少人？」

「大約五十人。」

「……………………………」

「還有其他想問的嗎？」

「你認識莉亞對吧？聽過莉格涅嗎？」

「莉格涅？我想……應該沒聽過。」

「這樣啊。你說在村裡，意思是有個高等精靈的村子嗎？」

「不是只住高等精靈而已喔。還有其他許多種族。」

「嗯，我想也是。地點呢？」

「『死亡森林』的正中央。」

「…………如果想敷衍我就講得合理一點。」

「雖然妳這麼說……但是我本來也住在那裡啊。」

「…………好吧。先當成你剛剛說的全都不假。有辦法可以證明嗎？」

「證明？」

「沒錯，有證物也行。證明你認識那些你列出名字的高等精靈。」

「帶妳去村裡？」

「路上都要綁著你，這樣你還能帶路嗎？」

要是我被綁著會怎麼樣？

……學園沒問題吧，大概。

至於移動，只要拜託比傑爾大叔，馬上就會到……

進村時應該會出問題。

被人家抓住的我，想必會被罵得很慘。更何況，說不定會讓阿爾弗雷德和烏爾莎擔心。我希望避免這種事發生。

「被綁著要帶路恐怕有困難耶。」

「對吧。不過，你說的這些，也有可能是要引誘我出去的陷阱。」

「所以才要證明或證物？」

「沒錯。」

「這樣啊。那麼……人家教我的編草方法之類的不行嗎？」

「這個不行。編草的方法也教過精靈。」

……

這下頭痛了。該怎麼辦才好？我完全想不到。

「可以和後面的同伴商量嗎？」

「……隨你便。」

「你剛剛在講什麼啊？」
「向她解釋我們不是敵人。然後呢，現在必須證明我認識某人才行，該怎麼做才好？」
「某人是指？」
「以前在村裡關照過我的姊姊們。」
「她們有沒有給你什麼東西？」
「消耗品倒是拿了一些。」
「那不行吧。說出只有那些姊姊們知道的事怎麼樣？」
「要是抓住我們的人不認識那些姊姊就沒意義了。」
「不認識嗎？」
「……………我確認看看。」
我確認了。
她好像認識莉亞姊姊。
而且剛才也提過名字，她是莉亞姊姊的熟人嗎？看來能避免最糟的發展，暫時鬆了口氣。
「然後，那個人……莉亞姊姊是嗎？有沒有什麼只有莉亞姊姊知道的事？」
「嗯～畢竟我們不是一直待在一起嘛……」
「那麼，模仿平常說話的語癖如何？」

「雖然她沒有語癖，不過模仿啊……」

我試了試。

「剛剛那是什麼？」

對方用非常懷疑的眼神看我。

「莉亞姊姊要泡澡時，確認水溫的樣子。」

「泡澡？」

啊，不知道泡澡嗎？那就不行了。模仿的動作選得不好。

「看來沒辦法證明呢。」

「慢著。再一次，拜託再給我一次機會。」

莉亞姊姊她們很可能以前就會做的……這個嗎？

「這、這是……」

「莉亞姊姊解決獵物時用來展現小小喜悅的姿勢。」

太細了嗎？不行嗎？

「我、我記得。沒錯。以前莉亞解決獵物時，就是這樣表現她有多開心。」

很好！

「這樣就行了吧？」

「嗯。抱歉剛剛懷疑你。畢竟拿高等精靈復興當理由想接近我的人，我已經碰過好幾次了，所以會提防這種人。」

「這樣啊。呃……可以釋放後面的隊員了嗎？」

「好吧。既然是莉亞的熟人，就沒理由與你們為敵。不過，擅闖我地盤的可是你們喔。我有亮出劃分地盤的標記。」

「真是抱歉。」

確實有標記。

不認識高等精靈的人大概不會注意到，但是莉亞姊姊她們教過我。而且，大概是我注意到了那個標記，才會引起她的興趣吧。

要是沒注意到，她會放過我們嗎？不，也可能被單方面屠殺。好險。

「我叫布隆，妳呢？」

「莉格涅。」

「莉格涅？啊，剛剛的圈套？」

「嗯，如果只知道名字的話，應該會上當吧。不過，莉亞沒提過我的事嗎？」

「沒聽過。不過她教過我在森林行走的方法、草木的分辨方法和武器的運用方法等就是了。」

「這樣啊。唉，大概沒空想起我吧。」

「妳是莉亞姊姊的朋友嗎？」

「不是朋友，我是莉亞的媽媽。」

「……咦？」

閒話　莉格涅

我的名字叫做莉格涅，高等精靈戰士。

我努力奮戰。

若是一對一就不會輸。就算是一對多，只要把敵人引進森林裡，一樣不會輸。不僅如此，周圍還有一群可靠的高等精靈戰士。儘管我們總數不滿百人，不過就算上萬人來襲也贏得了。我原先深信不疑。

這是種傲慢。

對方並不是閉嘴站著給我們射的箭靶，而是擁有智慧的敵人。他們拉攏、離間原本在我們麾下的精靈族，查出我們要保護的東西在哪裡。

我們在森林裡之所以強大，是因為能夠自由行動。因為我們將要保護的東西藏在森林深處，玩弄敵人。但是，一旦要保護的東西位置穿幫，我們就失去了行動的自由。

同伴們先後被殺或被捕。

不過，我們爭取到了時間。足以讓我們要保護的東西——年幼的孩子們——逃走的時間。

我確認孩子們都離開之後衝向敵人。那時我覺得就算死了也無妨，活下來不知是幸運還是不幸運。

應該是幸運吧。

因為我抱著外孫。

「外婆？」

喔喔，已經長這麼大了。五歲嗎？嗯嗯嗯。幹得好，莉亞。

能把離散各地的高等精靈整合在一起也值得誇獎。辛苦妳了。

嗯？擔心什麼？怕我向襲擊村子的人類和背叛的精靈復仇？哈哈哈，放心吧。事到如今我已經不會想什麼復仇了。

剛開始的一二十年還會考慮。過了一兩百年之後實在……何況光是要過日子就已經費盡心力。再加上那些顯眼的目標早就復仇過了，沒問題。哈哈哈。

對了、對了，聽說了嗎？那些叛徒精靈的餘孽，好像觸怒了龍被滅國嘍。

明明是因為怕我才躲去島上，居然還妄稱什麼精靈帝國。活該。

嗯？怎麼啦？為什麼一臉尷尬？這不是很愉快嗎？一起笑嘛。哈哈哈。

嗯，冷靜下來了。

莉亞為我介紹完利留斯之後，我們三人一同前往村長的宅邸。向村長打招呼也是理所當然嘛。

不過，在那之前想確認一下……

「那群單方面痛扁我的地獄狼是怎麼回事？」

束手無策。不僅如此，還看得出來牠們對我手下留情。

地獄狼光是一隻就夠凶惡了，為什麼會有十隻？太奸詐啦。

「牠們是村子的警衛。因為母親來的時候殺氣騰騰，才會有所反應吧。」

「因為聽說村裡不是只有妳們嘛，這不就代表妳們屈居人下嗎？」

一想到女兒與同胞可能過著屈辱的生活，自然會散發殺氣。

「我們是村子的一員，沒有被迫過母親想像中那種屈辱的生活。」

「那倒是好事一件。所以呢，這孩子的父親在哪裡？既然孩子才五歲，應該還活著吧？我得調教他……咳咳，叮嚀他幾句，讓他不敢違抗妳。」

「母親，利留斯的父親，就是這群地獄狼的領袖。」

「…………………莉亞，妳和野獸……」

「如果說這話的不是母親，我早就踹下去了。」

「這樣啊，原來不是。太好了。不過，他是地獄狼的領袖吧？」

「利留斯的父親，就是在那裡的村長，火樂大人。」

抵達村長宅邸之後，莉亞帶我到會客室。她所指的方向有好幾個人，不過男人只有一個。

「…………他不是人類嗎？」
「是人類啊。不僅如此，他還是地獄狼的領袖。就是這麼回事。」
「……原來如此。意思是這個人不能違逆啊。在他旁邊的女性是怎樣？妳不是他的妻子嗎？」
「那是露露西大人和蒂雅大人。」
「…………那個名字？難道說，是吸血公主和殲滅天使？」
「沒錯。兩位都比我先成為村長的妻子。」
「原、原來如此。那邊很恐怖的是？」
「哈克蓮大人和拉絲蒂絲姆大人。她們兩位是龍，也都是火樂大人的妻子。」
…………
我必須冷靜一下。不，還是要先確認。
在村長等人的反方向。
「那邊有個長得像魔王的男人耶？」
「他就是魔王。他是火樂大人的朋友，每隔幾天會來訪。」
「……」
「在他旁邊的是龍王德斯大人，後面抱著孩子的則是萊美蓮大人。萊美蓮大人是德斯大人的妻子，哈克蓮大人的母親。她就是方才提到那隻滅了精靈帝國的龍，原因是精靈擊沉了村長與哈克蓮大人之子火一郎少爺的船。現在萊美蓮大人懷裡抱著的小孩就是火一郎少爺。」

……

這裡是什麼地方？位於「死亡森林」正中央的村子？我原本還以為是開玩笑，想不到真的存在。

告訴我這個地方的獸人族小孩，以及把我帶來這裡的魔族男性，都再三說過。

村長很厲害。

原來如此，看來這裡不能用我的常識估量。

呃……總而言之。

「莉亞，我為方才的殺氣致歉。拜託妳轉告村長，我對這個村子毫無惡意。」

「包在我身上。」

「還有，除了方才提到的人之外，還有該注意的人物嗎？」

「全部。」

「咦？」

「無論傷到誰，都會惹村長不高興。請小心。」

……

「聽說那個叫布隆的獸人族小孩出身這個村子，他也包含在內嗎？」

「包含在內。啊，對了、對了。地獄狼不止在那裡的喔。其他還有很多，不要太驚訝。啊，說到驚訝，請母親往上看。那是惡魔蜘蛛的孩子，請對牠們揮揮手。」

……

看樣子，我是不是也為抓住布隆一事道歉比較好啊？

「如果母親弄清楚了就再好不過。那麼，村長在等，去向他打聲招呼吧。麻煩先放開利留斯喔，他可不是盾牌。」

嗯、嗯。我做好心理準備了。

雖然不曉得我會有什麼下場，不過該老實地為女兒莉亞融入這凶惡的一群人感到高興吧。

還有，那張從剛剛就竊笑看著我的熟悉面孔是瑪爾比特。

連妳也在這裡？只有這段時間？那也無妨。我願意忍辱低頭，拜託挺我一下。我們是朋友吧？

我為五百年前說妳是陰險天使道歉。

4 莉亞的母親

莉亞的母親來到了村裡。

似乎是人在魔王國學園的布隆找到她，於是比傑爾送她過來。

儘管事出突然，為了別失禮還是得做點準備。畢竟莉亞她們幫了我不少忙嘛。莉亞她們能見到母親應該也很開心吧。

…………

莉亞她們為什麼在備戰？而且相當認真。

嗯？比傑爾應該會和平常一樣從村子南邊來呀？

要在村子南邊建立陣地？這是無妨，但現在還是冬天喔？不冷嗎？我……啊，在屋裡等就好是吧。

了解。

要舉行什麼歡迎母親的儀式嗎？

來打招呼的莉亞母親，看上去十分悽慘。

莉亞她們幹的嗎？看來不是。莉亞她們的模樣也很慘。

從這種慘狀看來……大概是陪小黑的子孫們玩吧。畢竟牠們從剛剛就一直在等我誇獎。

先等我打完招呼喔。

「我是莉弗氏族的戰士長莉格涅。」

「敝人是火樂，在此地擔任村長。」

招呼很普通地結束了。

之所以這麼短，則是因為莉亞她們帶莉格涅去泡澡了。畢竟兩邊的模樣都很悽慘嘛。正經的話題，就等到晚餐時再談吧。

由於莉亞和莉格涅去了澡堂，於是小黑的子孫們滿懷期待跑來。我理所當然地誇獎大家。你們做得很好喔。

不過，沒想到莉格涅認識瑪爾比特呢。活得越久，認識的人也越多吧。露和蒂雅好像也知道莉格涅的事。

只是聽說過？這樣啊。難道說，莉格涅很有名？

唉呀，抱歉。誇獎的方式有些隨便。好乖、好乖。

重來一次。

做得很好喔～

…………

話說回來，因為你們看起來很希望我誇獎，所以我才這麼做，但是你們為何會和莉格涅打起來啊？

晚上。

我和莉亞的母親莉格涅共進晚餐。

同席的有露、蒂雅和莉亞。要是利留斯也坐過來就好了。

…………

這麼說來，我聽說莉亞和莉絲、莉莉、莉芙、莉柯特、莉婕、莉塔不是姊妹就是堂姊妹，那麼莉格涅不是還有其他女兒嗎？

我試著詢問。

「莉莉和莉塔也是我的女兒，不過是養女。可能因此才謙讓吧。」

「是這樣嗎？」

我看向別桌的莉莉和莉塔，她們給了個「不用在意」的手勢。

既然本人無妨我就不多說……算了，或許她們會等晚上再聊。安排人送點酒過去吧。

晚餐時的話題，以莉格涅和莉亞為中心。

「如此這般，我前後找了上百年喔。沒想到妳們會逃進『死亡森林』。」

「為了擺脫追兵，實在是不得已。真是抱歉。」

「該道歉的是我。對不起。」

「不會。」

正當我覺得場面有點沉重時，莉亞立刻換了話題。

「這麼說來，聽布隆說，母親之前待在遺跡裡？莉塔森林有那種遺跡嗎？」

莉塔森林就是指布隆他們學園北方的森林。

以前莉亞她們的村子似乎在那裡。

「妳們當年還小所以不知道吧。那裡是由我們一族管理的遺跡。說是這麼說，但也只是定期驅趕魔物和魔獸，避免遺跡變成牠們的巢穴而已。究竟是怎樣的設施，前人沒有流傳下來。」

「母親一直在那裡管理遺跡？」

「畢竟是我們一族的使命嘛。說是這麼說，但也只有最近五十年左右。因為放著太久，裡面跑進許多魔物和魔獸，清理起來相當辛苦。在遺跡裡栽培的苔也大多被毀，復原花了不少工夫。」

「苔？」

「嗯，髮豔苔。」

聽到莉格涅的回答，露有所反應。

「如果可以，能不能請教一下像是栽培環境之類的問題？」

「這是我們一族的密傳——雖然想這麼說，不過應該沒關係吧。畢竟這裡的人和同族沒兩樣嘛。」

莉格涅向我確認，於是我點點頭。

結果蒂雅在桌下戳我。

「說出來。」

只點頭不行嗎？啊，要在這時候說是吧。

其實，露、蒂雅和莉亞事前為我準備了一些要看場合說的臺詞。

「高等精靈族是構成我們『大樹村』的重要家人喔。」

這樣就行了吧？

蒂雅比出ＯＫ的手勢。太好了。

莉格涅的反應是……哭了！

「感謝您賜予我等一族安居之地。」

太、太誇張了啦。不，大概是因為過去這段時間很辛苦吧。莉亞和我們會合前，似乎也都過著和露宿沒兩樣的生活。

「如果不嫌棄，希望莉格涅女士也能在這個村子住下來。」

「多謝您的邀請。我很樂意成為村子的一員，只不過我希望工作地點改為魔王國的學園。」

「學園？布隆他們待的那所？」

「是的，正是布隆小弟邀請我去。如果是在那裡工作，就能夠順便管理遺跡。當然，身為『大樹村』的一員，我也會努力不讓村子丟臉，如果這個村子面臨危機，我會拋下一切趕來。」

呃，不需要那麼有幹勁啦。可是，不一起住啊……有點遺憾呢。

但是，考慮到戈爾、席爾與布隆，莉格涅待在學園算是幫了大忙吧？雖然莉亞她們大概會寂寞。

…………

莉亞顯得很高興，大概是我看錯了吧。不遠處的高等精靈桌傳來乾杯聲。咦？

「……不過，學園方告訴我，工作從春天才開始。在那之前，我想留在這裡鍛鍊族人。儘管時間不長，還請您多多指教。」

聽到莉格涅這句話，莉亞的笑容僵住了。

喔，原來如此。看來莉格涅很嚴格呢。

「五號村」的人說莉亞她們很嚴格，莉格涅的訓練連莉亞她們都受不了啊？

「村長如果不嫌棄，要不要一起訓練？」

「哈哈哈。」

雖然有興趣，不過還是算了吧。

莉亞，不要用「好奸詐」的表情看我。畢竟春天快到了，我還有很多工作嘛。

三天後。

村子南邊建立了大規模的防禦陣地，莉格涅的聲音響起。

「太慢了！這點程度的陣地，給我練到一天就能弄好！」

「是、是！非常抱歉！」

排成整齊隊伍的高等精靈們異口同聲。

「好，那麼開始拆除。半天把它結束。」

「咦？」

「比建立陣地來得輕鬆吧？給我做。要是做不到就處罰。放心，沒那麼狠。只是讓妳們做點我想出來的特別訓練而已。對於經過『死亡森林』鍛鍊的妳們來說，應該很輕鬆吧。啊～這麼一來處罰是不是太輕了？對了，追加模擬戰吧。對手……天使族的輔佐長就在這裡呢。她的本事貨真價實，可以好好期待喔。瑪爾比特？想和用政治手段挽回模擬戰敗北的傢伙對戰？真是不簡單。我可不想。不過，我會盡可能達成妳們的期望。我試著交涉吧。」

高等精靈們似乎強烈希望春天快點到來。

利留斯、利格爾與拉提要參加還太早了呢。
在旁邊看也會冷不是嗎？和我一起玩吧。
哦，記得喊爸爸了呢。哈哈哈，不用害羞沒關係啦。

題外話。
「髮豔苔」還真是個怪名字呢。是用來製作讓頭髮變漂亮的藥嗎？
我試著詢問莉格涅。
「這種材料是用來製作精力劑……有助於夜間運動的藥。」
「為什麼要換個說法啊？話又說回來，既然是那種藥，為什麼會取這個名字？因為外觀嗎？」
「不，看起來只是普通的苔蘚。只是當成藥物使用之後，女性的頭髮會顯得漂亮有光澤，所以人們這麼稱呼它。」
「咦？難不成，服藥的是女性？」
「不，是男性喔。」
…………
男性服藥之後，女性的頭髮會變得很有光澤，這是什麼因果關係啊？還是別多想吧。
不過，恐怕要對莉格涅另眼相看了。

「種那個是為了賺生活費喔。」
不過，栽培地點沒有告訴小孩子對吧？
「因為高等精靈男性都沒什麼慾……咳咳。不用這樣催，我也會將上等貨拿來給村長。」
呃，不對。不需要啦。

閒話　獸人族男孩們的學園生活　莉格涅去村子之前

午安，我是布隆。
莉格涅女士原先待的遺跡，不再被認定為迷宮了。
因為有莉格涅女士這位先住民。她提出諸多證據，並且得到了認可。不僅如此，莉格涅女士還將遺跡交給魔王國，於是遺跡納入魔王國的管理範圍。
成為魔王國資產的遺跡，則由莉格涅女士擔任管理者。
儘管有點囉嗦，不過這麼做比私人保有來得安全。考慮到襲擊者的安危，我也覺得這麼做沒錯。
莉格涅女士前往「大樹村」之前，我們多了一項工作。
那就是替莉格涅女士栽培的苔尋找客戶。

以前會有商人前往北方森林收購，但是不知道為什麼，好像在入夏之前就不見人影了。

不過嘛，我們能找到的客戶也不多。我們先找上戈隆商會，要是被拒絕，就請比傑爾大叔或魔王大叔幫忙介紹商人。

原本這麼打算，不過戈隆商會接下來了。

細節交由莉格涅女士處理，我的工作到此為止。再來就是回到學園，一如往常地進行社團活動吧。不過，也沒事可做呢。畢竟冬天無田可耕，又不能打獵。

學園周邊的雪雖然沒有村子那麼大，而且不至於冷到讓人不願外出，氣溫卻也算不上適合做工。是不是單純做飯吃飯就好啦？

就在我思索這些時，寇庫斯把我帶到酒館。

似乎是因為探索迷宮失敗，所以舉行為大家打氣的宴會。話雖如此，氣氛卻不會沉重。儘管為數不多，但國家畢竟還是支付了不少賞金。

這筆賞金……不是按照探索的功績，而是按照探索時的登錄人數，大家均分。

雖然也有人純登錄沒探索，不過登錄時要交錢，又不知道會不會有賞金，算得上是一種賭博，因此得到大家默認。

我也有付登錄費用，因此領到了錢。有總比沒有好，讓我很開心。看樣子不用擔心付不出這一頓的錢了。

「咦？你們明天就要出發？」

「是啊。因為迷宮沒得賺嘛。我們要護衛前往『夏沙多市鎮』的商隊。」

「這裡要變冷清了呢。」

「哈哈哈，會在夏天之前回來啦。我們回來以前，王都守備就交給你們了。」

「不要勉強一個區區的學園教師啦。如果公會出了什麼事，我會在能力所及的範圍之內……私底下努力。」

「那就好，拜託嘍。好，喝吧、喝吧！」

「如果可以，麻煩給我品質好一點的酒。」

「你的舌頭很刁耶。哪裡來的少爺啊？」

「區區的學園教師啦。你們抵達『夏沙多市鎮』之後，只要去一間叫『馬菈』的店，就能吃到好東西喔。」

「喂喂喂，這種時候你才提起這麼有名的店，我們也不知道該怎麼辦啊。那是『夏沙多大屋頂』裡面的店吧？」

「是這樣嗎？原來很有名啊？」

「那當然嘍。據說啊，有很多貴族老爺會去呢。」

「哦～」

「還『哦～』呢，反應真平淡。啊，你也是貴族老爺對吧。」

「立場上啦。我是村落出身的村民喔。」

「你要開這種玩笑到什麼時候啊？」

「不，這是真的。」

「知道啦、知道啦。那我就去傳聞中的『馬菈』，替村民老爺買點什麼回來吧。」

「咦？真不好意思。」

「錢可要先收喔。」

「你做事還真實際呢。那麼我寫封信，你拿這封信請他們打折。」

「信？你在那邊有熟人嗎？」

「『馬菈』的店長。」

「所以說，普通村民不會有這種人脈啦。」

「我覺得就因為是普通村民才會有啊……」

宴會十分熱烈。

回到學園之後，每天都在做飯。

總覺得來吃飯的人數增加太多了。還有，事到如今提這個雖然有點晚，但是軍隊在學園裡訓練好嗎？雖然人家要我別在意，所以我不會放在心上就是了。

大約過了十天，莉格涅女士來到學園。接下來，她似乎要和比傑爾大叔一起去村裡。我已經寫了封信，因此託她轉交。

「嗯，一定送到。還有啊，你介紹的戈隆商會……」

「有什麼問題嗎？」

「苔的收購價不對勁啊。」

「不對勁？壓得太低嗎？」

「相反，開出來的價格，是以前的百倍以上。」

「百倍以上？」

「嗯。我原本還以為是你威脅人家……似乎不是呢。」

「我不會做這種事啦。」

之前那個商人把價格壓得太低了嗎？

「唔嗯，總之呢，得到一筆出乎意料的錢，我要付你情報費與賠償金。」

「情報費是指莉亞姊姊和『大樹村』的事對吧？賠償金呢？」

「我恐嚇你，還把你抓起來了不是嗎？」

「這部分我以為已經和解了耶。」

「這是我的心情問題。反正有點錢也不會帶來什麼困擾，你就收下吧。」

「……我知道了。謝謝妳。」

我接過莉格涅女士遞來的錢包。好重。啊，裡面全都是金幣。

戈隆商會究竟給了多少錢啊？

「還有，能不能用這筆錢，拜託你幫忙找份我也能做的工作？」

莉格涅女士又給了我一枚金幣。

「工作？在這裡？妳不留在『大樹村』和莉亞姊姊她們一起生活嗎？」

「畢竟我是遺跡管理者嘛，離太遠不好。更何況，事到如今我也不方便跑去擺出一副長老的臉吧？會被女兒討厭的。」

「原來如此。這樣的話，在學園任教怎麼樣？」

「我不是當教師的料啊。」

「那麼……那邊有批軍隊在訓練，當他們的教官呢？」

「這主意不壞，但是加入軍隊很麻煩。」

「這倒是沒關係，我有辦法。」

「有嗎？」

「嗯，包在我身上。」

倒也不是什麼奇怪的辦法。

由我們僱用莉格涅女士，把想要鍛鍊的人交給她。僅此而已。

而且，最近我感受到自己實力不足，如果身邊有個能鍛鍊我的人就再好不過。

「……我知道了，就這麼辦。拜託你了。」

「了解。我會負責辦手續，妳要住在哪裡？」
「既然有錢了，我打算在王都找間旅店投宿。」
「這樣啊。決定住宿地點之後要告訴我喔。」
「我知道了。」
由於離前往「大樹村」還有點時間，所以我招待她到我們家吃飯。
「我決定住這裡，麻煩替我準備屋子。」
莉格涅女士說著，塞了五枚金幣給我。
多出來的份似乎是我的酬勞。
屋子要等到春天才能動工耶。不過，手續我會努力搞定。讓莉格涅女士入學會不會比較輕鬆啊？
…………
這個主意不壞，就這麼做吧。從春天起，莉格涅女士就是這所學園的學生。
被學園長駁回了。

閒話　冒險者團隊

我的名字叫做莫查。

雖然是個怪名字，不過我挺中意的。

工作是冒險者……唉，總之就是什麼都幹。

雖然平常都單獨活動，不過因為要探索新遺跡，所以臨時和別人組隊。

問我為什麼？因為有所發現時，人手多賺得才多。

不過，平常就組隊的那些人，不會輕易容納我這種單獨活動的人。因為會破壞團隊默契。

所以，和我組隊的人，平常要不是和我一樣單獨行動，就是兩人一組活動。

不過嘛，大家都還算有點名氣，沒有外行人，算是不幸中的大幸。

然而，這是個失敗。

首先，以一個團隊來說，二十六人實在太多了。人際關係很麻煩，不該找那麼多人。都怪我太貪心，得好好反省。

再來，輪流當領隊也是失策。

對領隊指示有意見的傢伙太多了。這個嘛，領隊的指示大概也有問題吧。不過就算是這樣，身為專業人士，無論什麼指示都該默默聽從。

順帶一提，我還沒當過領隊。

最後，能力重複太嚴重了。

為什麼明明有二十六個人，卻沒有人擅長探索遺跡啊！

呃，嗯，我也不擅長就是了。

總之，探索遺跡的重點是「索敵」、「探索」，還有「知識」和「臨機應變」。

「索敵」就是在死角很多的遺跡裡發現敵人的能力。越快發現敵人，團隊的生存率就越高，這點是理所當然，因此這項能力十分重要。

在我們團隊裡，擅長索敵的人一個也沒有。

「探索」則是找出陷阱、暗門等機關的能力。探索遺跡時，這項能力可說是必備中的必備。要是隊裡沒人擅長這些，碰上陷阱全滅也不稀奇。

在我們團隊裡，只有兩個「有過幾次類似經驗」的人。

順帶一提，這兩人沒注意到連我這個外行人都能察覺的陷阱受傷了。

唉呀，不是我故意不提醒喔。他們的腳步踩得理直氣壯，我當時還以為是自己弄錯了。

…………

抱歉，我不否認是因為有點害羞才來不及出聲。要是能好好和別人溝通，我也不會想單打獨鬥啊。

「知識」是為了解開謎題（riddle），不過在判斷發現物的價值時也很重要。即使人手眾多，能夠搬運的量依舊有限。判斷該帶什麼走、該留什麼下來相當重要，會直接影響收入。

還有，如果背著重物回去卻發現沒有價值，隊伍也可能會當天解散。在我們團隊裡具備這類能力的人算得上很多，包括我在內約有二十人。

…………

太偏了吧？

最後的「臨機應變」是腦袋運作的速度，不止探索遺跡，可以說當冒險者的人都必須有這種能力。在冒險者的工作裡，內容相同的很少見。就算護衛的商隊走同一條路線，遇上魔獸與魔物的數量和時機照樣會有所不同，天候也會變化。

懂得基礎是理所當然，若不懂得應用就算不上一流冒險者。

嗯，這支團隊不是一流。有人能否認嗎…………很好，大家都有同感呢。

唉，雖然姑且算是有點成果，不過今天也累翻了。

真是的，好羨慕其他冒險者團隊。

…………嗯？

那是……「米亞加魯德之斧」的寇庫斯啊。

「米亞加魯德之斧」是個平衡拿捏得很好的團隊，能夠對應各種委託，團隊成員也相處融洽。

如果要參加，我也想選那樣的團隊。

但是，「米亞加魯德之斧」不輕易加人可是出了名的。就算我低頭懇求，大概還是連暫時加入都不行吧。

……………………………………怪了？

有個陌生的成員。是獸人族的小孩。

「米亞加魯德之斧」裡頭原本沒有那種人。是我不在王都時加入的成員嗎？不，就算是這樣也未免太年輕了。從一旁寇庫斯的態度看來，不像是參觀者或委託人。

唔嗯……

該不會，這個小孩知道什麼有關這座遺跡的事……有可能。

若是這樣，希望情報也能傳到我們這裡。雖然我和寇庫斯只有聊過幾次，不過大家都探索同一個遺跡，他應該會答應交換情報吧。

如果我這邊有情報能提供的話。

……………………世間真嚴苛啊。

隔天。

輪到我當領隊。

總算啊。我等這一天等好久了。

全員注意！

「我提議解散團隊，贊成的人把手舉起來！」

…………

由於反對居多，所以我們繼續探索遺跡。

咦？

結果——

我們一直活動到查出遺跡有先住民為止，次數還行，收入尚可。

雖然有許多人受傷，但是沒人死亡。

或許是段不錯的冒險。

異世界悠閒農家

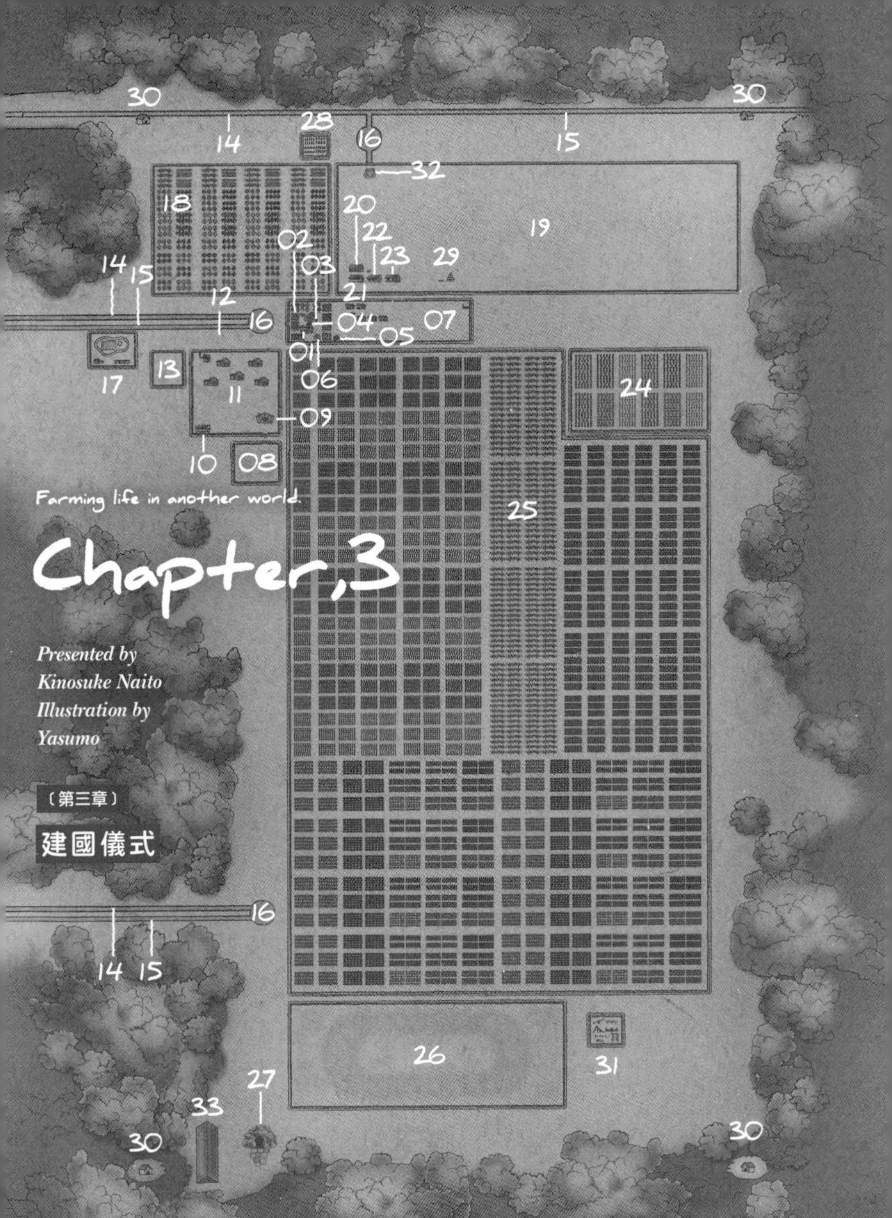

Farming life in another world.

Chapter,3

Presented by
Kinosuke Naito
Illustration by
Yasumo

〔第三章〕

建國儀式

01.住家　02.田地　03.雞舍　04.大樹　05.狗屋　06.宿舍　07.犬區　08.舞臺　09.旅舍　10.工廠
11.居住區　12.澡堂　13.高爾夫球場　14.進水道　15.排水道　16.蓄水池　17.泳池與相關設施
18.果園區　19.牧場區　20.馬廄　21.牛棚　22.山羊圈　23.羊圈　24.藥草田　25.新田區
26.賽跑場　27.迷宮入口　28.花田　29.遊樂設施　30.看守小屋　31.正規遊樂設施
32.動物用溫水浴池　33.萬能船專屬船塢

1 第十五年的春天

春天嘍！

有點亢奮的我走出戶外。

嗯，好冷。不過春天到了。

我向起床的座布團打招呼。座布團也很興奮。

怎麼啦、怎麼啦？腳步比平常輕盈喔。哈哈哈，我明白。

我順應座布團的要求，讓牠量我的身體尺寸。

希望冬季期間沒有發胖。看來沒問題。嗯，我很期待。

座布團之所以興奮，是因為有春季遊行。

就我個人來說只打算辦去年那次，然而事與願違。

因為有人在去年遊行結束之後立刻開始準備下一次。

領頭的是座布團。不止我的衣服，牠幾乎把全體村民的衣服都做好了。儘管數量驚人，牠還是趕在秋季完工。

現在牠正配合孩子們，進行服裝尺寸的最後調整。

嗯？晚上要試穿是吧？了解。

除此之外，我還知道山精靈們偷偷準備了高臺，也知道「一號村」、「二號村」、「三號村」和「四號村」會定期排演。

所以，我決定放棄抵抗。

春季遊行是例行公事。我認了。

這樣心靈會比較平靜。而且，考慮到夏季的慶典與秋季的武鬥會，春季舉辦遊行正好能平衡。嗯。

那麼，在遊行之前就把能做的工作好好完成吧。

所以各位山精靈，麻煩高臺晚一點再組裝。要是高臺亮相，就沒人想開會了。

各位高等精靈，音樂練習請離遠一點。理由一樣。

各位鬼人族女僕，試做新菜是無妨，但是注意別讓孩子們吃太多。

各位矮人，酒需要試喝嗎？還是早上喔？好啦，認真一點。

晚上試穿。

……………

衣服還是老樣子，華麗得像是哪來的貴族。底色是白色，重點部位採用紅色與金色，背後則是全黑的斗蓬。

這件斗蓬長了四根棒子呢。棒子上有可以活動的部分，能夠彎折。

只用看的不太明白，但是穿上之後座布團將這些棒子折起來，我就懂了。

這些棒子是象徵座布團的腳。我原本在想，座布團的腳不是有八隻嗎？不夠的四隻大概是要把我的手腳加上去吧。原來如此。

象徵座布團的衣服啊？座布團的孩子們開心地跳起舞，很可愛喔。

在牠們後面，小黑的子孫們齊聲抗議。好像在抱怨座布團太奸詐。

但是，座布團對小黑的子孫們舉起一隻腳，要牠們別急。

座布團拿下我身上的斗蓬，追加毛皮配件。此外，還有一頂很像頭盔的帽子，造型是模仿帶角狼的頭部？

穿戴好之後，我看向鐵板磨成的鏡子。

…………

有個身穿白衣的狼人。

看起來很帥……不過有個問題。我的臉會不會很礙事啊？不要弄個像頭盔的帽子，改成面具之類的比較……既然小黑的子孫們猛搖尾巴，應該沒問題吧？好乖、好乖。現在還在試穿，待會兒再摸喔。

嗯？怎麼啦，座布團？衣服要換零件，意思是還有得變身？接下來換成這個……啊，左右約五公尺的白布。

中間有根棒子穿過，讓它能夠像翅膀一樣張開呢。

在我腦中，閃過某位會在年末大型歌唱節目裡登場的知名歌手。那個人的奇裝異服每次都會成為話題，感覺自己成了那個人。

在那之後，我的服裝又變身七次。可能是因為我接受了遊行的關係吧，座布團不再克制自己。

如此這般過了數日，遊行將在後天舉行。

不過，參加者已經從各村聚集至此，村裡充滿前夜祭的氣氛。

「南方迷宮」的半人蛇族參加者與「北方迷宮」的巨人族參加者，都在不久之前抵達。考量到距離，大概是冬季快結束時就開始移動了吧。

雖然很感激大家的盛情，但是希望他們不要太勉強自己。

明年的遊行預定會延後一點，這次之所以比較倉促，則是因為瑪爾比特她們也想參加。

儘管我認為她們要待多久都無妨，不過根據琪亞比特的說法，瑪爾比特她們要是再不回去可能會出很多問題。

所以才趕著舉行。莉格涅也因此留下。

聽到她宣稱要看完遊行才回去，莉亞等人沉默不語，毫無反應。我想大概是因為她們知道無論高興或難過，訓練都會變得更嚴格吧。

就算毫無反應，應該還是會變嚴。

「那麼，延長停留的這段時間，妳能夠幫忙提點一下『五號村』的精靈嗎？」

出面解救莉亞等人的，則是「五號村」的代表陽子。

莉格涅和陽子也是舊識。話是這麼說，不過彼此只曉得名字，是來到這個村子之後才初次交談。

兩人很快就意氣相投，莉格涅接受陽子的提議，差不多在冬末時就去「五號村」鍛鍊那些精靈了。

據說莉亞等人搬了很多酒到陽子房間。不過，即使是這樣，也不代表莉亞她們逃過一劫。一來「大樹村」的訓練沒停，二來有好幾個人被帶去「五號村」擔任教官。

「『五號村』有精靈帝國的精靈，沒問題嗎？」

雙方終究有過節，所以我擔心地問，不過她表示沒問題。

「畢竟不是叛徒本人嘛。我自認沒有陰沉到會把仇恨發洩在人家子孫身上。」

原來如此。

順帶一提，格魯夫和達尬也參加了莉格涅的訓練，但似乎沒那麼嚴格。

「不要模仿莉亞她們，那是配合高等精靈設計的訓練。我另外為你們安排適合你們的訓練吧。」

訓練合理又簡單易懂，非常容易吸收，因此大受好評。

不過，就算是這樣我還是不想參加。畢竟光是用看的就能明白有多嚴格。

離題了。明年起，遊行預定會在春天的農活結束之後才舉行。

這回就沒辦法了。

德斯一家和魔王一行人也來露臉，前夜祭變得更加熱鬧。

不過就是要辦場遊行而已啊。弄得這麼熱鬧，害我擔心起村裡的娛樂是不是不太夠。

讓我稍微想想吧。

2 村長的行進

早晨。

在太陽升起的同時，遊行開始。

起點在距離宅邸正面約四百公尺遠的位置，從那裡往宅邸行進。

起先只有騎著馬的我。

我身上也不是那套華美的服裝，而是樸素……算樸素嗎？一身雪白，布料看起來很高級。周圍一個人也沒有。不過，能看到就在不遠的前方。

一時之間只有我和馬。雖然已經很久沒騎了，不過勉強還像個樣子吧。馬的心情看起來也很好。哈哈哈。

如果遊行到此結束就好了。但是不行對吧？

在最前面等待我的，是不死鳥幼雛艾基斯。

牠緩緩飛行，彷彿在引導我騎的馬。

再來是小黑、小雪，以及枕頭。

原本應該由座布團在這裡等待，不過座布團好像要專心當我的服裝設計師，於是枕頭成了代打。

小黑和小雪待在我的右側，枕頭則走在我的左側。

從這裡開始，周圍有了觀眾，大家鼓掌歡送我們。

儘管很不好意思，我還是揮手回應了。

再往前一點到了宅邸附近，等待的是盛裝的烏爾莎。

烏爾莎也會加入，不過在這之前她還得負責將劍和盾交給我。

雖然騎在馬上很難接這兩樣東西，但是我好像不能下馬。

正當我煩惱該怎麼辦時，原先站在烏爾莎背後的鬼人族女僕拉姆莉亞斯拿出踏臺擺好。

烏爾莎踩到踏臺上，將劍和盾交給我。

劍和盾也是加特為了今天這場遊行打造的。

加特花了不少心血，能看出他的堅持。

我將盾裝到左臂上，以右手拿劍。劍刃暴露在外，有點恐怖耶。劍鞘……啊，拉姆莉亞斯會幫忙拿是吧。

烏爾莎與拉姆莉亞斯就在我身後不遠處跟著。我舉著劍，朝宅邸前進。

途中，加特看到我持劍的模樣後嚎啕大哭。不需要哭成那樣吧？

抵達宅邸前。

方才負責引路的艾基斯停在屋頂上。

先來迎接的，是列隊整齊的小黑子孫們。大家都顯得十分英挺。

在小黑子孫的隊列之中，還夾雜著一些大了兩圈的芬里爾。芬里爾的孩子也長大了呢。

再來是座布團的孩子們。

枕頭舉起一隻腳打信號，全員同時擺出姿勢。哈哈哈，很帥喔。

阿拉克涅——阿拉子，也穿得漂漂亮亮地和大家排在一起。姿勢顯得很文靜呢。

此時我將劍收入拉姆莉亞斯拿著的鞘，然後下馬。

謝謝你們，辛苦了。

我在這裡和小黑、小雪、枕頭、烏爾莎與拉姆莉亞斯暫時分別，繼續前進。

在前方等待我的，是德斯、始祖大人和魔王。

我將盾交給德斯，將劍連鞘交給魔王。

然後在始祖大人面前低下頭，讓他為我戴冠。

雖然不太清楚詳情，不過這些好像是模仿以前的祭祀儀式。我將遊行交給文官少女組策劃後，就成了這樣。我對此沒什麼怨言，所以就按照計畫進行。

我向三人道謝，在宅邸前登上組裝好的高臺。

今年的高臺比去年矮，輪子做得比較大。相對地，高臺上變寬敞了。

座布團在臺上拿著服裝等我。

我迅速換裝。第一套是披著紅色斗蓬像國王的衣服。這套之前沒見過耶？昨天臨時想到才做的？妳真的克制不住呢。

不過，這是座布團為我做的。我沒有怨言。

我走到高臺最前方。

站在這裡，能看見另外幾個高臺，還有聚集至此的眾多村民。看得出他們沒有擠成一團，而是按照種族與村子各自集結。

大家的目光集中在我身上。好緊張。不過，這裡是關鍵場面。文官少女組再三叮嚀過，不能怯場。

我緩緩舉起一隻手。

爆出一陣足以令空氣震動的歡呼。接下來才是遊行的重頭戲。

由高等精靈、山精靈、獸人族與文官少女組組成的樂隊，奏響熱鬧的樂曲。

然後，屋頂上的艾基斯飛了起來。牠負責引路。

艾基斯從我所在的高臺前飛過，按照既定路線前進。

接著有所動作的，則是魔王率領的集團。

這個集團的中心，不是有車輪的高臺，而是神轎。

抬轎的人，是以「四號村」惡魔族和夢魔族為主的志願者。

我起先納悶神轎上怎麼沒人，當轎子來到我面前時，魔王便拿著魔王軍的旗幟上了轎。

「魔王軍受命擔任光榮的先鋒！假如我等拖延會耽誤後方！動作快，前進！」

比傑爾、藍登和葛拉茲隨著神轎步行前進。

原本我還在想荷怎麼了，之後才發現她也在轎上。她一邊避免搶走魔王的鋒頭，一邊指示抬轎者要用什麼速度前進。

第二組是半人蛇族。
領頭者是族長裘妮雅。
她拿著有半人蛇族圖案的旗幟，興奮地率領約二十名半人蛇族移動。
除了裘妮雅以外的全員，手中長槍動作整齊劃一，相當漂亮。

第三組是小黑與牠的子孫們。
小黑領頭，稍微往後一點是小雪。
更後面則是小黑一、小黑二、小黑三和小黑四率領的隊伍。真是漂亮的隊列。
哈哈哈，不用擔心，我有在看喔。

第四組是龍族一家。
由龍形態的德斯、火一郎、萊美蓮、德萊姆和葛菈法倫步行移動。
抱歉路太窄了。
火一郎，不要分心。要跟好德斯喔。

第五組是「一號村」集團。
這一隊同樣不是附車輪的高臺，而是神轎。

抬轎者是「一號村」的居民。不過，由於人數實在不夠，所以蜥蜴人也參加這一隊提供支援。

神轎上是「一號村」代表傑克和樹精靈依葛。向我打招呼時顯得很緊張。

第六組是巨人族集團。

拖著約五公尺高的帶輪高臺。

高臺由「大樹村」的山精靈製作。為了讓巨人族也能搭乘而設計得較低，看起來以堅固為優先，不過沒人搭乘。

相對地，不知為何上頭擺著「大樹村」採收的穀物。那是去年秋天收成的。

「這是在表現『大樹村』提供糧食讓他們平安度過冬天的喜悅之情。」

拿飲料過來給我的鬼人族女僕幫忙解釋。

這我倒是能理解……但是他們還特地把多餘的穀物拿來啊？這樣太麻煩了吧？下次放個能代替的雕像吧。我幫他們雕。

第七組是天使族集團。

高臺由蒂雅的魔像拖行。

高臺上是……瑪爾比特啊。她看起來很開心。啊，被旁邊的琳夏揍了。

格蘭瑪莉亞、庫德兒、可羅涅、琪亞比特、蘇爾琉和蘇爾蔻等六人，則是在高臺上空編隊飛行。

武器款式一致……都是裝上了小黑角的長槍呢。要拿去炸什麼地方嗎？希望大家記得安全第一。

六人編隊突然散開，一批哈比族前來會合，和她們組成六個新編隊。相當出色的航空部隊。

第八組是矮人集團。

全員都裝備了斧頭和盾牌，一身戰士打扮，很合適他們。

不過，為什麼所有人都背著和自己差不多高的桶子啊？難道是酒桶？裡面沒裝東西吧？

矮人集團沒有跟在天使族集團後面，路線似乎有些不一樣。

跟在矮人集團後面的，則是由孩子們組成的第九組。

烏爾莎、阿爾弗雷德、蒂潔爾、利留斯、利格爾、拉提、特萊因、娜特與古拉兒乘坐的高臺為隊伍中心前進。

高臺由「二號村」的半人牛族負責拖行。周圍則由「三號村」的半人馬族手持整齊劃一的武器擔任衛隊。

嗯嗯嗯，大家的裝扮都很合適喔。烏爾莎……和剛才的衣服不一樣呢。分成移動用和搭乘高臺用兩種嗎？烏爾莎也很辛苦呢。呃，本人看起來很高興，應該不成問題吧。

在高臺上的孩子們周圍，能看見鬼人族女僕與妖精女王的身影。

就算出了什麼狀況也不要緊吧。

第十組是由高等精靈、山精靈、蜥蜴人、獸人族與文官少女組組成的隊伍。

都是「大樹村」的居民呢。

因為樂隊和行進隊伍抽走不少人，所以併在一起只用一座高臺嗎？高臺上還有始祖大人、芙修、陽子、一重、聖女瑟蕾絲、莉格涅，以及兩位前任四天王。

…………

湊不到更多「大樹村」的人嗎？

呃，陽子、一重和聖女瑟蕾絲住在村裡就是了。

最後，第十一組是座布團的孩子們。

由阿拉子負責領頭，枕頭待在最後。中間各種尺寸的孩子們齊聚一堂，以整齊的隊伍行進。做得很漂亮喔。

唉呀，有隻小的腳絆到了。沒事吧？看樣子沒事。那就好。

然後，我所在的高臺開始動作。

不是待在隊伍尾端，而是插入第七組的天使族集團和第八組的矮人集團之間。路線經過計算，讓我這座高臺能夠順利進入隊列而不至於延遲，所以沒問題。

替我的高臺引路的是三名死靈騎士與獅子一家的獅爸爸。他們後面，是以「四號村」的貝爾與葛沃為中心的墨丘利種隊伍，再來是「四號村」的惡魔族與夢魔族。

接著是一隊「三號村」的半人馬族，一隊「二號村」的半人牛族，然後才是我所在的高臺。

露、蒂雅、莉亞、安、哈克蓮、芙勞、賽娜以及拉絲蒂，登上我這座高臺。

全員都穿著底色為白的衣裝，手捧鮮花。服裝和花都和她們非常相配。

嗯？酒史萊姆和貓也上來啦？哈哈哈，沒關係喔。

途中，也有部分參加者和觀眾換手。

雖然我想過乾脆大家都來參加遊行，但是沒觀眾好像會不夠熱鬧。確實如此。

另外，也有要照顧新生兒的、要準備餐點的，以及要負責守衛村子的，不能忘記還有他們在。多虧有大家幫忙。

我向抱著露普米莉娜和奧蘿拉的鬼人族女僕們揮手表達感謝之意。

遊行才剛開始。

儘管我似乎只需要坐在高臺上就好，不過要換裝幾次就代表要出場幾次。不能鬆懈。畢竟座布團就是為了替我換裝才待在這裡的嘛。一起努力吧。啊，差不多要換裝了是吧。了解。

閒話　熱愛古典的文官少女組

我是屬於文官少女組這個團隊的魔族女子。

此刻我非常地感動。在我面前上演的乃是建國儀式，由不死鳥引導的男子，成為世界第一位君王的故事。

妖精賜與的劍象徵統治世界的力量，盾象徵守護世界的力量。據說此人即使得到劍與盾，也沒有沉溺於力量之中而願意將劍與盾託付給他人，展現出他的氣度，因此神願意認可此人為王。

一般廣為流傳的故事裡，劍是交給人類戰士，盾則是交給龍的巫女。不過在這個場合，我希望劍務必由魔王大人接下。

向村長提議之後，他立刻同意。不愧是村長，很懂嘛。

不過魔王大人卻動搖了，這是怎樣啊？抬頭挺胸把劍接下來啦。彩排時要好好練習喔。

盾雖然想交給龍的巫女，卻想不到合適的人選。

正當我們煩惱該怎麼辦時，德斯大人自告奮勇。既然是龍本人就沒問題了。嗯，應該沒問題吧？麻煩您了。

最後，戴冠的角色……是，交給石祖先生。嗯，我知道。

畢竟儀式是你和我們一起策劃的，這點不能退讓對吧？

咦？現在就要為了儀式淨身？這是無妨，但是不能遲到喔。畢竟明天早上就要正式登場了嘛。

唉呀？怎麼啦，小貓？喵喵叫看起來像在抗議耶。

這麼說來，你的名字和戴冠的神一樣呢。不過，沒辦法讓貓幫忙戴冠吧？我來摸摸你的頭，原諒我們吧。

一閉上眼睛，到目前為止的辛勞就接連……啊，不行、不行。太可惜了。

必須睜大眼睛，把這個景象烙印在眼底才行。

要趁著村長登上高臺換裝時，準備下一階段。

魔王大人，登臺時機沒問題嗎？劍怎麼辦？遊行期間要拿在手裡？這是無妨，拜託別弄丟喔。

德斯大人、德斯大人，您也要參加遊行，請就指定地點。

盾要怎麼辦？我知道了，交給我們保管吧。

咦？這面舊的盾也要嗎？我知道了。但是這面盾是怎樣？老實說，和加特先生的盾比起來樣式簡單，或者該說……以前舉行儀式用的盾？龍族代代相傳的？

以前在哪裡舉行過一樣的儀式嗎？八千年前？又來了～那不就是正牌的建國儀式嗎？

……

這是真品？開、開玩笑的吧？

轟隆巨響傳來，格蘭瑪莉亞小姐她們的俯衝轟炸產生了火柱。

嗯嗯嗯，連身體都感受得到震撼呢。

建國之火原本是三道，這回加倍弄成了六道。因為我們覺得不應該什麼都照抄，偶爾也需要改革。

不不不，絕對不是因為「要由哪位天使族來投擲」引起了糾紛喔。嗯，真的。

村長的服裝也順利地依序更換為蜘蛛王、獸王與鳥王的形象。呵呵呵。

找座布團大人商量果然有價值。

最後，換成多年之前打倒當代魔王的烏爾布拉莎王，身為魔族感覺心情很複雜……然而她也是位不能漏掉的人物嘛。

這麼說來，之前村長從北方迷宮歸來時，露大人和蒂雅大人調查過有關烏爾布拉莎王的事對吧？那是為什麼啊？我記得，當時烏爾莎正好來到村裡對吧？

……

唉呀，不好、不好。差不多到了遊行參加者換人的時間了。

尤其是同意到後半才登場的芙蘿拉大人與優莉大人，必須確實通知她們才行。

要是失敗就沒機會出場，會讓人家記恨。當然，其他人也會確實通知。

怪了？優莉大人是和魔王大人交換嗎？咦？戈爾小弟、席爾小弟和布隆小弟也在不知不覺間……

你們不是不回來嗎？被人家抓過來的？要你們和優莉大人一起搭乘神轎，負責掌旗？加、加油喔。

阿爾弗雷德少爺，和戈爾小弟他們先聊到這裡就好，差不多要出發了。

怪了？露大人、蒂雅大人、莉亞大人、安大人、哈克蓮大人、芙勞大人、賽娜大人、拉絲蒂大人。

各位不是要繼續待在高臺上嗎？要和芙蘿拉大人與芽大人交換？這倒是無妨……但是這樣好嗎？

……我明白了。

唉呀，村長下來就沒意義了對吧？沒人能代替村長，請您再堅持一下。

座布團大人，請您打理一下村長的服裝。有點亂了。

小黑和小雪到了後半也要登上村長的高臺？村長很累，拜託你們治癒他嘍。

不過，要是你們不在了……啊，由烏諾代理啊？牠看上去有點緊張……不過小黑三也在，應該不用擔心吧。

這次遊行採納了一些我提的意見。
我非常開心，而且很享受。
真要說有什麼怨言，就是不死鳥的幼雛艾基斯。
雖說因為是雛鳥所以沒辦法，可是牠就不能再長大一點嗎？圓滾滾的很可愛，然而形象不太一樣。
不過沒關係。用心眼。沒錯，用心眼看就行了。
我能看見不死鳥雄赳赳的英姿。
…………
艾基斯是公的對吧？咦？還是母的？
…………
隨便啦。
這麼說來，妖精女王。
將劍與盾交給村長的角色，讓給烏爾莎好嗎？
要是由妳給就不得了了？呃……那是加特先生打造的劍和盾耶。
和物品無關？重點在於誰給的？證據就是，當年的劍其實是木棒，盾則是隨便撿的？
呃……

妖精女王看見德斯大人交給我們保管的盾，露出懷念的表情。

…………

當、當作沒聽到吧。

3 遊行之夜

文官少女組之一宣告遊行結束，宴會隨之開始。

真是一場盛大的遊行。

雖然我幾乎沒有移動，但是一下站一下坐地相當累。要不是為了讓大家開心，我才不幹。

特別是座布團。畢竟座布團幫了我很多忙，我卻一直沒辦法回報。說這場遊行是為了座布團而辦也不為過。

我知道，明年也加油吧。哈哈哈。

不過，如果換裝次數能夠少一點就好了。還有，希望能稍微強化一下實用性。不不不，不是想平時也穿，而是上廁所方便與否的部分。

嗯，連脫褲子都要費一番工夫的衣服有點……透過拆裝零件變身的衣服還好，但是換成那套連身款式的時候，差點就出事了。

小黑和小雪也辛苦了。你們一直在旁邊陪我呢。好乖、好乖。

啊，在那邊飛的各位天使族，過來一下。

原本後半段沒有那場轟炸對吧？呃，場面確實很熱烈，然而並不是結果圓滿就什麼都能容許喔。

文官少女組都在哀嘆流程亂了。記得向她們道歉。

還有，庫德兒是不是一個人就炸了十次？我知道妳喜歡俯衝轟炸，但是妳應該克制一點……就算撒嬌也沒用喔。

算了，今天到此為止，細節明天再說。

哈比族們沒事吧？因為最後隊伍有點亂。不不不，不是怪你們訓練不足。說教等到之後，今天先慰勞大家吧。

宴會場地一如往常擺滿了餐點和酒。

由於人數眾多，所以算是半讓大家站著吃……看來沒問題。

沒有貴賓席，姑且還是有安排貴賓區，不過只有琳夏和莉格涅在呢。

德斯、魔王和始祖大人他們……在另一邊和村民們圍成圈跳舞。看起來跟土風舞很像。

會樂器的人開始演奏音樂。不錯耶。

小黑的子孫和座布團的孩子也先後參加。

我也想參加，但是不能丟著琳夏和莉格涅不管。兩人聊得很……嗯，不怎麼熱絡呢。孩子們集合。小孩區和貴賓區合併。

蒂潔爾，不好意思。麻煩妳陪琳夏聊天。戈爾、席爾和布隆去陪莉格涅。沒問題吧？很好，交給你們了。阿爾弗雷德和烏爾莎，幫忙照顧大家，別讓孩子們散得太開。嗯，貴賓區桌上的餐點可以吃。

還有，等到蒂雅帶奧蘿拉過來之後，幫忙把她帶到琳夏那邊。不用特地去找，蒂雅一定會來。只不過，她大概不會走到琳夏身旁……所以拜託嘍。

儘管這麼交代了，我還是有另外拜託鬼人族女僕拉姆莉亞斯和土人偶，請他們幫忙照看孩子。不是我不信任孩子，而是保險起見。嗯，保險。

妖精女王，不要獨占甜點桌。

我知道甜甜圈很好吃。因為作法是我教的嘛。

甜甜圈做起來不怎麼難，但是要弄出甜甜圈的麵糰可就累了。首先要種出甜甜圈專用的小麥，然後反覆地試誤……聽我說啊。

知道了、知道了。可以隨妳吃，但是不要獨占。

明天我會準備妳喜歡的布丁……聽話就好。

山精靈們……人數少了點呢。

去萬能船那邊了嗎？畢竟在遊行最後階段，萬能船也飛出來了嘛。不是比喻。

知道有萬能船，但沒什麼機會目睹的「一號村」、「二號村」和「三號村」居民，還有半人蛇族及巨人族非常吃驚。

…………

我還提議巨人族和半人蛇族回去時用萬能船送他們一程，不過他們十分惶恐地婉拒了。

船擺著也沒意義，我希望能有效利用。畢竟現在只用在往來「四號村」運輸物資嘛。

用萬能船在「北方迷宮」和「南方迷宮」設立定期航班或許也不壞。

不，乾脆連「德萊姆的巢穴」和「好林村」也連通……可以嗎？畢竟露對德斯說只會用在往來「四號村」運輸物資嘛。下次問問德斯吧。

現在……就先替保養萬能船的山精靈們確保餐點和酒吧。還有甜點也是。

…………瑪爾比特，妳在那裡做什麼啊？

身上被捆了一圈又一圈的。動手的是琳夏嗎？

好啦、好啦，我會替妳鬆綁，告訴我妳幹了什麼好事。

啊～遊行時興奮過度？不是？想學格蘭瑪莉亞她們那樣俯衝轟炸，結果被琳夏揍倒之後綁起來了？

被揍了多少拳啊？話說回來，雖然錯在瑪爾比特，但是綁起來也太過火了吧？啊～想把帶角長槍拿出去是嗎？琳夏，謝謝妳。

嗯，再綁一陣子。我會告訴琪亞比特，等她來救妳吧。

呼，總而言之，真累。

幸好今年的遊行只有今天一天，去年還巡迴各村呢。

「要是每年舉行，會失去價值。巡迴各村的遊行，就改成數年一次吧。」

在今年舉辦遊行之前的會議上，文官少女組這麼提議。真是求之不得。

各村代表看上去很遺憾，不過似乎能夠理解。抱歉。

我去各村巡田時會舉行小型宴會，請大家將就一下。

好啦，雖然很累，不過再撐一下吧。

今天不死鳥幼雛艾基斯恐怕比我還辛苦，牠在擺著食物的桌上吃到一半就睡著了。我得把牠送回睡覺的地方才行。

4 春天的工作與新居民

遊行結束之後，莉格涅與魔王一行人一同返回王都。

獸人族男孩三人組也一道。雖然我覺得他們可以悠閒一陣子，不過似乎有課要上。
我請莉格涅關照三人，也拜託三人關照莉格涅。

瑪爾比特和琳夏也回去了。
兩人看上去沒有要離開的意思，或許該說是被琪亞比特強行帶走才對。
如果認真抵抗，琪亞比特不可能一個人應付她們兩個，她們應該也覺得不回去就糟了吧。我給了她們很多土產。

德斯一家和始祖大人他們也先後踏上了歸途。令人有點寂寞。
為了排解這種寂寞，我埋首工作。

耕田。
雖然沒擴張「大樹村」的田，但是我擴張了「一號村」、「二號村」與「三號村」的田。
「四號村」因為面積有限所以無可奈何。「五號村」似乎要自己努力。
田地工作忙完之後，就是建設新的蓄水池。
原本預定在南邊弄個萬能船專屬船塢兼蓄水池，不過已經成了不蓄水的乾塢，於是我決定在南側另鬪池子。

該弄多大呢？

……………嗯，大一點吧。

一百公尺見方，中央深十公尺。

拿出真本事！喝！一天沒辦法搞定，慢慢來吧。

光是工作也不好。

心靈需要保留餘力，所以做些手工藝。呵呵呵，木盤與木缽一個個成形。

造型單純，沒有華美的裝飾，追求光滑的球面。嗯，做得不錯。

儘管非常清楚都是多虧了「萬能農具」，不過我的技術進步應該也有些影響吧。希望真的有進步。

我各做了二十個，轉換心情完畢。

啊～小黑的子孫們啊。抱歉讓你們滿懷期待地等，但這些可不是新飛盤喔。

我知道。只能玩一下喔。把球和飛盤拿來吧。

南邊的蓄水池完工了，不過水位上升得相當緩慢。

雖然有從最早完工的蓄水池引水過來，不過畢竟有段距離嘛。

算了，悠閒地等吧。

我擴張了西邊的養蝦池。

管理養蝦池的蜥蜴人們提出這項要求。蝦子養殖看起來很順利，太好了。

我也和守衛這裡的小黑子孫們打招呼。你們辛苦了。

碰上一件小事，雖然算不上什麼問題。

有隻沒見過的生物，在村子西邊的第一個蓄水池住了下來。

往南側蓄水池送水導致水位暫時下降，才得以確認這隻生物的存在。

「這是池龜呢。」

露查明了生物的真面目。

「很危險嗎？」

「溫馴到被稱為水池守護神的魔物。」

還有這種奇怪的魔物啊？

「怎麼辦？要排除的話可以幫忙喔。」

「牠無害吧？」

「雖然無害……但是牠不會吃史萊姆嗎？」

「……史萊姆的數量是？」

「我覺得應該沒人比你更清楚耶。」

「就算是我也不會去數啊。不過，史萊姆的數量有增加啦。」

嗯？池龜從池畔探出頭。好大啊。

龜殼像座圓形山丘……直徑約有兩公尺。高度……也是兩公尺左右。

……眼神純淨。而且，牠在問能不能就這樣住下來。

好吧，我允許你住在這裡。

「問題應該在於食物。你不會吃史萊姆吧？」

牠點頭。看來智力頗高。

「主食是魚嗎？」

牠搖搖頭。

「咦？那麼是肉？」

看來不是。

牠吃什麼啊？我問露，但是露好像也不知道。這下頭痛了。

總之試試看吧。

結論。

草食。牠吃了生長在森林裡的草。農作物則是包心菜和白蘿蔔吃得特別高興。

相對於身體的尺寸，食量顯得很小。沒有跟我客氣吧？很好。

那麼，就在蓄水池周圍幫池龜闢一塊草田吧。要是不夠就說……看來沒辦法。該怎麼樣才能讓你聯絡到我呢？

池龜提了個意見。

進食的時候，牠會在蓄水池的東側，也就是我家附近上岸。

原來如此。假如在這裡，不管是誰都會注意到。那麼，就這麼辦吧。要是有問題再改進。

唉呀，麻煩等一下再回池。我得先向村裡的居民介紹你才行。

不是？池龜要我等一下，所以我留在原地。池龜回來時，嘴裡叼著某樣東西。

「這是什麼？」

露的反應比我還要快。

「池龜甲殼的皮！」

她非常興奮。

呃，在興奮之前先解釋一下。甲殼的皮是什麼？

「龜種的甲殼不會一直維持原樣，而會定期脫皮成長喔。你看，對照現在的甲殼，花紋顯得稍微小了一點吧？」

確實。

「而且，池龜甲殼的皮，貴重到被稱為夢幻材料喔！」

「能當成藥材嗎？」

「不止。還可以當成魔法材料，也能用在魔道具上。」

哦～

「反應好平淡！」

「抱歉，不過……仔細一看，池龜拿了好幾張龜殼皮過來耶。」

有二十張以上，這叫夢幻嗎？

「要取得池龜甲殼的皮，非得到有池龜的水池不可對吧？」

「是啊。」

「龜殼皮在池龜的地盤，所以得和池龜打一架。」

「牠們不是溫馴的魔物嗎？」

「再怎麼溫馴的魔物，遭人擅闖地盤還是會生氣喔。」

嗯，也對。

「然後呢，池龜會吃掉剝落的龜殼皮治療傷勢。」

「所以才叫夢幻嗎？」

「沒錯。而且一旦龜殼皮吃光，池龜就會逃走。」

原來如此。

難不成，牠是藉由把龜殼皮獻給我，表示自己沒有敵意？

看來是這樣。哈哈哈，別在意。只要和其他居民好好相處就行了。
龜殼皮很寶貴不是嗎？你就拿回……露？
「五張，不，讓我保留三張！」
我實在不想看見老婆做出標準的跪求姿勢。

村裡多了新居民。
池龜每年都會脫皮一次，並且繳交數張給村子。

5 女神像與池龜

我在想，遊行時打算放到巨人族高臺上的像，該做成什麼樣子。
就這樣雕成穀物？做成米俵（註：用乾稻草編織而成，用來裝米的草袋）嗎？
總而言之，我試著雕米俵。
……是米俵呢。時代劇等場合看過的米俵。應該可以裝下六十公斤的米吧？完全就是個米俵。
但是，把這個放到高臺上拖著走……不會有點怪嗎？呃，仰賴我的感性不是好選擇，詢問其他居民的意見吧。正好那邊有三個高等精靈。

「這是射箭的靶子嗎？」
「練習衝撞的道具？」
「妳們真笨耶，這是野外用的椅子啦。」
…………
我把米俵像送給三人。妳們可以自由使用。
嗯，如果想要真正的米俵，拿稻草做比較有實用性。雖然我不曉得要怎麼做。
高等精靈們曾經用草編出類似草蓆的東西，要是拜託她們幫忙，說不定能幫我做一個。
不過，這件事改天再說。
從頭來過。
老實地雕神像吧。
農業神可以嗎？
…………先等一下。
巨人族全身都是毛，老實說看了就覺得熱。
要是讓他們拖著擺上農業神雕像……老爺爺雕像的高臺行進，不知會怎麼樣？我希望畫面能夠美觀一點。
…………

試著雕成女神嗎？不，慢著、慢著。要是輕率地雕出女神像，或許會讓村裡的女性們太過亢奮。

這時候就該雕個年輕又英俊的農業神……這樣是不是更危險啊？

嗯～別讓她們看到就好了吧？總而言之，兩種都雕出來看看吧。

首先是女神像。

嗯？感覺狀況不錯耶。女神像雕得非常順利。

…………

會不會太美啊？農業神長這樣？

畢竟農業神是「萬能農具」原本的主人嘛。是為了討好祂嗎？

唉、唉呀，算了。接下來試著雕年輕帥哥版的農業神。

雕出一個身材精瘦的神像。

雖然不壞，但是和方才的女神像相比略遜兩籌。

「萬能農具」覺得女神像比較好嗎？

呃，如果排除多餘的念頭，我也認為女神像比較好。可是啊……

要是我主動雕出女神像，村裡的女性……我想太多嗎？畢竟是神明的雕像嘛。美女也ＯＫ。

好，就決定是這尊女神像了。

明年讓巨人族拖著它走吧。在那之前，就留在倉庫……嗯？是、是誰？誰把手放到我肩膀上？哈哈哈，原來是始祖大人啊。安全過關。

咦？問我賣多少？這是非賣品喔。而且這不是創造神的像，而是農業神。呃，不是幾個金塊的問題……看來沒過關呢。

我幫始祖大人雕了一尊新的女神像。

為什麼呢？農業神的女神像果然雕起來很輕鬆。

而且成品水準也讓始祖大人笑得合不攏嘴。

他好像也想要精瘦的男性版本，這個就直接送他了。

呼。總而言之，一開始雕的女神像就等明年遊行時亮相吧。

在那之前就擺在倉庫裡。

…………

不知不覺間，村裡的女性們盯著女神像看。

「意思是胸部差不多這麼大最理想嗎？」

「這個細腰，能感受到作者的堅持。」

「也就是說喜歡這種髮型。」

「話說回來，這張臉……不是露大人吧？」

「也不是蒂雅大人、芙蘿拉大人、莉亞大人和安大人呢。」

「也不像芙勞大人、哈克蓮大人、拉絲蒂大人和賽娜大人呢。」

「這究竟是誰呀？」

「難道說，是村外的人？」

有股危險的感覺。

我在女神像前擺上寫著「農業神」的看板，藉此擺脫危機。

於是，短時間內村裡流行起類似女神像的裝扮。真拿她們沒轍。

由於屋外有點吵，所以我去看看怎麼回事。

池龜待在蓄水池畔，似乎是小黑的子孫之一為了呼喚我而叫個不停。

池龜一臉歉意。怎麼啦？

在池龜背後，有隻比牠小了一圈……應該說甲殼約一公尺高的池龜。

「該不會增加了？」

又拿到了三張龜殼皮。

…………

我決定把龜殼皮交給露。

這隻池龜是怎麼抵達水池的啊？那種尺寸不像是順著水道流進來的，應該是沿著水道走過來的吧。

嗯？小黑的子孫之一露出「我知道喔」的表情。牠帶我去看是怎麼回事。

這裡是……挖在牧場區北邊的二十公尺見方蓄水池？

水會從這裡流過牧場區，排向東邊的河川……不過因為途中有個池塘，所以就流進那裡了。我記得，那個池塘原本有隻巨大青蛙吧。

該不會池龜原本住在那個池塘裡，後來順著水道抵達村子？

從小黑子孫的反應看來，似乎是這樣。

不過，這條水道沒有連到西邊的蓄水池耶？是從北邊蓄水池朝西邊河川前進，然後再度沿著水道移動。途中穿過果園區，抵達了西邊的蓄水池。原來如此、原來如此。

……

那麼，果園區裡的三個小龜殼，就是移動中的池龜對吧？

對於我的疑問，小黑的子孫叫了一聲表示沒錯。

還是跟最先來的池龜講一聲，不用每次增加新同胞就獻上龜殼皮吧。

6 雖是春天，春天卻很遙遠

春季的採收時期快到了。

今年看來也會豐收，於是我前往神社參拜創造神和農業神。然後還有謝罪。
我把農業神雕成女神像，若是冒犯了還請原諒。
…………
不過，我沒見過農業神，祂也有可能並非男性，而是女性……
若是這樣，代表以前雕的才是冒犯？
…………
想這些也沒用。嗯，重要的是心存感謝。
在目前的農業神旁邊擺上女神版農業神，可不是為了逃避喔。

由於「五號村」也開始生產味噌與醬油，所以芙蘿拉經常外出。她好像很認真地在當生產指導員，
然後還有做研究。
「目標是就算量產也能讓味道一致。」
混在一起不就好了嗎？
無論如何，感覺見到芙蘿拉的機會增加了。
「工作時都用成年人的外表嗎？」
芙蘿拉和露一樣，能夠改變外觀年齡。
「要是看起來太年輕，很難讓人把我說的話聽進去嘛。」

「是這樣嗎？」

仔細一想，「五號村」沒什麼人認識芙蘿拉。

糟了，該想個辦法嗎？

「沒問題啦。陽子已經替我做了不少安排。」

「這樣啊。找個機會向陽子道謝吧。抱歉，我沒留意到這點。」

「沒事、沒事。話說回來，我正在煩惱產量的問題。雖然做多少就能夠賣多少，但是流通量太多會降低它的價值。」

「價值下跌也無妨。別在意，儘量做出來賣吧。我希望將來能達到人人都有得吃的地步。」

「可以嗎？」

「好吃的東西不必獨占，應該推廣出去。」

「……了解。我會盡力而為。」

拜託嘍。

哈克蓮一如往常地為孩子們上課。

孩子們看來已經習慣由阿爾弗雷德和烏爾莎領頭。

雖然也有人認為，以年齡來說已經能讓烏爾莎去魔王國的學園就讀，不過去年武鬥會時回來的獸人族男孩們喊了停。

他們表示，希望能等到讓她和別人一起去的時候再說。因為把烏爾莎一個人丟進學園太危險了。

我問：「不是有你們在嗎？」他們回：「拜託饒了我們吧。」烏爾莎，他們到底有多怕妳啊？

不過，我也能理解獸人族男孩們的擔心。如果要和別人一起去……娜特嗎？這麼一來就要等到明年了吧。

烏爾莎本人對於上學沒表現出什麼興趣，因此今年入學的事就算了。

畢竟這裡不是重視學歷的世界嘛。既然不想去，就沒必要勉強。何況我也會擔心她在學園被可疑的男生纏上。

這麼說來，烏爾莎最有可能的對象似乎是阿爾弗雷德……不過究竟會怎麼樣呢？我很在意。

但是，我不會多管閒事。讓事情順其自然吧。嗯，這樣就好。

當天晚上。

哈克蓮對我說：

「我覺得阿爾弗雷德適合當烏爾莎的對象，可以促成嗎？露說，這件事要看你怎麼想。」

「……」

雖然我早就知道了，自由戀愛在這個世界似乎很少見。

「啊～是不是還太早啊？」

「是這樣嗎？我聽芙勞說，他們現在的年紀就算訂婚也不足為奇。」

「畢竟芙勞是貴族嘛。」

可是，芙勞自己當初好像就沒有未婚夫啊？

「好像是因為儘早訂婚，可以避免奇怪的蟲子纏上來。而且如果情況有變化，要解除婚約也行。」

「情況有變化是指？」

「任一方另外有了喜歡的人時。」

「如果沒碰上喜歡的人呢？」

「就這麼結婚。」

…………

降低無法結婚的風險嗎？原來如此。

「身為烏爾莎的媽媽，我希望讓她和阿爾弗雷德訂婚。」

「我是烏爾莎的爸爸，但也是阿爾弗雷德的爸爸耶？」

「換句話說，只要你決定就定案了。沒有人會反對。」

「嗯……」

總而言之，我表示要思索一下，避免立刻回答。

改天找個機會，私下問烏爾莎和阿爾弗雷德他們的感覺吧。

…………

總覺得這麼做的門檻很高。找安或莉亞私下探聽，會不會比較好啊？不不不，身為父親不能逃避。

硬著頭皮試試看吧。

「話說回來，關於火一郎和古拉兒的事，沒問題嗎？」

雖然我什麼也沒說，不過大家幾乎都認為事情已成定局。

「畢竟父親大人和基拉爾大人都表示贊成嘛。母親大人也在培養古拉兒，應該也贊成吧。」

萊美蓮在培養古拉兒？我都不知道。

「以媽媽的立場看來，我覺得結婚……等到他想結婚再結就好。」

「和烏爾莎不一樣，妳好像不太擔心火一郎的婚事耶？」

「畢竟是我們的兒子嘛。就算沒辦法和古拉兒結婚，也有辦法擺平吧。但是烏爾莎啊……總覺得要是我們不想點辦法，她會找不到對象。」

「是這樣嗎？感覺就算我們什麼都不做，她也會和阿爾弗雷德湊成一對耶？」

「如果是這樣就好了。你也覺得烏爾莎不是那種會老實待在村子裡的孩子對吧？她精力充沛，感覺就會往外跑。然後呢，等到回過神來時，她周圍雖然有同伴，卻沒有戀人……我能想像這樣的未來。」

我、我覺得妳擔心過度嘍。

確實，我也能想像這種畫面就是了。

日後。

「烏爾莎，妳有喜歡的人嗎？」
「媽媽。」
「……爸爸呢？」
「爸、爸爸也喜歡。」
哈哈哈，結婚還太早呢。
不過，這件事我還是認真考慮一下吧。

然後，烏爾莎。
說到喜歡的人，妳還有沒提到的吧？土人偶。
妳看，他在那裡鬧彆扭了。

7 藥草與慶典準備

「五號村」蓋了醫院。
這是我提議的，因為我認為應該有些用來將「五號村」稅金回饋到居民身上的設施。老實說，考慮到稅收的金額，我甚至覺得可以免費醫治「五號村」的居民。

由於醫院完工了，所以我在開業前先去看看狀況……但是和我想得不一樣。

這個世界也有醫院，只不過並不普遍。因為有治療魔法。

使用治療魔法的人，許多隸屬於教會。一般來說，生病或受傷的時候，似乎都要找教會。

那麼，醫院要做什麼呢？栽培藥草並販賣。所以好像有人不叫它醫院，而叫它藥草院。

因此，我的眼前有一座很大的藥草栽培設施。

…………

為了這座設施而在「五號村」僱用的約二十名栽培員，緊張地列隊迎接，現場氣氛讓我沒辦法現在才說自己搞錯了。

「期待各位今後的表現。」

我只能這麼說。

嗯，既然會培育藥草，也就不算白費工夫了吧。

順帶一提，雖然沒有免費醫治「五號村」的居民，但教會提供了超低價治療。好像是陽子和聖女瑟蕾絲的主意。

好啦，看見完工的醫院之後，露、蒂雅與芙蘿拉顯得很高興。

儘管如此，露還是要去「夏沙多市鎮」做研究；芙蘿拉雖然在「五號村」，卻跑去味噌小屋和醬油小屋。留在這裡的只有蒂雅。

母親琳夏剛回去時她有點寂寞，不過已經恢復了。

「有一個特大房間、四個大房間和十二個小房間。室溫也能夠以房間為單位進行調整，這部分是靠露的魔道具嗎？」

「似乎是。我聽說還動員了『夏沙多市鎮』的研究人員……這個水會溢出來的壺是什麼？」

「這也是魔道具。大概是用來讓水循環的吧。」

這是兩個為一組的魔道具，好像是用來讓水從低處移動到高處。栽培藥草似乎少不了它。

「真方便耶。用這東西的時候，距離可以拉多遠啊？」

「離太遠就不能用了。假如一個放在這裡，另一個頂多只能擺在隔壁房間吧。其他還有許多限制，以方便程度來說，村裡用的幫浦比較強喔。」

這樣啊。

「那個東西很了不起，不需要用到魔力也有那種性能！甚至讓族長想澈底調查一番。」

「咦？調查過了嗎？」

「請放心，媽媽攔住她了。」

「不、不是啦，說一聲我就會告訴妳們呀。」

「謝謝你。不過，麻煩等到族長低頭的時候再說。」

「我、我知道了。」
幫浦又不是什麼危險的東西，推廣出去也行吧？
算了，也罷。我按照蒂雅的指示，在藥草院的各個房間揮動「萬能農具」。

露在「夏沙多市鎮」做研究。
現在的研究內容是傳送門，不過似乎不太順利。
露一回村，就黏著我撒嬌。乖喔、乖喔。
總而言之，先等到收成完畢。妳是為了這個回來的吧？撒嬌等到那之後。

「我覺得自己忙到沒空沮喪。」
「採收辛苦啦。來，喝杯茶。」
「謝謝。」
「所以呢？妳說研究失敗了？要發牢騷我願意聽喔。」
「牢騷已經不用發了。話說回來，我可以再跑一趟『夏沙多市鎮』嗎？」
「在慶典之後？」
「嗯。」
「我知道了，不過妳要自己說服阿爾弗雷德和露普米莉娜。」

「阿爾弗雷德應該沒問題，不過露普米莉娜……會不會哭啊？」

「感覺最近她和蒂雅比和妳還親喔。她和奧蘿拉也親密得像雙胞胎一樣。」

「唔、唔唔！我身為母親的立場……可是研究……」

「哈哈哈。唉呀，無論如何，記得不要逞強、不要累積太多壓力。」

「我會努力。」

我們開始準備夏季慶典。

今年的慶典也是由文官少女組籌備，因此可以安心。

「關於我出場的部分……」

「我們都知道，包在我們身上吧。」

真是可靠。

雖然可靠，不過妳們曉得我想減少自己出場的時間吧？

「讓我出場的時間少一點……」

「請放心，我們不會做出讓村長不安的事。」

喔，這樣啊。

不過，我也不是笨蛋。

「可以的話，希望妳們承諾會減少我出場的時間……」

「我保證，村長的出場時間會減少。」

「嗯，拜託嘍。」

真的拜託嘍。

「所以呢，會減掉多少？」

「……」

啊，目光別開了。還全力轉移話題。堅持不說謊這點令人佩服。

…………

我往旁邊瞥了一眼，座布團正在製作新衣。應該是男裝吧。從尺寸看來應該是我的吧。以格魯夫和加特的衣服來說太小，裝飾也不可能那麼多。

看來今年的慶典我也得加油了。

不過，這種時候我就想起自己對露說過的話。

不要逞強、不要累積太多壓力。

一點也不錯。

「某種程度的出場可以容許，但是記得要保留休息時間。還有，就算我離席也別讓慶典停擺。」

停擺的壓力很沉重。

「我們會盡全力回應村長的要求。」

一切就拜託了。

我用「萬能農具」耕收成完的田。耕完之後，慶典就要開始了。
雖然應該是數天之後的事，不過各村村民為了準備已經陸續抵達這裡。
今年的慶典有些什麼呢？真期待。

番外　貴族學園的新生

我的名字叫做古羅畢菲。記得用帥氣一點的叫法「古洛」稱呼我。
我不僅是鄉里最厲害的魔法戰士，也是自家領地內最厲害的，還具備對付魔物與山賊累積的實戰經驗。由於在武力方面投注太多心力，導致焦急的雙親將我丟進學園。
加爾加魯德貴族學園。
老實說，我不該待在這裡。然而，因為雙親是貴族，這也是無可奈何。我只想趕快畢業就算了。
心態轉變是在入學典禮結束後。因為我聽了學園長的致詞。
不是受到感化，而是抗拒。
「行動要有常識，凡事不應過頭，任何事都要適可而止。要做新嘗試的時候，一定要和周圍的人商量商量。」

無聊。講什麼常識，看我毀了它。我有足以這麼做的力量。而且，總有一天我會成為魔王親信有所表現。

呵呵呵，這可不是我自命不凡，而是已經確定的未來。

不過，要摧毀常識，該做什麼才好呢？

…………

總而言之，先控制學園……不對，成為學園第一就行了吧？

好，總之先以全班第一為目標。

打招呼要有精神，不能被人家小看。

…………

慢著、慢著，別慌。

班級是按照老師的課程劃分，並非所有人都是新生。何況我們是魔族，年齡與外觀不相符的情況也很多。

看起來像小孩的傢伙，實際上是個魔力充沛的數百歲超級老手，這也是老掉牙的話題了。

雖然我喜歡和強者交手，但是我更希望確實地拿下勝利。找碴前要慎選對手，打贏之後再收為小弟，這麼做才對嘛。

哪邊有適合的……有了！種族怎麼看都是獸人族，而且是個小孩。基本上獸人族的小孩年齡與外表相符。

……

會不會太小啊？為什麼會在這種地方？唉呀，反正人在學園，不需要介意吧。

我看著陌生的天花板。

……

「這裡是哪裡？」

「學園醫務室。你醒啦？」

「妳是誰？」

「不要叫人妳啊妳的。我是學園僱用的治療魔法師，人家稱呼我為治療士。記得叫我美女治療士大姊姊。」

這樣啊。

「呃，我為什麼會在這裡？」

「我可不知道喔。應該是在什麼地方失去意識了吧？」

「是妳治好我的嗎？」

「雖然我是因此被叫來，但是我什麼也沒做，你只是昏過去了而已。還有，不要妳妳妳的，叫我美女治療士大姊姊。」

「呃……」

「你出了什麼事、誰把你送過來、你躺了多久，我都不清楚。我來到這邊之後過了大約兩小時……來，我的手指有幾根？」

「三根。」

「會頭暈想吐嗎？」

「不會。」

「身體起得來嗎？」

「喔、喔……可以。」

「站得起來嗎？」

「沒問題。」

「這樣啊。請你沿著那邊的線走幾步。」

我走了。

治療士判斷沒問題，把我趕出醫務室。

…………

沒有昏倒前後的記憶沒問題嗎？沒有嗎？沒有吧。很好。

我打起精神空揮幾拳。

我凝聚魔力揮出的拳頭連岩石都能打碎。學園建築附加了保護魔法所以很難做到，不過只要給我時間，應該還是打得碎吧。好。

總而言之，就找下一個看到的傢伙動手吧。

嗯，反正最後每個人都要打倒，不管是誰都無所謂。就是這樣。

為什麼我剛剛會想挑對手呢……唉呀，有人來了。

眼熟的天花板。

「又是你啊？」

眼熟的治療士。

「如果有病要記得向學校報告，入學典禮上不是講過嗎？」

「我……沒生病。」

「既然如此，這麼短的時間內昏倒兩次又被人家送到醫務室，要怎麼解釋？」

……

這天我就在醫務室度過。

隔天。

身體狀況完美！體力充足！學園餐廳的飯好好吃！太棒了！

那麼……今天也好好加油吧！

「我去找技術比我更好的治療士過來。你就這樣躺好，絕對不能亂動喔。」

…………

說不定我真的生病了。

啊啊，怎麼會這樣。未來的魔王親信居然生病……治得好嗎？唉呀，有什麼好不安的！怎能因為這點小事就受到打擊！

數天後。

我身在感覺很不得了的專業治療研究室。

「所以症狀呢？」

「短時間內昏倒好幾次。還有，昏迷前後的記憶模糊不清……」

「原來如此。總而言之，幫他纏上頭巾。這可不是時尚喔。這是要避免昏倒時撞到頭，所以多纏幾層。有別的症狀嗎？」

「不清楚。患者本人表示，一見到獸人族身體就會發抖。」

「……真是莫名其妙耶。」

數個月後。

我在學園安穩地生活。似乎只要過著安穩的日子，我就不會昏倒。明白這點就夠了。

我放棄成為魔王親信的道路了。現在我專心念書，志願是成為治療魔法師，當個治療士。我會好好努力。

還有，我和美女治療士大姊姊訂婚了。要笑我單純也無妨。

8 慶典轉播

今年的夏祭慶典是接力賽。

不是種族對抗賽，而是混在一起比。

路線大致分成六區，每區有規定什麼種族能出場。

第一區。

繞村子西邊蓄水池一圈。

能夠出場的是半人馬族、馬與獨角獸。

第二區。
穿越果園區的障礙賽。
能夠出場的是座布團的孩子們。

第三區。
從北到南橫跨整個村子東側的超長距離賽。
能夠出場的是小黑的子孫們。

第四區。
從村子的東南角往迷宮入口前進。
能夠出場的是巨人族、半人牛族、半人蛇族與龍族。
不過，龍族禁止化成龍形態或飛行。

第五區。
在迷宮內部奔跑的體能競賽。
能夠出場的包括高等精靈、鬼人族、蜥蜴人、獸人族、矮人、山精靈、龍族、魔族，以及「一號村」的居民。

在這一區，龍族一樣禁止化為龍形態或飛行。

第六區。

從迷宮往慶典會場所在的居住區南側飛行。

能夠出場的包括吸血鬼、天使族、哈比族、惡魔族和夢魔族。

樹精靈不擅長奔跑，因此主動參與營運。

還有，妖精女王、陽子、蜜蜂、烏龜、死靈騎士和獅子一家等能參加哪一區的比賽，會交由大家討論，最後由我做決定。大致上是這種感覺。

一場比賽大約會有十隊參加，還真像運動會耶。

順帶一提，比賽開始前會進行選手登錄，第二區以後會用萬能船一口氣把選手全部送往指定地點。

所以沒出賽的人就留在慶典會場吃吃喝喝、看比賽。

一定有人懷疑要怎麼看比賽對吧？我原本也是。

有轉播。

攝影機拍下的影像，會在準備好的大型螢幕上即時播放。

這是靠「四號村」——太陽城的驚人技術。這麼說來，太陽城來到村裡時也播過呢。

雖然好像不能錄影，但已經夠厲害了。

這項技術是由管理太陽城的墨丘利種之一——伊雷・佛格馬帶來的。露帶著熊熊燃燒的嫉妒之火進行調查。

嗯，露在這之前應該曾經陪過露普米莉娜和奧蘿拉吧。

攝影機由各地待機的樹精靈拿著，拍攝比賽的狀況。

伊雷為了炒熱轉播氣氛，負責切換播放的影像。文官少女組則在他旁邊進行熱血沸騰的播報。

這個廣播部門設在萬能船內。因為能即時了解比賽的情況。

貝爾和葛沃也在忙碌之餘提供協助。

不過，那些攝影機還真方便呢。感覺聯絡各村會變得很輕鬆。

能不能聯絡到魔王所在的城堡啊？

「很遺憾，長距離做不到。另外，使用上也有很多限制。」

「簡單來說像是？」

「如果沒有太陽城或萬能船，恐怕無法使用。」

攝影機和管理影像的裝置，間距大約只能拉開到三公里左右。再怎麼努力頂多也就五公里。

而且，好像一有障礙物就會讓距離大幅縮短。

因此如果沒有能在空中移動的太陽城或萬能船，大概就沒辦法使用。

不不不，在防盜等方面應該還是有用吧？

攝影機和螢幕雖然數量不少，但似乎難以量產。果然不可能事事盡如人意啊。

話說回來。

「調查太陽城時，沒發現攝影機和螢幕之類的轉播器材耶？」

「因為藏在我的房間裡。」

伊雷・佛格馬。

年約三十的瘦弱男性，戴著寬沿帽，一身黑衣。

所以，外表像個魔法師。不過，他的工作是導播……可能還兼任工程師。

看起來很能幹，而且攝影機應該能派上不少用場。今後也請多多指教。

「村長，差不多要開始下一場比賽嘍。」

「我知道了。」

我為了鼓勵參賽者而搭上萬能船。

一直待在船上，搭起來感覺不壞，但是鼓勵大家挺辛苦的。要是太熱情，會讓大家太拚命。

「為了回報村長的信賴，我們一定會贏得勝利！」

所有隊伍都這麼說。

不不不，贏家只會有一隊啊。總共十隊，會有九隊飲恨耶。

適度的鼓勵真的很難。

而且，慶典執行委員大部分也都在萬能船上。

「攝影機二十三號，你在幹什麼？無法判斷他們的路線？去猜，用毅力去猜！你的存在價值就是拍攝選手的身影！」

「第二區發生異狀。好像是羊群興奮過度開始鬧事。」

「這個攝影機能把人拍得這麼漂亮啊？等等，化妝，讓我化妝。」

「今天的第三場比賽。領先者差不多要到第三區前……看到了。棒子交給第三位跑者了。」

「聯絡第四區。參賽者馬上就要到了。」

「下一場比賽孩子們會參加，所以思考一下隊伍怎麼編組喔。」

「呀————！慶典會場的新口味可麗餅好像賣完了！剛剛攝影機拍到寫著賣完的牌子！」

在這場慶典上，最努力的或許是慶典執行委員。

下次找機會慰勞她們吧。

如此這般，雖然很辛苦，不過這場慶典沒出什麼重大意外，平安結束了。

閒話 廣播部

我的名字叫做伊雷。伊雷．佛格馬。

管理太陽城的墨丘利種之一。

六十天前我才從沉眠中甦醒。

老實說，我原本以為自己大概沒機會醒來了，能夠自由活動的身體果然很棒。

然後迎接我的，則是一如往常的太陽城……不對，是田。

嗯，城裡城外都是滿滿的田。出了什麼事？

貝爾、葛沃，告訴我……要我讀取共享記憶？不，那個很麻煩吧？何況我睡下去可不止一兩百年，讀起來也很累。

這幾年的份就好？是這樣嗎？

我明白田很多的理由了。

也知道太陽城為何改名叫「四號村」。
嗯，不過，這是真的嗎？
是真的吧？我知道了。
總而言之，貝爾。拜託妳替我安排歸隊教育。我得學習現今的常識和語言才行。
嗯？這是怎麼回事？這種應該叫即席教育吧？
一百八十天的教育內容要在短短四十天之內教完，未免太殘忍了吧？
啊～是是是，咱們的新主人很急是吧。我曉得。見面時該做到的我都會做到啦。
不能叫他主人？那麼，主公……？村長大人啊。新主人似乎有點怪呢。
了解，我記住啦。咦？不要加「大人」？直接喊村長不用加尊稱？看來不是有點怪，而是很怪。說是這麼說，不過他八成不會懂我的工作是什麼吧。

我的工作是攝影。
運用攝影機記錄影像，加以管理及播放。太陽城是個很大的設施，無論如何都會有死角，彌補這些不足之處就是我的工作。
我以這份工作為傲。但是，我在太陽城的待遇不太好。
因為有想看哪裡就能看哪裡的望遠魔法。當然，攝影的好處在於不會魔法的人也能使用，但是來到太陽城的人多半都會那個魔法。

更何況，這種望遠魔法是太陽城的標準配備。我覺得攝影會評價低落也是無可奈何。

不僅如此，相對於攝影只能單方面傳送影像與聲音，望遠魔法則能雙向對話。以魔力消耗的層面看來，望遠魔法比較優秀，再加上攝影機必須定期保養。相較於望遠魔法，如果要舉出攝影的優點……

「大概是比較麻煩，會讓人產生感情。」

我只能這麼回答。

就像這樣，我的工作有濃濃的嗜好性質。當太陽城出現燃料問題，首先被列為休眠人選的就是我。

我不恨其他人。畢竟我自己也認同。

「咦？用這個攝影之後，會在這邊播出來？好厲害！不能錄影嗎？就是指記錄影像之後，可以重複播放同一個場面。不行啊～真遺憾。不過，靜畫就可以？喔喔，照片是吧。那就夠了。還有，你會用這個轉播慶典對不對？一個人應該做不到吧。需要多少人手？除了人以外，還需要不少太陽石？太陽石就是保溫石嘛，要多少都行。」

我或許找到了值得追隨的英主。

既然如此，只能努力準備慶典的攝影工作了。

首先是召集人手！

地獄狼和惡魔蜘蛛的孩子……超恐怖。

但是，牠們似乎拿得了攝影機，也會操作。牠們不是什麼壞傢伙。

我試著把一臺攝影機放到地獄狼頭上。

雖然會上下晃動，但是很有臨場感。

再將三臺攝影機交給惡魔蜘蛛們。

牠們能夠從非常美妙的角度拍攝。啊啊，先等一下。話說在前面，絕對不能拍女性的更衣場景和裙底。男性也一樣。還有，晚上的寢室全面禁止拍攝。

發明攝影機的魔法師，留下這段發自靈魂的遺言。你們或許不懂為什麼，但是拜託照做。

哦哦，地獄狼點頭了，惡魔蜘蛛的孩子也舉起腳。牠們似乎聽得懂，好厲害。

我找到傑出的人才了。

樹精靈。

她們似乎能在同一個地點等待好幾個小時。雖然弱點在於移動速度緩慢，卻有足以彌補的忍耐力。

練習完攝影之後，慶典路線的各地點就交給妳們了。

啊，這是通訊器。專門傳輸聲音的裝置。用這個聽指示喔。

呃，各位龍先生、龍小姐。

攝影機或許很稀奇，但是各位不需要入鏡……

不，各位幫了大忙。有些角度拍起來特別帥氣是吧。我會記住。

咦？巢穴裡有攝影機？因為擺著積灰塵，所以要拿給我……不，拿給在下？非常感謝各位！

等到慶典之後是吧？我知道了。

所以，有什麼需要在下幫忙各位拍攝的嗎？只要不違背村長的意願，一定範圍內的要求都……哈哈哈哈。

我又找到優秀的人才了。

在人稱文官少女組的魔族之中，有人用和我一樣的眼神看著攝影機。我看得出來她是同志。

「播報請交給我來。」

我讓她做了個測驗，但她輕而易舉地過關。由於她播報得比我更好，所以就交給她了。

同時，我也錄用她擔任工作人員。她優秀得不需要我另外訓練。

轉播總部原先預定設在太陽城，但是有了更好的地點。

名為萬能船的飛行船。對於住在太陽城的我來說雖然不怎麼稀奇，不過在現代似乎很罕見。

萬能船內的某個大房間，會供我們當總部使用。感謝村長。

迷宮內的轉播出了狀況。

迷宮內障礙物很多，所以攝影機發送的影像和聲音難以精確地接收。

不過，這種事我早就料到了。用這個。中繼器和有線裝置。然後再把這臺機器搬到迷宮外面，問題就解決了。

……那個，那邊的小姑娘。呃，您是吸血鬼，還是村長夫人對吧？拜託別把攝影機拆開。我要向村長告狀喔。

於是到了慶典當天。

我知道。首先要轉播村長的英姿，讓村民們觀賞。

負責服裝的座布團女士，村長的服裝……真是不簡單。

那麼，各地點的人員。準備好了吧？

祈求這場慶典成功。還有祈求廣播部的第一次活動成功……開始轉播！

題外話。

魔王找上村長。

說是有東西想找我們轉播。

棒球？他希望我們拍下操場舉行的球賽，在餐廳裡播放。

……呵。真是個不錯的時代。加油吧。

9 攝影隊出發與各村的三餐內容

慶典結束了。

參加者與觀眾踏上歸途，變得安靜了點。

雖然始祖大人和德斯還在。

露就像先前說的，為了研究傳送門而前往「夏沙多市鎮」了。加油。

露不在的期間，阿爾弗雷德會交給安照顧，露普米莉娜則交給蒂雅。給妳們添麻煩了。

當然，我有空的時候也會幫忙顧。

伊雷也在魔王的要求之下，預定前往「夏沙多市鎮」轉播棒球，但是沒辦法和露同行。

理由在於搬運攝影器材。儘管利用萬能船就能輕鬆解決，但是沒辦法這麼做，因此需要別的方案。

於是我們想到了馬車。

而且，既然要用到馬車，乾脆直接讓它成為轉播總部，於是山精靈們著手改造。露營馬車的經驗看來派上了用場，製作的馬車共五輛，功能各不相同。

第一輛是轉播總部馬車。

這輛車負責管理攝影機拍下的影像，而且搭載了選擇播出哪段影像的裝置。

移動形態雖然頂多只能坐兩個人，不過停車展開後能夠讓十個人作業。

第二輛是收訊馬車。

專門接收攝影機拍下的影像。

特徵是車頂的天線狀物體能夠伸長。伸長之後差不多有五公尺高，不過會影響平衡，所以移動時不會這麼做。

主要和第一輛車連接使用。

第三輛是器材馬車。

裝有能夠擺放大量攝影機、傳輸線、中繼器和播放裝置等物的架子。

車內不坐人，完全用來搬運。

第四輛是螢幕馬車。

馬車側面成了螢幕，能夠直接觀看影像。
另外，如果停車展開，還能組合成六公尺×十公尺的大螢幕。

第五輛是工作人員馬車。
結合了廁所、廚房與休息室等功能的露營馬車。
這是伊雷的要求。

這五輛車之外，還要加上拍攝人員乘坐的馬車，所以至少是六輛車。
伊雷表示，再考慮到護衛之後，整個車隊差不多會有十輛左右吧。

等待馬車完工的期間，我試著製作支撐攝影機的三腳架和吊臂。
攝影機是表面有小孔的長方形箱子，所以不知情的人……應該說就是我，起先以為是照相機。
然後拍攝時需要用雙手拿著箱子，按下箱子側面的按鈕。如果使用時會安置在固定地點，這樣或許已經綽綽有餘；但如果要拿著走，這樣實在算不上方便。
所以需要三腳架和吊臂。
三腳架是種三隻腳的裝置，用來固定攝影機高度。除此之外，還能讓攝影機的鏡頭往上下左右調整，因此應該能拍出安定的影像吧。

吊臂則是電視臺攝影棚裡讓攝影機上下左右移動的裝置。這麼一來應該就能夠拍出帶有立體感的構圖了吧。

其實有三腳架或許就已經足夠，吊臂是我趁著有興致時一併做的。

雖然伊雷給予好評，不過吊臂還是做一具就算了。構造上雖然不難，但是要輕量化很麻煩。

三腳架預定會以器材馬車運送，吊臂則會放在螢幕馬車上。

以攝影隊身分離開「大樹村」的，包括伊雷、三名文官少女組、一名「二號村」的半人牛族，以及「四號村」的五名惡魔族與兩名夢魔族。

三名文官少女組之一就是在實況轉播時大為活躍的那位，另外兩人好像也發揮了奇特的才能。伊雷再三拜託芙勞讓她們加入攝影隊。

「二號村」的半人牛族、「四號村」的惡魔族與夢魔族，則是看見拍攝的狀況後志願參加。已經徵求各村代表的許可，所以沒問題。

另外，伊雷似乎想帶小黑的子孫與座布團的孩子同行，但是遭到周圍勸阻。就我的立場來說，魔王已經拜託過別這麼做，所以只能請他放棄。

我也不希望人家無謂地害怕，導致小黑的子孫和座布團的孩子受到傷害。

其他工作人員，好像要在「夏沙多市鎮」招募。

這麼一來就需要資金了呢。拿去吧。

如果不夠，就拜託戈隆商會的麥可先生幫忙。

「夏沙多市鎮」除了露之外，還有在「馬菈」工作的馬可仕與寶菈。

和伊雷同為墨丘利種的米優，以及派去協助米優的文官少女組也在，應該不至於有什麼大問題吧。

不過，我姑且還是寫封信給麥可先生和「夏沙多市鎮」的代官先生吧。由於露不在，因此我拜託芙勞檢查文句。

儘管五輛馬車完工了，伊雷他們卻還沒出發。

他們在等萊美蓮。萊美蓮似乎答應要把沒在用的攝影機讓給伊雷。原來如此。

難怪在慶典途中經常看見火一郎的畫面。

至於萊美蓮呢，好像碰到了麻煩，導致時間趕不上。接到聯絡後不久，葛菈法倫便代替她拿來了。

「這就是說好的攝影機。」

葛菈法倫拿來的攝影機雖然也是箱型，尺寸卻很大。

要用雙手舉在面前有點吃力……喔，看來半人牛族沒問題呢。

這臺機器似乎有很多功能，伊雷十分興奮。

「另外，還有這種東西……」

直徑約一公尺，高約兩公尺的大塊水晶。

伊雷的注意力還放在新攝影機上，因此由我發問。

「這是？」

「用來記錄攝影機所拍影像的水晶。」

此話一出，伊雷停下動作。我也是。

「婆婆交給我的。她說雖然有很多限制，不過你們應該能發揮它的功能。」

錄影裝置？我和伊雷大為興奮。

於是，我們急忙動手製造第六輛馬車——記錄馬車。

由伊雷率領的攝影隊出發了。

利用傳送門前往「五號村」這段路，是請半人馬族幫忙拉車。

之後會在「五號村」換成安排好的馬匹。一行人將和在「五號村」僱用的護衛一同前往目的地「夏沙多市鎮」。

祝他們一路平安。

好啦，我該面對村裡發生的問題了。

這是最近才注意到的問題，也就是吃飯。

與我無關。是沒和我一起吃飯的人，他們的菜單有問題。

舉個例子吧。

這是某位半人牛族的一天三餐：

早上，炸豬排。中午，串炸。晚上，炸豬排。

順帶一提，某位半人馬族的一天三餐是這樣：

早上，蔬菜天婦羅。中午，魚肉天婦羅。晚上，魚肉與蔬菜的天婦羅。

然後呢，某位「一號村」代表的一天三餐是這樣：

早上，番茄燉菜與麵包。中午，番茄燉菜。晚上，番茄燉菜。

不止「大樹村」，各村都學會了許多種菜色，加上安她們每次都會為我準備不同的餐點，所以我大意了。

直到最近，我無意間聽到擔任派駐員的半人牛族聊起吃飯的話題，加以調查之後才得知此事——偏食問題。

在「大樹村」雖然也有人偏食，不過屬於少數。「一號村」、「二號村」和「三號村」就嚴重了。

不過，聽完各村的說法之後，也能明白為什麼會這樣。大家各自有工作，沒辦法花太多時間做飯。所以會早上一次做完，或是為了省下備料的工夫，早中晚都做同樣的菜色。

原來如此，能夠理解。不過啊，某位半人牛族先生。

早上，炸豬排。中午，串炸。晚上，炸豬排。

聽說這份菜單持續了一星期耶？串炸內容不同，炸豬排每次形狀都會變，所以沒問題？哦？

這樣下去不行，於是我召開緊急會議商討對策。

我明白，突然要大家每餐都吃不一樣的東西太霸道。

雖然有了餘力，但是大家應該會想把多餘的力氣儘量用在工作上。

「四號村」之所以不太偏食，是因為有貝爾和葛沃負責管理。既然如此，該為「一號村」、「二號村」和「三號村」也安排管理人員嗎？

「村長，我有個提議。」

舉手的人，是「三號村」的顧問菈夏希。

儘管這件事令我相當煩惱，她提出的方法卻意外地單純。

「各村每天隨機選出一個家庭，讓他們報告當天的菜單。」

她的意思是，由於不知會選中哪個家庭，應該能讓大家各自留心。

「我想只要持續一個月，大家就會習慣替每餐的菜色加點變化。」

原來如此，感覺不壞。

「不過，只是報告能讓他們改善嗎？」

矮人多諾邦提出質疑。

這麼說來倒也沒錯。畢竟只是報告嘛。

又不能訂立罰則，該怎麼辦才好呢？

「這一點我也有考慮到。」

菈夏希顯得信心十足。

各村開始報告三餐的內容。

各村顧問會隨機挑選家庭，聽完報告之後記錄下來。

不會針對報告內容給予處罰。

只不過加了一條附註。

「這份有關三餐內容的報告，最後會讓村長過目。」

這樣行得通嗎？我原本很懷疑，不過從報告內容看得出有所改善。

某位半人牛族的一天三餐：

早上，炸豬排與包心菜。中午，串炸。晚上，炸豬排蓋飯與果菜汁。

……………

仔細一想，「一號村」、「二號村」和「三號村」的居民或許還沒建立營養均衡的概念，得反省。花點時間慢慢教導大家吧。

總而言之，先提醒大家儘量不要連續幾餐都吃油炸食物，報告就持續到秋季武鬥會吧。

10 菜單

只注意「一號村」、「二號村」和「三號村」吃什麼，或許會讓人覺得不公平。畢竟食物很容易引發怨恨嘛。

公平起見，我打算也留心一下「大樹村」、「四號村」和「五號村」吃些什麼。

某位高等精靈的一天三餐：

早上，剛出爐的麵包、荷包蛋與放滿蔬菜的湯。中午，果實。晚上，早上烤的麵包、烤殺人兔肉，以及中午採的山菜與果實。

應該是去打獵的日子吧。

中午是從果園區隨便挑了些能吃的果實帶著。某些時節的果實種類較少，這點是個小問題。

某位矮人的一天三餐：

早上，剛出爐的麵包、沙拉、蛋花湯與果實。中午，夾了肉和蔬菜的三明治。晚上，早上烤的麵包、烤魚與少量的酒。

早餐看來營養均衡，不過好像沒什麼變化。

午餐大概是因為鬼人族女僕和獸人族輪流下廚，所以種類豐富吧。

晚餐只要有酒喝就好，吃什麼他似乎不太介意。

某位蜥蜴人的一天三餐：

早上，剛出爐的麵包與果實。中午，蔬菜與果實。晚上，早上烤的麵包、烤雞肉串、果實，以及少量的酒。

早上的剛出爐麵包，似乎是蜥蜴人們統一烤好後發給其他人。

中午則是直接啃能吃的蔬果。重點在晚餐，晚上似乎會吃個飽之後才睡。

某位鬼人族的一天三餐：

早上，剛出爐的麵包、荷包蛋、村產蔬菜沙拉與有碎肉的湯。中午，紅醬義大利麵、村產蔬菜沙拉與有碎肉的湯。晚上，烤肉、村產蔬菜沙拉、有碎肉的湯，以及少量的酒。

這天吃的是烤肉。嗯，烤肉真的很好吃。基本上吃的東西和我一樣，差別在於沙拉和湯，不過那些是什麼？

為了讓鬼人族女僕們隨時都能吃飯所準備的？忙碌時，甚至有可能只吃這些？這點必須想辦法改善才行呢。

某隻小黑子孫的一天三餐：

早上，番茄。中午，番茄。晚上，番茄。

發現問題了。

喜歡蔬菜是無妨，但是記得也要吃點肉。

打獵的日子會吃？今天負責警衛，才會只吃番茄？原來如此。

不過就算是這樣，只吃番茄也不太好吧？你是不是沒吃綠色蔬菜呀？包心菜之類的會吃嗎？

哈哈哈，尾巴垂下去嘍。唉呀，我不會勉強你吃啦。

某隻不死鳥幼雛的一天三餐：

早上，烤魚、村產蔬菜沙拉、鬼人族女僕特製煎蛋捲與水果（葡萄）。中午，番茄肉醬義大利麵、山菜沙拉與果汁。晚上，豌豆冷湯、醃漬河魚、蒸肉包、煎牛菲力、米（未精製）與紅茶。

…………

我沒有要抱怨的意思，不過還真豪華耶？米是未精製，意思是直接吃？煮好的米飯雖然也不壞，但還是比較喜歡生的？原來如此。

某位妖精女王的一天三餐：

早上，甜麵包、甜味煎蛋捲與綜合果汁。中午，塗滿奶油的水果磅蛋糕與蜂蜜薑茶。晚上，親子丼、從艾基斯那邊搶來的煎牛菲力、果菜汁與布丁聖代。

是不是太寵妖精女王啦？

不過嘛，妖精女王好像也不是全部吃掉，還會分給其他妖精……嗯～

總而言之，艾基斯會生氣，所以別搶牠的食物。如果有意見，我就把布丁……知道就好。

某隻座布團孩子的一天三餐：

早上，馬鈴薯（生）。中午，豆芽、蘆筍與果實（蘋果）。晚上，殺人兔肉（生）、炸薯條與奶油馬鈴薯。

雖然薯泥也難以割捨，不過還是奶油馬鈴薯最強？原來如此。

嗯，看起來有做到營養均衡，沒問題。

話說回來，炸薯條和奶油馬鈴薯是誰做的？和人家拿食材之後自己弄的？注意別燙傷喔。

「大樹村」是這種感覺。

雖然某些人有需要改進之處，不過應該沒什麼大問題。

順帶一提，「四號村」有貝爾和葛沃細心指導，而且早晚餐是共同料理，所以沒有問題。

「五號村」幾乎所有人都是在「大樹村」吃飯，這邊應該也沒問題吧。

不過，「四號村」這種大家一起做飯的方式或許不錯。要不要建議「一號村」、「二號村」和「三號村」也嘗試看看呢？

嗯？已經這麼做了？基本上午餐是一起吃？原來如此。

…………

先等一下。這麼一來，之前問過的那位。

某位半人牛族的一天三餐：

早上，炸豬排與包心菜。中午，串炸。晚上，豬排蓋飯與果菜汁。

午飯大家一起做，結果卻是串炸？因為串炸不容易失敗，而且大多數食材都會變得更好吃？

或許是這樣沒錯，不過難得大家一起動手做，卻是做串炸啊……

…………

該不會只是「二號村」全都迷上了豬排醬吧？

既然吃炸豬排和串炸，就要沾這種用番茄醬、醬油和炒過的芝麻等材料做的濃稠醬汁。部分人極度熱愛這種醬料。

在「大樹村」也發生了數名高等精靈不管吃什麼都要沾豬排醬的問題。

仔細一想，「夏沙多大屋頂」所提供的油炸物沾醬雖然是由「一號村」製造，不過「二號村」曾經主動提議要幫忙。

…………

雖然我覺得自己想太多，不過還是提醒大家一下吧。

還有……

在「大樹村」設立餐廳的計畫。

以前文官少女組曾經提議過，是不是該著手進行了呢？

如果「大樹村」的餐廳運作順利，就能考慮在其他村子也設立餐廳。

這麼一來，至少午餐應該不至於偏食吧。嗯，這主意不壞。

11 「大樹村」的餐廳與好消息

文官少女組的主張是這樣的：

她們的住處是三棟大房子，基本上過著團體生活。做飯也是輪流，但是輪到忙碌的人時，就會吃得很悲慘。

悲慘的例子，像是盤子上放著一整顆包心菜、盤子上放著一整根白蘿蔔、盤子上放著兩根茄子、盤子上放著幾朵蘑菇、盤子上放著……

好的，現在請文官少女組來一段發自靈魂的吶喊。

「不是把食材擺到盤子上就叫做料理啊！」

好的，請冷靜下來～

「真、真是抱歉。不過，因為實在太誇張了……您懂嗎？座布團女士的孩子，甚至會同情地將蒸好的馬鈴薯分給我們，您懂那種心情嗎？」

「妳拿了啊。」

「是的。上面還有奶油，很好吃。」

我想也是。

「總而言之，我們的工作量不穩定，能夠用來做飯的時段也無法固定。再加上技術不足，很容易變成這樣。」

「我知道、我知道。所以，才會想要有個供應餐點的地方對吧？」

「是的。村裡雖然有旅舍的餐廳和村長宅邸的餐廳，但是旅舍餐廳沒有訪客就不會開門，就算開門也是以訪客為優先。村長宅邸的餐廳又容易遇上大人物，讓人很難為了吃飯去那邊露臉。」

「不需要顧慮那麼多啊。」

「雖然已經習慣魔王大人和克洛姆伯爵了，但是說到德斯大人、萊美蓮大人，以及陽子大人……還是有點……」

「他們明明沒那麼恐怖……不過，我明白妳們吃飯時想放鬆的心情。」

「謝謝村長。所以，希望能設立居民專用的餐廳。」

「關於這件事呢，建築部分莉亞她們應該能搞定，但是廚師怎麼辦？」

「請放心。德萊姆大人的管家古吉先生，曾經問過這邊能不能接納幾位惡魔族當實習廚師。」

「意思是要拿居民專用的餐廳，讓這些惡魔族的實習廚師練習實做？」

「是的。當然，前提是村長同意接納這些惡魔族的實習廚師……」
「這我是不會拒絕……不過從妳們家裡帶人過來不行嗎？」
「啥？」
「啊，不，妳們在魔王國有家吧？」
「是的。」
「家裡有傭人吧？」
「這倒是多得數不清。」
「不能把傭人帶來這裡讓他們做飯嗎？」
「村長、村長。傭人可不是奴隸喔。」
「什麼意思？就算我再怎麼不懂人情世故，我還是明白這種事。」
「對吧。傭人是領錢工作的人。」
「是啊。」
「當工作內容相較於薪資來說太過嚴苛時，他們就會辭職。當然，在辭職前會經過一番交涉喔。」
「這樣啊。」
「換句話說，傭人也有選擇工作的權利。」
「嗯。呃，也就是說……要人家來這個村子工作很難？」
「在說明工作地點時，人家就會拒絕。應該說，已經被人家拒絕過了。」

「這、這樣啊……」

「是的。如果說明得再清楚一點，大概會有不同的結果，但是魔王大人交代過儘量別把這個村子的事傳出去，所以實在沒辦法。如果是很有拚勁的忠臣或許願意來，但是這樣的忠臣父母不可能放手。」

「很有拚勁的忠臣？」

「就像克洛姆伯爵家的女管家，賀莉小姐那樣。」

「她是很有拚勁的忠臣？」

「只為了照料芙勞大人的女兒芙拉西亞貝兒小姐，就跑來位於『死亡森林』的『大樹村』，若非拚勁十足可是做不到的。」

「嗯……果然『死亡森林』這個名字太糟了嗎……」

「其實不止這樣……不過請您記住，一般人不會主動來這種地方。」

「這樣啊……嗯，慢著、慢著。還是有人主動跑來這裡喔。」

「為了目的（酒）無論什麼困難都能克服的人，不能稱為一般人。」

在那之後，我們又討論了許多細節，最後確定會在村裡設立餐廳。

雖然思考過該怎麼營運，最後還是決定留待惡魔族實習廚師抵達之後，再和他們商量。

無論思考多久，如果不聽聽實際營運的人有何看法，終究沒有意義。

「話說回來，可以問妳一件事嗎？」

我詢問正在膜拜那份餐廳設立案的文官少女。

「什麼事？」

「也有輪到妳做飯過吧？」

「是的。」

「妳搞過盤上系列嗎？」

「這、這個嘛……有。」

「妳放了什麼？」

「小麥。」

「…………」

「被狠狠罵了一頓。」

「我想也是。」

儘量讓村裡的餐廳早點開張吧。

由於露前往「夏沙多市鎮」，因此露普米莉娜現在由蒂雅照顧。

把這種事丟給她實在不太好，所以我也經常跑去露普米莉娜所在的蒂雅房間。此刻在蒂雅房間抱著露普米莉娜的是格蘭瑪莉亞。

「抱歉，給妳們添麻煩了。」

「哪裡、哪裡。」

「蒂雅呢？」

「在隔壁房間哄奧蘿拉小姐睡覺。」

「這樣啊。那麼，必須保持安靜才行呢。」

「是的。」

我張開雙臂要露普米莉娜過來抱抱，但是露普米莉娜不肯離開格蘭瑪莉亞。

「像這種動作，通常女性比較受歡迎。」

「不用安慰我沒關係啦。」

但是，我張開的雙臂該怎麼辦呢？

正當我煩惱時，只見格蘭瑪莉亞思索了一下後這麼說：

「雙手保持這樣就好。其實我有話要告訴村長。」

「嗯？什麼事？」

「我好像懷孕了。」

「……咦？」

懷孕？應該不是壞運對吧？

懷孕，也就是有小孩了。

……誰？不，這種場合……
我看向格蘭瑪莉亞，她害羞一笑，帶著露普米莉娜一起撲進我懷裡。
「啊，有露普米莉娜在，不能抱太緊。」
「孕婦不是本來就不能抱太緊嗎？」
「說、說得也是。呃，幹得好。不、不對。用這種口氣太傲慢了……謝謝妳。沒錯，謝謝妳。」
格蘭瑪莉亞懷孕了，真是個好消息。

「我知道是個好消息，可是在我房間調情不太對吧？」
被哄完奧蘿拉回來的蒂雅罵了。
順帶一提，蒂雅已經知道格蘭瑪莉亞懷孕的事。
「因為還在懷疑階段時，她就找我商量過了。露也知道喔。」
「這、這樣啊。」
完全沒發現。
「這種事應該由當事者開口，不要責怪露喔。」
「那當然。」
「還有，我也瞞著你，所以不要責怪我喔。」
「哈哈哈。」

我忍不住笑了。

12 夏季的片刻

村裡的餐廳開始蓋了，蓋法是我先拿「萬能農具」把樹砍倒後直接加工，再交給高等精靈們搭建。很快就完工了。

本來呢，如果不先讓木材乾燥就加工，時間久了會變形，但是用「萬能農具」砍伐就不會有這方面的問題。果然很方便。

「內部裝潢看來還需要點時間呢。」

文官少女組一邊確認進度表一邊向我報告。

由於座布團的努力，桌巾和窗簾等布類用品已經湊齊，但是桌椅還沒。另外，窗戶、餐具櫃與餐具等也都不夠。

平常都是由我負責，不過這回被攔下來了。

「實習廚師還沒來，再怎麼趕工也沒用。家具和餐具就向『五號村』的工匠下訂吧。」

於是變成這樣了。這似乎是花錢策略的一環。

確實，不該什麼都自己來。更何況，不管我多努力，做出來的東西終究是外行人水準，比不上專家作品。

就利用機會，觀摩專家的作品吧……儘管如此，我還是很想自己做，真不甘心。

稍遠處，文官少女組聚在一起。

「儘管有錢的問題，不過家具和餐具交給村長也行吧？」

「雖說會放在公眾場所，不過那些是獎勵牌的兌換品，量產還是不太好。」

「真心話呢？」

「因為訂一張樸素的桌子，會搬來一張在隱密處雕著神的桌子……」

「最近石祖先生一看見新桌子就會把它翻面，原來是因為這樣啊。」

為了轉換心情，我來到泳池。

畢竟是夏天嘛。孩子們也聚集在這裡。嗯，熱鬧真好。

貓牠們也是，還懶散地窩在泳池水潑不到的陰涼處。寶石貓看著我叫了一聲，於是我揮手打招呼。

嗯，不是？啊，碟子裡的飲用水空啦。我幫你們加水。

穿著泳裝的鬼人族女僕要代勞，不過我婉拒了。我拜託她幫忙看著孩子們。

替貓補充飲用水之後，我越過泳池到另一頭。我在那裡揮下「萬能農具」，將地面變成沙地。

面積約有一塊田地那麼大，差不多五十公尺見方吧。
「村長，這是？」
高等精靈莉亞見狀問道，於是我回答：
「用來玩些小遊戲的場地。」
為了玩沙灘奪旗準備的。雖然可能會有人說：「去海邊玩就好了吧？」不過有什麼關係呢？

沙灘奪旗。
將旗子插到沙地上，參賽者在稍遠處趴下，雙腳朝向旗子。聽到號令的同時起身奔跑，搶奪旗子。
我希望大家能夠和樂融融地玩，不過沒辦法。
「嗚啦——！」
奔跑中不可以攻擊對手。
「喔啦——！」
也不能用魔法。
「這麼一來……」
不可以飛。
重點就是要在沙地上奔跑。

一開始孩子們玩得很開心，蜥蜴人、高等精靈、山精靈、獸人族和天使族見狀也參加了。

雖然很有震撼力，氣氛也很熱烈……但是和我期望得不太一樣。

「矮人不參加嗎？」

「因為對腳力沒自信啊。更何況，像這樣在池畔悠哉地喝酒旁觀也不壞。」

矮人們一身輕便裝扮，坐在海灘椅上享受美酒。

這些矮人大多數都穿著五分褲款式的泳褲，搭配類似夏威夷襯衫的上衣，頭上頂著圓帽子。要是戴上太陽眼鏡，還真像休假中的黑手黨集團呢——這種感想我就留在心底吧。

孩子們玩沙灘奪旗，烏爾莎贏得壓倒性的勝利。

大人之中，來享受泳池的半人蛇族顯得較為強勢。她們似乎在沙地上也能輕鬆移動。

小黑的子孫和座布團的孩子也參加了，看來沙灘奪旗還會持續一陣子。

孩子們開始排隊，於是我叫他們過來集合，然後拿出事先準備的西瓜。

沙地配上西瓜，就是打西瓜啦。

要是直接把西瓜擺在沙地上，破掉時會沾滿沙子，所以我在下面墊了一塊布。

然後，孩子們推派一個……古拉兒要試試看嗎？

我讓古拉兒拿著棒子，矇住她的眼睛，然後讓她轉圈。

看到這裡，孩子們似乎已經明白要做什麼了。他們紛紛下指示，指引古拉兒往西瓜的方向移動。

「前面、前面～」

「右邊一點～」

嗯，這就是我想聽到的指示。

「往右邊走兩小步，然後直接向前走十二……不，十三步。嗯，就是那裡！」

下達精確指示的，正是古拉兒的父親基拉爾。什麼時候來的啊？還穿著泳裝。

「剛到。我被萊美蓮叫來的。」

「萊美蓮？」

「嗯，似乎出了點麻煩，所以她把我叫過來商量。我們約在這裡，但是萊美蓮還沒到。」

「沒事吧？」

「應該沒問題吧。如果真的應付不了，她才不會找我商量呢。」

這種事值得驕傲嗎？

基拉爾似乎不怎麼在意，跑去吃古拉兒打的西瓜了。

「以村長來說還真是稀奇呢。」

負責看顧孩子們的鬼人族女僕之一跑來問我。

「我以為您不喜歡那樣對待食物耶？」

「話是這麼說沒錯……不過打西瓜是特例。」

問我為什麼？因為是打西瓜嘛。

實際上，我沒有打西瓜的經驗，只在漫畫和電視上看過。

或許就是因為這樣，才會覺得特別吧。

不過理所當然地，要是拿田裡的西瓜玩，我會生氣。能夠打西瓜的地方，只有沙地。而且，只能打我準備的西瓜。

「爸爸，西瓜全部吃掉嘍～」

烏爾莎一邊說著，一邊看向我背後的西瓜。知道了、知道了，接下來輪到誰啊？

啊，嗯，基拉爾。慢著。

我明白你想在古拉兒面前表現一下的心情，不過先讓孩子們玩。

閒話　邁向強者之路

想成為最強。

這種願望算得上惡嗎？

世上唯有強才是一切！不強就會被搶！為了保護自己，我想成為最強！

儘管試著這麼吼，不過我知道人外有人。
有些人不管我多努力都贏不了。
不要放棄？說得輕鬆。
再怎麼凶猛的狗，也不是戰熊的對手吧？世界上就有這種叫做「種族」的明確差異。它存在。
所以，即使我以最強為目標不斷努力，碰上高階種族依舊束手無策。世界真是冷酷無情啊。
不過就算是這樣，也不能當成不努力的理由。我要變強，為此我努力不懈。
我的名字叫榮道。
就讀貴族學園的魔王國一分子。

我被獸人族小孩痛扁一頓。
對方顯然比我年輕。我至今的努力究竟算什麼？
呃，確實我是看對方年紀還小才會上前找碴。因為想追的女性就在附近，我覺得可以利用這個小孩和她搭話……
真是丟臉。
但是我不會死心，我要繼續努力。總有一天，我連那個小孩……不，連那個少年也能打倒！

唔。

類似的少年居然還有兩個，嚇死人。

而且，原來他們就是校內很有名的好廚藝老師。

那種強大，該說不愧是學園教師嗎？哈哈哈。

老實向他們求教吧。

嗯，我會乖乖上課……「生活」這門課是教什麼啊？提高生活能力嗎？

學習打獵、種田，讓人能自力更生啊？哦，連做飯都會教，真是幫了個大忙呢。

…………

老實地問他們怎麼變強吧。嗯，這樣才對。

「如果想變強，就用這個！」

老師之一說著，將鋤頭遞給我。那是耕田用的道具。

給我這個是要我怎樣？

……啊！變強的祕密就在農活裡嗎！這樣啊，揮鋤頭鍛鍊到的不止手臂，還能強化全身的肌肉。就是這個意思吧！

「不，拿鋤頭當武器。只要鋤頭用得好，不管什麼魔物都解決得了。」

開玩笑的吧？不，老師的表情很認真。

「要是鍛鍊到極致，就連龍都能打倒。」

用鋤頭打倒龍？怎麼可能。不，可是……我試著想像。
拿著鋤頭站在龍面前的我。
…………
嗯，在談什麼做不到、不可能之前，人家會先覺得我是個笨蛋。
但是，老師很認真。也就是說，他是真的相信把鋤頭練到得心應手就能變強。
為什麼這麼有信心？這是鋤頭耶？還說什麼要用這把鋤頭打倒龍。
…………
老師，我確認一下，真的有人拿鋤頭打倒龍嗎？
「有喔。」
真實存在的人物嗎？
「當然。」
種族呢？
「人類。」
呃……會不會是那隻龍正好對鋤頭嚴重過敏？
「沒聽過這種事耶。」
…………
老師看起來不像在說謊。

那、那麼我也相信。而且我會用鋤頭打倒龍給大家看！

不過為了保險起見，我姑且還是問了另外兩位老師。

嗯，回答得毫不遲疑。

能夠用鋤頭打倒龍的人好像真的存在。

不過，似乎並非實際拿鋤頭打下去。

聽說在那之前龍就投降了。

……………………

把鋤頭練到極致，甚至能讓龍投降？

會不會只是龍覺得，那個敢拿著鋤頭擋在自己面前的人很可怕？

好比說，與其和一個敢拿鋤頭攻擊龍的危險人物起衝突，不如主動認輸避免和那個人扯上關係？

有可能。而且我聽說龍很聰明。

可是，仔細想一想。

即使如此，贏了就是贏了。

克服種族的差距，掌握勝利。

難道說，這就是我追求的最強？

拿著鋤頭做了許多嘗試之後，我還是覺得不太對勁，所以放棄了。

真想誇獎三天就發現有問題的自己。

異世界悠閒農家

Farming life in another world.

Final chapter

Presented by
Kinosuke Naito
Illustration by
Yasumo

〔終章〕

稱號與紀錄

01.住家　02.田地　03.雞舍　04.大樹　05.狗屋　06.宿舍　07.犬區　08.舞臺　09.旅舍　10.工廠
11.居住區　12.澡堂　13.高爾夫球場　14.進水道　15.排水道　16.蓄水池　17.泳池與相關設施
18.果園區　19.牧場區　20.馬廄　21.牛棚　22.山羊圈　23.羊圈　24.藥草田　25.新田區
26.賽跑場　27.迷宮入口　28.花田　29.遊樂設施　30.看守小屋　31.正規遊樂設施
32.動物用溫水浴池　33.萬能船專屬船塢

1 歷史悠久的正統

始祖大人捧著某個方形盒子來訪。

盒子裡只有一個小鐘。小鐘嵌在方盒裡，應該是直接這樣用的吧。

在我詢問這個盒子的事之前，始祖大人已經將盒子對準我。

…………？

什麼事也沒有。始祖鬆了口氣，露出微笑。

倒是在「一號村」居民把準備送往「夏沙多大屋頂」的調味料運來時，事情發生了。盒裡的小鐘叮鈴叮鈴地響，吵死人。

始祖大人可能也覺得太吵了吧，他把盒子摔到地上，砸壞了。這樣好嗎？呃，看他一臉神清氣爽的表情，應該沒問題吧。

鬼人族女僕要他別把東西亂丟，於是他道歉了。究竟怎麼回事啊？

正想詢問的我，旁邊站著萊美蓮。

萊美蓮手裡拿著的東西，和始祖大人拿的那個方盒子十分相似。

她將盒子對準我，同樣沒反應。
然而，盒子對「一號村」居民有反應，叮鈴叮鈴地響了起來。

…………

萊美蓮和始祖大人一樣，把方盒子砸壞。
然後她和始祖大人對看一眼，伸手相握。到底是怎樣？
儘管搞不太清楚怎麼回事，鬼人族女僕依舊提醒萊美蓮別亂丟東西。

「有個壞消息。」
坐在會客室椅子上的始祖大人劈頭這麼說道。聽眾除了我之外，還有萊美蓮與基拉爾。
「勇者出現了。」
勇者？不久之前提過的勇者嗎？
說是之前死了也會復活，但是突然變得不會復活了，因此停止活動。
換言之，他們又能復活了嗎？還是說，儘管無法復活，他們依舊有動作？
「不，並非如此。那些直到不久之前都還會復活的勇者……雖然我不太願意，不過就稱他們為教會勇者吧。這些教會勇者已經澈底失去力量，沒有重新活動的跡象。」
「那麼，你說的勇者是？」
「其他的新勇者。不，說新的也不對。應該說歷史悠久的正統勇者出現了吧。」

聽到始祖大人這句話，基拉爾重重嘆口氣，出聲確認。

「也就是說，真正的勇者出現了對吧？」

「沒錯。文獻有記載，歷史悠久的正統勇者，目前已經確認到的有兩人。」

在我發問之前，始祖大人已經開口解釋。

「歷史悠久的正統勇者……簡單來說，他們能夠使用獨一無二的魔法。」

「獨一無二？」

「對。無視過往任何魔法形態的魔法，勇者不知為何能夠學會並使用它。」

始祖大人解釋完，基拉爾從旁補充。

「以前那個歷史悠久……真是麻煩。叫勇者就行了吧？教會勇者改叫假勇者。舉例來說，以前勇者所使用過的魔法，據說包括了操縱天候的魔法、創造城堡的魔法和分割海洋的魔法等。」

然後，萊美蓮接著說下去。

「最有名的，就是復活魔法吧。」

「復活？」

「對。這世上所有的生命，一旦死亡就到此為止。儘管龍和吸血鬼等部分種族被視為不死，但也只是非常不容易死，無法完全逃離死亡。但是，復活魔法能夠重新賦予死者生命。」

真厲害耶。

「雖然好像有很多限制……」

萊美蓮看向始祖大人催他繼續。

「不過毫無疑問，都是些堪稱奇蹟的魔法。然後呢，勇者照理說該擔任人類的守護者……不過到了六千年前，勇者就不再出現了。取而代之登場的，則是教會勇者。」

「是假勇者。」

基拉爾要求訂正。

「知道了啦。這些假勇者總算消失，原本以為能夠鬆口氣，沒想到這回出現的居然是文獻裡那種歷史悠久的……真勇者。」

始祖先生的解釋我聽懂了。

但是，有一點我不明白。

「真正的勇者出現，會帶來麻煩嗎？」

「與其說勇者麻煩，不如說那些獨一無二的魔法很麻煩。」

若是對魔法下過一番苦功才學會強力魔法倒也無妨。但是，隨手亂放無意間取得的強力魔法就讓人頭痛了。

似乎是這麼一回事。

「舉個簡單易懂的例子，就類似小孩能自由使用威力強大的爆炸魔法。發生意外的機率很高吧？」

確實。如果有人隨便施放操縱天候的魔法，會讓我很困擾。

「還有，勇者的存在價值……這也是個麻煩。」

始祖大人談起勇者誕生的神話。

「呃，還沒到神話的地步。以前這個世界充滿魔力時，分成能適應的和無法適應的。能適應的，就是被稱為亞人的存在，簡單來說就是人類以外。」

「那麼，無法適應的就是人類嘍？」

「對。當然，人類不像亞人能使用魔法，所以生活較為艱苦。農業神看在眼裡覺得很同情，於是將勇者賜給人類。」

「同情……不，農業神賜給人類的？」

「傳說是這樣。於是，人類的後代開始出現勇者，比例大約是一百萬人裡會有一個。」

「於是人類的生活變得比較舒適了。」

「起先是這樣，不過生為勇者的人，個性不見得清廉正直。」

「原、原來如此。」

「隨著日子過去，開始有人為了拓展人類生存範圍而侵略亞人領地……最後，『勇者乃是打倒亞人的存在』這種認知廣為流傳。」

「咦，那麼……」

「我們擔心，這次出現的勇者很可能也有這種傾向。」

「魔王才因為勇者消失而高興……他大概會很失望吧。」

「應該吧。不過嘛，這算是魔王的宿命。」

「宿命？」

「魔神看見亞人們的生活遭受勇者威脅，於是讓魔王從魔族之中誕生，當成勇者對策。」

「是這樣嗎？」

「是的，因此可以說勇者與魔王注定一戰。」

始祖大人如此做結。

「再說，也不是只有壞消息而已。勇者不止一人，相較之下魔王只有一位，以勇者對策來說並不公平對吧？」

「這個嘛，的確沒錯。」

「所以，魔王注定會有四名戰力強大的部下。」

「四名部下……也就是……」

「四天王。現在已經只剩形式，被當成四大重臣的頭銜，不過以前會是亞人裡特別優秀的四人成為魔王部下與勇者一戰。既然勇者現身，那麼四天王出現也不足為奇。」

「哦～」

怎麼感覺反過來了。

一般來說是魔王先登場，之後勇者才會出現吧？算了，細節就別管了。

「話說回來，你來這裡時拿的方形盒子是什麼啊？」

「哈哈哈哈。」

始祖大人和萊美蓮別開目光。他們所看的方向，正好是拿著方形盒子的魔王。

「這個盒子？魔王一族代代相傳的勇者發現器。唉呀，雖然是個多年來都沒反應的垃圾，不過城裡大掃除時翻出來了。我拿給人在『夏沙多市鎮』的村長老婆看之後，她要我拿來這裡擺著。」

…………

原來如此。

「一號村」居民已經將調味料運往「五號村」了。

始祖大人、基拉爾與萊美蓮互看一眼，然後點了點頭。

不不不，別急著毀掉。我也討厭麻煩事。不過，突然有人施放奇怪的魔法也很困擾。

先好好把真相告訴人家，再讓當事者決定怎麼做吧。

所以，不要衝動。

就算勇者覺醒了，也不會立刻就變得想把亞人殺光吧？那就好。至於該怎麼告訴有反應的人呢……讓我想一想。

所以呢，誰是勇者？

……咦？有反應的差不多有八個人？

哈哈哈哈，怎麼可能。百萬人裡才有一個對吧？居然有八個？意思是奇怪的魔法有八種？開玩笑的吧？拜託告訴我是玩笑。

不行？不是開玩笑。這樣啊……

我願意撤回前言並道歉，現在就把箱子砸爛怎麼樣？

我不禁閃過邪惡的念頭。

2 家庭訪問

「一號村」居民奧古斯。

身為馬可仕與寶菈的代班人員，他偶爾會移動到「夏沙多市鎮」的「馬菈」。

他的拿手好菜是烤雞肉串。炭火烘烤技術與多次改良的兩種醬汁大受好評，甚至有一部分人表示，他待在「馬菈」時就是烤雞肉串日。

「兩種醬汁？」

「醬油底的甜醬和鹹醬。此外，也會替想要自己灑鹽的顧客準備好幾種鹽。」

「原來如此。有什麼問題嗎？」

「竹籤不太夠。本來我待在『一號村』時會做，但是我還得研究醬汁，實在沒什麼時間補充……」

「不能找樹精靈或哈比族幫忙嗎？」

「我有請樹精靈們幫忙，但是調配咖哩粉也需要人手。至於哈比族……那個，他們的手不夠靈巧……或者應該說沒有手。」

畢竟哈比族的手是翅膀嘛。

「他們雖然也可以用腳製作，不過和食物有關，所以……」

「也對，還是算了吧。」

看樣子已經建立衛生觀念了，真令人高興。

可是，竹籤不足啊……這種作業，原本好像應該讓小孩子來做……但是「一號村」的小孩都還太年幼了嘛。

「這麼說來，半人蛇族族長曾經問過，有沒有什麼適合半人蛇族小孩的工作。如果她們符合，要不要介紹給你？」

「麻煩您了。」

「嗯，還有其他問題嗎？」

「再來就是……烤雞肉串的價格吧。」

「價格？」

「是的。以雞肉的進貨價看來，價格實在壓不下來……還有，進貨時是以一隻為單位，每個部位的消費量必然有差距，這也會影響價格。」

目前來說，一串似乎是中銅幣五枚至二十枚，變動太大了。

特別是每一串的價差，這在結帳時會很麻煩。

「原來如此。那就統一價格吧。」

「咦？」

「部位不同，長度就不同。當然，烤肉爐要能容納。」

「啊，原來如此。」

雖然製作竹籤會變麻煩，不過這部分就請半人蛇族的孩子們辛苦一點吧。

「除此之外，還可以在中間夾別的東西調整。」

「中間？」

「現在一根竹籤會串幾塊雞肉？八塊？把它改成五塊，每塊肉之間夾蔥。」

也就是蔥雞串。

「用這種方式降低肉的消費量，調整價格。」

「原、原來如此！我明白了。我會嘗試用這種方法調整。」

「如果蔥需要增產，我這邊會安排。」

「麻煩您了。」

「還有，回到一開始的話題……」

「我是勇者嗎？您又在說笑了。哈哈哈哈哈哈哈哈。」

他沒聽進去。

「一號村」居民裡有幾個是勇者，這點已經確定了。

所以我想把這件事告訴他們，不過把人叫來好像也不太對勁，於是決定由我去他們家裡訪問。話雖如此，周圍的人卻表示反對。

「咦？他們有建立能讓村長親自到訪的功績嗎？」

反對的聲音就類似這種感覺。

不不不，我只是去他們家而已吧？

「村長沒到訪的家庭恐怕會很失望……」

我被說服了，於是更改計畫。

不是把人家叫來我這裡，而是由我個別訪問各村的每一戶人家。該怎麼講呢，這樣等於增加我自己的工作。是不是把人家叫過來就好啊？

唉，反正和各村居民還有點距離，又可以當勇者通知的障眼法，應該無妨吧。畢竟應該也有人想隱瞞自己是勇者的事。

總而言之，告訴大家我會去家庭訪問之後，各村開始大掃除。

……………抱歉，讓大家的工作變多了。

夏天很熱，小心不要中暑了。

於是家庭訪問開始。

「大樹村」放到後面，從「一號村」開始依序拜訪。

為了不要忘記目的，我從勇者通知開始，不過……

「對養小孩有幫助嗎？沒有？那就不需要。」

「我有注意到自己能引發雷電，可是森林裡的兔子能夠輕鬆躲開。要說這就是勇者之力也……」

「目前甜味派和辣味派對立。超辣派的出現，讓情勢變得更為複雜……這就是能平息紛爭的咖哩粉增產計畫書，麻煩您了。勇者？要是成為勇者，能讓老婆變成甜味派嗎？不，我承認辣味有辣味的好，但是超辣已經誇張到不能當成食物了……」

「辣味粉完成了。只要把這個灑上去，炸雞和烤雞肉串都會變辣。當然，咖哩也是。呵呵呵呵呵。啊，這東西刺激性非常強，眼睛沾到會有危險喔。」

「勇者？我？…………求求您、求求您，別把我趕出去。我的歸宿就在這裡，求求您別把我趕出村子──」

「我和丈夫是為了村長而存在的勇者。如果村長說要打倒魔王，我們會盡力而為。如果村長要我們對於身為勇者這件事保密，我們就會隱瞞一輩子。來，請下令吧！…………如果可以，希望您可以下達命令……是的，從今以後我會繼續協助傑克代理村長，致力於『一號村』的發展。」

勇者通知沒有得到什麼像樣的成果。

一方面也是因為，大多數人都沒注意到什麼獨一無二的魔法。

不過，如果有事想商量，不用客氣儘量說。

…………

總而言之，訪問其他家吧。

3 魔黑龍（Demon Dragon）

在我訪問「一號村」的各個家庭之前，「大樹村」有新面孔來訪。

三隻龍。

「我是炎龍族（Flame Dragon）的歐潔斯。」

「我是風龍族（Wind Dragon）的海芙利古塔。」

「我是大地龍族（Earth Dragon）的姬哈特洛伊。」

三隻……既然化成人形，應該說三人？三人都是女性。炎龍、風龍和大地龍，就是之前人家告訴我的混代龍族（Elder Dragon）吧。

她們的目的是暗黑龍基拉爾。

據說是希望基拉爾賜下「魔黑龍」這個稱號。

雖然「魔黑龍」聽起來比「暗黑龍」強，但是不能放在心上。這好像是傳統。

這個傳統已經荒廢數千年，近年她們開始爭論誰才是混代龍族中最強的，於是想取得這個稱號當成

證明。

「『魔黑龍』是最強者的稱號嗎？」

「在混代龍族裡是這樣。」

回答我的是萊美蓮。這三人就是她帶來的。

這三人一開始並不知道稱號的事，找萊美蓮只是為了求得最強者的證明。

知道有這個稱號的萊美蓮，表示她不能擅自決定，把球丟給基拉爾。基拉爾知道稱號的事，不得已決定面試這三人。

似乎是打算從三人裡挑出一個，將稱號賜給她。

「這些我懂，但是為什麼要在『大樹村』面試？」

「為了得到稱號，必須通過試煉。」

這個村子裡有試煉嗎？

總而言之，不需要由我接待，所以交給基拉爾處理。我還得訪問「一號村」的每個家庭才行。

在這個階段，三人都意氣風發地等待基拉爾的試煉。

當我訪問完「一號村」、「二號村」、「三號村」和「四號村」的每一個家庭回到「大樹村」時，三人都沮喪地抱膝而坐。

當我訪問完「五號村」的部分家庭回到「大樹村」時，三人都面對牆壁唸唸有詞。

等到我訪問完「大樹村」的每一個家庭時，三人……找上不死鳥幼雛艾基斯做人生諮詢。被艾基斯拍肩安慰的三人流下眼淚。

出了什麼事？她們來到這個村子時明明沒把我放在眼裡，現在一見到我卻慌慌張張地低下頭。

「結果怎麼樣？」

「不行。以現在的實力看來，她們都拿不到稱號。」

「真嚴格耶。有這麼慘嗎？」

「嗯。試煉內容明明很簡單。」

原本應該是從混代龍族之中選出一人，由保有「暗黑龍」稱號的基拉爾給予那人試煉，通過後就能取得「魔黑龍」稱號。

所以試煉似乎並不會多難，都是些儀式性的內容。

但是，這次需要從三名候選人裡挑出一個，因此試煉帶了點競爭性質。

基拉爾的試煉。

事先準備好直徑約一公尺、長約五公尺的圓木。把這根圓木丟進森林，拿回來的人就能得到稱號。

三人都化為龍形態追趕圓木。

緊接著，她們被座布團與座布團孩子們的絲線纏住，動彈不得。她們當下猛力掙扎，結果被就在附近的拉絲蒂揍了一頓。

「拉娜農才剛睡著！不要吵！」

基拉爾的試煉，其二。

請小黑的子孫們幫忙，誰能將牠們把守的圓木帶回來，誰就能得到稱號。

一開始，把關的小黑子孫有三十隻。

但是，面對三十隻小黑的子孫，她們三個束手無策。於是數量不斷減少，到最後甚至只留一隻，三人依舊沒辦法將圓木帶回來。

最後那一隻是烏諾。

「她們三個都是用人類形態嗎？」

「不，是龍形態。」

烏諾面對三隻龍還守得住啊？真厲害。

好乖、好乖，我來摸摸頭吧。

「不過，三隻一起上還贏不了烏諾……要是進森林，或許會被兔子宰掉喔。」

「再怎麼樣也不至於……雖然想這麼說，但是的確難講。不過，這隻地獄狼大概是歷代最強喔。」

太好了，人家說你最強喔。哈哈哈。

小黑、小黑一、小黑二和小黑四，不要晃過來。就算沒有血緣，你們依舊是父子、兄弟吧？好好相處、好好相處。我也會摸摸你們啦。

基拉爾的試煉，其三。

拜託莉亞、達尬與格魯夫幫忙，輪流進行一對一的較量，每人三場。勝場最多的人就能得到稱號。

由於對戰順序可能導致不公，因此對手以抽籤決定，三場比賽同時進行，之後再交換對手。

換對手時似乎會使用治療魔法……不過三名混代龍族全敗。

「畢竟武鬥會快到了嘛，不能大意。」

「要是能再有點勁……」

「噴吐太奸詐啦。我的尾巴末端被燒到了。」

莉亞、達尬與格魯夫互相提出需要反省之處，同時繼續訓練。他們的反應似乎讓三名混代龍族大受打擊。

「既然連兔子都有可能打不贏，對上騎士組參賽者會不會太嚴苛了？」

「我就是這麼想，所以把水準降到戰士組、一般組的參賽者。不過……」

可能是因為心靈受挫太嚴重了吧，贏不了。

最後，還拜託從「一號村」來的人和她們交手，結果好像被雷電魔法瞬殺。

……

「那個雷電魔法，聽說連兔子都躲得掉耶？」

「好像是。我原本以為她們應該能躲開，結果卻轟個正著，嚇了我一跳。感覺很對不起她們。」

「可是，會不會太弱啦？」

「我也這麼想。如果要你從裡面選一個，你也會覺得很為難吧？」

「確實如此。」

選不出來吧。

「但是，如果不選一個，試煉就得繼續下去，真讓人頭痛。」

「不能說全都不合格嗎？」

「別看她們那樣，她們好歹也背負了各族的面子啊。選出一個也就罷了，要是全都不合格……大概回不了族人那裡吧。」

「這樣啊……那麼，給她們三個怎麼樣？」

「這是什麼意思？」

「『魔黑龍』的稱號由三人共同保有。」

「哈哈哈，『魔黑龍』只能由一個人……不，沒有這種規定。原來如此。啊，但是也不能輕率下決定，我找德斯和萊美蓮商量。」

武鬥會就在眼前，德斯應該快來了吧。

於是三名混代龍族在村裡多待了一段時間。

「話說回來，怎麼樣？要不要久違地喝個幾杯？」

「想是想，但是家庭訪問還沒結束。」

「『大樹村』的住家都去過了吧？還有嗎？」

「嗯，很重要的地方。」

我所指的地點，是小黑一家齊聚的犬區。

差不多準備好了？還要等一下是吧？不用排得那麼整齊沒關係啦。

「還有那邊。」

由座布團孩子們精心裝飾的大樹。座布團的孩子之一注意到我的目光，比出「這邊也要再等一下」的手勢。

基拉爾見狀放聲大笑。

「確實是很重要的地方呢。」

4 夏季收穫　秋季造訪

夏天也到了尾聲。天氣……沒有變涼，依然很熱。今年的夏天看來還沒結束。

不過，這和拿「萬能農具」開闢的田地無關。農作物等著採收，加油吧。

座布團的孩子們在採收時大為活躍。

採收茄子、番茄、小黃瓜和南瓜等作物時，牠們合作無間，而且還有好好篩選過。

基本上以「萬能農具」耕的田，農作物雖然都長得很好，成長速度卻不是完全一致，因此必須把要採收的和要留下的分開。

這項作業連我也會傷腦筋，但是座布團的孩子們篩選得很完美，真是可靠。

高等精靈、蜥蜴人、矮人、獸人族和山精靈也都習慣了，採收過程十分順利。這邊也很可靠。

基拉爾與三名混代龍族好像也要幫忙。感激不盡，麻煩你們幫忙採收包心菜。

其實我很想拜託你們採收紅蘿蔔和白蘿蔔等根菜類，可是德萊姆很期待嘛。

包心菜的採收，就交給獸人族女孩指導了。

我稍微幫忙一下採收作業之後，就用「萬能農具」耕已經採收完的地方，弄成新田。

我用「萬能農具」工作所以不要緊，但是其他人要注意天氣還很熱，不能忘記補充水分和鹽分喔。

再來，要處分採收時發生意外而斷掉、扁掉的作物。

丟掉很可惜。只是不能賣到外面，還是能吃。

所以，由小黑的子孫們吃掉。小黑的子孫數量眾多，即使各有各的偏好，還是能解決這個問題。

不過，需要處分的作物還是越少越好。

「村長，那塊田不用採收嗎？」

高等精靈之一指向某塊馬鈴薯田。

「那塊馬鈴薯田是座布團的孩子們專用，牠們會自己採收……妳看。」

採收完其他地方的座布團孩子們在田裡集結，各自挖起馬鈴薯。牠們十分小心，避免傷到作物。

然後，牠們高高舉起採收的馬鈴薯……似乎有點煩惱要當場吃掉還是拿回去。

用絲線把馬鈴薯固定在背後的模樣顯得十分可愛。

採收的作物，由文官少組確認數量。

要保留各村需要的份，以及與德萊姆、德斯、魔王和始祖大人他們分享的份，還有「夏沙多大屋頂」消耗的份。

剩下的作物運到「五號村」賣給戈隆商會。現在和以前不同，多虧了傳送門，買賣變得輕鬆多了。

貨款不是現金，而是以海產等商品交換。

「很多沒見過的魚呢。」

從「五號村」運來的魚，讓孩子們眼睛一亮。我也是。

「這是……」

儘管長約八十公分，不過……這應該是秋刀魚？另一條魚大約有一百五十公分長，但是不管怎麼看都是鮭魚。特大號的秋刀魚和鮭魚。

總數……秋刀魚兩百條，鮭魚五十條。秋刀魚和鮭魚好像都是在「夏沙多市鎮」近海釣的。應該不是用網子吧。還有，居然能準備這麼多啊？真是感激不盡。

秋刀魚和鮭魚。

以季節來說，這些秋天的味道來得早了點……畢竟這裡不是日本嘛。嗯，我知道。總之要磨些白蘿蔔泥。我記得有種幾棵酢橘樹，以時節來說應該已經結果了才對。去採一些回來吧。

有醬油。感謝芙蘿拉。別忘記煮飯。

好，先練習烤秋刀魚。雖然特大號多半不好烤，不過加油吧！

秋刀魚。

確定這種尺寸沒辦法直接烤，於是剖成兩半再烤。

雖然好吃，但有點不甘心。

鮭魚。
毫無疑問是鮭魚。好吃。
雖然這麼說有點任性，不過我希望短期內早餐都能吃到鮭魚和白飯。

村民對於秋刀魚和鮭魚的評價都很好。
不過孩子們似乎喜歡鮭魚多過秋刀魚。
「因為刺很多。」
這是小孩代表娜特的意見。
雖然剖成兩半時會把骨頭剔掉，但實在沒辦法清乾淨嘛。不過，也是有像烏爾莎和古拉兒那樣，完全不在意骨頭直接吃的……
可以的話，我希望妳們別把大塊的骨頭也吃下去。

不死鳥幼雛艾基斯會把秋刀魚的骨頭剔得乾乾淨淨。
這是無妨，但是把骨頭排得那麼整齊是怎樣？
不死鳥有這種習性嗎？不是？單純出於個人堅持？這樣啊。

烤鮭魚皮很受村裡的大人們歡迎，尤其是矮人們特別高興。

我知道你們很中意這道菜，不過酒要適可而止喔。

魚沒辦法放太久，要儘早吃掉。

秋刀魚和鮭魚雖然都大到單一家庭很難消耗掉的地步，不過傾全村之力轉眼間就沒了。

…………

早知道就留一點下來。拜託麥可先生吧。

題外話。

秋刀魚的吃法，分成吃內臟派和不吃內臟派。

孩子們全都是不吃派。畢竟會苦嘛。

我不會勉強他們。

5 武鬥會預賽

「大樹村」的武鬥會在秋收後舉行，符合收穫祭的印象。

但是，隨著武鬥會的規模越來越大，在這個時期舉行會有困難。這麼判斷的主要是文官少女組。
「在秋收後的忙碌時期，要籌備武鬥會相當困難。」
芙勞的翻譯：
「沒辦法在往年的時間舉行。」
這是去年討論的結果。
反省之後，決定武鬥會從今年起辦在收成之前。
至於收穫祭另外再辦就好。由於已經聯絡過了，所以老面孔都來了。

魔王和四天王一行人。
還有三名獸人族男孩與高等精靈莉格涅同行。
能夠和女兒優莉見面讓魔王很高……他常來「大樹村」看貓，父女應該沒那麼少見面吧。
四天王藍登、比傑爾、葛拉茲與荷四人到齊。
奇怪？獸人族男孩之一和荷的距離似乎特別近……發生了什麼事嗎？還是我的錯覺？
許久不見的三個獸人族男孩，感覺突然長大不少。變可靠了呢。啊，被烏爾莎一撞就倒了。怎麼啦？以前明明能正面接住她耶？大意嗎？
「不，烏爾莎長大了，所以威力……」
是嗎？我覺得烏爾莎其實也……長大了呢。

一直待在一起所以沒注意到，但她確實有在成長。
…………感慨萬千。

始祖大人和芙修。
後面還有一個新面孔同行。全副武裝而且打理得很乾淨的騎士。
芙修為我介紹。
「這位是在教會工作的聖騎士修奈達．伊弗卡。此人強烈希望能參加武鬥會，所以帶來此地。身分由我保證，還請您同意此人入村與參賽。」
由於這番話的確是在村子入口之外說的，所以我同意了。
然後我向始祖大人確認。
「這位先生有什麼問題嗎？」
始祖大人突然帶個陌生人同行，我想應該有什麼理由……
「沒問題啦。只不過，這人總是在尋找比自己更強的人……照這樣下去，有可能會跑出教會鬧事，所以我們讓這人同行。原本應該先徵求許可才對，實在很抱歉。」
人家都鄭重道歉了，我也沒什麼好多說的。這回應該是來不及問吧。不過，反正多幾個新面孔也不是問題，所以我沒打算抱怨。
「還有，不是先生而是小姐。雖然人家穿著鎧甲所以難以看出身體線條，不過她是女性。」

「那還真是不好意思……女性叫修奈達？」

「真正的名字叫雀兒喜。她對於自己是女性這點心存芥蒂，能不能麻煩你別提起這件事？」

了解，我會注意。

「還有，她就是教會已經確認的勇者之一。不是冒牌貨，而是真的勇者。」

「……魔王也在這裡，沒問題嗎？」

「畢竟她所屬的教會在我管得到範圍內，因此她沒有那種無論如何都要打倒魔王的念頭。唉呀，以她現在的實力，就算對魔王動手也會被反過來幹掉，何況要是有個萬一，我會出手制止。」

希望別出問題。

…………

這位修奈達呢，看見小黑的子孫和座布團的孩子後慘叫一聲昏了過去，而且一再重複。嗯，看來沒問題。

德斯、萊美蓮、基拉爾與德萊姆。

基拉爾、萊美蓮和德萊姆已經來了一段時間，有幫忙採收。

三名混代龍族則是以龍形態拜倒在德斯面前一動也不動。

德斯對這三人說了一句話。

「妳們三個贏得了丹妲基嗎？」

原先一動也不動的三人抖了一下。我詢問就在附近的哈克蓮。
「丹妲基是誰啊？」
「混代龍族之中最強的龍喔。記得是冰龍族吧？」
「最強？咦？那三人不是在競爭『最強』嗎？」
「應該是在想要『魔黑龍』稱號的混代龍族裡最強吧。」
「……原、原來如此。」
只看到那三人，差點誤判了混代龍族的力量。
「那個丹妲基有多強啊？」
「丹妲基的話，應該能和德萊姆互毆吧。從德萊姆沒有逃避勝負這點，你應該猜得到結果。」
「抱歉，德萊姆他有多強啊？」
「哈哈哈。從村長的角度看來，德萊姆、丹妲基，還有那三人都一樣啦。」
再怎麼說德萊姆也應該比那三人強吧。

「五號村」的兩位前任四天王抵達。
死靈騎士從溫泉地趕來。
「南方迷宮」的半人蛇族與「北方迷宮」的巨人族也到了。
嗯，一如往常的成員。

「一號村」、「二號村」、「三號村」和「四號村」的人也聚集至此。

歷年來，小黑的子孫和座布團的孩子都是自主進行預賽，不過從今年開始，預賽範圍將擴及整個武鬥會。

因為想參賽的人增加了。

一般組和戰士組也採取淘汰賽形式，等人數縮減到一定程度之後才進入正賽。

…………

那三個混代龍族參加一般組預賽，這樣好嗎？我詢問基拉爾的結果，似乎那裡最適合她們。

呃，我是不會讓她們禁止參賽啦，但是限定人類形態喔。

三名混代龍族沒通過預賽。三人都是被烏爾莎揍一頓後輸掉。

賽程配對沒有動手腳。運氣，完全是運氣。

不死鳥幼雛艾基斯正在安慰第一場就碰上烏爾莎的炎龍族歐潔斯。

還有另外一人。

聖騎士修奈達。

被蜥蜴人小孩的關節技逮到，於是哭了出來。

現在……抱著酒史萊姆尋求慰藉。這樣是無妨，但是別把臉埋進去比較好喔。會被酒氣薰到醉。

預賽順利進行，正賽出場者先後出爐。

其中特別有看頭的，則是小黑子孫們的預賽。

由於數量眾多，所以採取二十隻一組的殊死戰形式。離開場地就算失去資格，所以不至於演變成太過悽慘的戰鬥。

不過，參賽者都想搶占場地中央，讓比賽變得很有技術性。

可是，大家外表都很像，所以難以區別。儘管我勉強做得到，不過其他人的評價就不太好了。所以，特別顯眼的雪白冥界狼與小芬里爾，變得很受歡迎。

6 廣告與一般組

武鬥會場地周圍拉起大塊白布。

布上映出影像。

「『夏沙多市鎮』的名店『夏沙多大屋頂』！它的核心『馬莅』有四位王者！」

效果音響起，畫面從「夏沙多市鎮」轉到「夏沙多大屋頂」，並且朝著「馬莅」的櫃檯前進。

「首先是第一位！在『馬菈』地位不動如山的咖哩王，馬可仕！」

畫面上，馬可仕害羞地端出咖哩。

「默默翻動串燒的身影，使得女性支持度急速攀升！烤雞肉串之王，奧古斯！」

畫面中的奧古斯帥氣地將雞肉串翻面，讓女性發出尖叫。

離我不遠的奧古斯被老婆瞪了一眼，丟臉地叫出聲來。

「食材一項一項提供的新風格大受歡迎！有些奇特的火上鍋王，布魯諾！」

有些奇特的火上鍋是指關東煮吧。即使在夏天好像還是頗受歡迎。

「還有最後一人！方便入口的絞肉，漢堡排王夏佛！」

夏佛。

…………我記得，這男人以前好像是貴族的兒子還什麼的，後來跑到「馬菈」拜師嘛。

「不是前貴族。他現在還是貴族，而且是嫡子。當事人希望廢嫡，不過現任當家還在抵抗。」

就在附近的文官少女組之一這麼告訴我。

「妳說抵抗，這樣沒問題嗎？」

「應該沒問題吧。據說現任當家曾經直接找上『馬菈』，不過當時魔王大人好像剛好在場。」

「魔王？」

「魔王大人每次去打棒球都會造訪『馬菈』。」

「原來如此。還有，雖然是玩笑，不過有魔王在，其他人稱王沒關係嗎？」

像是咖哩王、漢堡排王之類的。

「其他國家不知道，但是在魔王國沒關係。自稱王的人很多喔。」

這樣啊。呃，之前好像也聽說過這種事。

四位王者齊聲說出「我們在『馬菈』恭候各位光臨」後，影像就此結束。儘管影像晃來晃去，構圖也顯得生澀，不過有弄出廣告該有的樣子。

製作這個廣告的是伊雷他們，也就是攝影隊。

萊美蓮贈送的錄影裝置，使用數次之後就拿到露所在的伊弗魯斯學園。

為了研究能不能複製。

提議者是伊弗魯斯學園的人，所以費用方面不需要擔心，可是技術上似乎相當困難。不過，伊弗魯斯學園的人沒有放棄。

「錄影功能好厲害。」

「棒球出現爭議判決時，可以精確地回顧。」

「讓那個名場面再來一次。」

朝著夢想狂飆，露也被牽扯進去。

傳送門的研究時間被迫縮短，挪來研究錄影裝置。

「露的權力在他們之上吧？」

「研究當前這種道理講不通啦。」

和伊雷等攝影隊成員一起回來的露十分疲憊。此刻她還癱在椅子上。
不過，也是因為有露的努力才能得到那種成果吧。除了錄影功能之外，還有剪輯功能。也能理解為何明明是廣告卻歡聲雷動。希望她儘快振作。

總而言之，武鬥會正賽。
從今年起，一般組和戰士組也採取淘汰賽，但是頭帶規則不變。
只要搶走對手的頭帶就算勝利……可是烏爾莎啊，把對手打昏之後才搶頭帶是怎樣？就算對手是沒通過預賽的混代龍族之一，妳也太不客氣了吧。
順帶一提，沒有通過預賽的三名混代龍族，特別獲准出場一般組正賽。當事者們儘管猛搖頭抗拒，基拉爾依舊強迫她們參加。
啊……剩下兩人也是第一場就輸了。我還以為她們能撐久一點……

特別獲准參賽一般組的還有一個。
聖騎士修奈達，也就是雀兒喜。
可能是預賽敗退讓她看開了吧，她換上女用鎧甲，以怎麼看都是女騎士的裝扮參賽。名字也改為雀兒喜。而且很強。強到令人懷疑預賽怎麼會輸。
是因為那套讓她看起來像男人的鎧甲太重嗎？她順利地過關斬將，準決賽對手是預賽碰上的蜥蜴人小孩。

蜥蜴人小孩……沒有大意。

啊，是把修奈達當成另一個人了？雀兒喜……脫掉鎧甲輕裝上場。果然是因為鎧甲太重嗎？

一開始雙方以劍交鋒，不過蜥蜴人小孩把劍一丟，用身體撞上去，就這樣帶入寢技。雀兒喜大概也發現了，同樣把劍丟掉以寢技決勝負。

兩人在舞臺上翻來翻去之後，蜥蜴人小孩鎖住雀兒喜的手臂。他的招式把雀兒喜逮個正著。

然而，雀兒喜的另一隻手裡，握著蜥蜴人小孩的頭帶。

「勝利者，雀兒喜！」

擔任裁判的哈克蓮宣布，現場爆出歡呼。

真是場精采的比賽。

決賽。

烏爾莎和雀兒喜。

烏爾莎啊。

所以說，把對手打昏之後才搶頭帶是怎樣？和歡呼相比，「嗚哇～」的聲音比較多耶。不過，以阿爾弗雷德為首的孩子們都拍手叫好就是了。

……不對。我錯了。更正。

「恭喜妳獲得一般組優勝。幹得好。」

烏爾莎高舉雙手，將自己的勝利昭告天下。

歡聲雷動。

芙修，雀兒喜的狀況怎麼樣？還活著？那就好。

閒話　炎龍族歐潔斯

老子名叫歐潔斯，炎龍族的歐潔斯。

啊，雖然口氣這麼粗魯，不過我是女的。抱歉。

在「夏沙多市鎮」的「夏沙多大屋頂」裡的「馬菈」，有特地為半人牛族和半人馬族等大型亞人種安排的櫃檯與座位。

因為食量不一樣。

大型亞人種常因為餐費傷腦筋，不過吃得下很多「馬菈」的咖哩與漢堡排這點令人羨慕。

雖然我化成龍形態之後也能吃下很多，不過這麼一來就沒辦法像人類形態時一樣細細品嘗……真是尷尬。

嗯，我比較喜歡甜味咖哩。蘋果汁比酒更好。味道真棒。

…………

地板出現在眼前。這是怎麼回事？喔，這樣啊。我被人家擊倒了。

武鬥會一般組。

輸掉預賽雖然很不甘心，不過看了其他人的戰鬥之後，讓我深切體會到自己實力不足，必須重新修練才行。

到時候我要重新挑戰武鬥會——我如此下定決心。儘管我已經這麼決定了，基拉爾大人卻硬要我參加正賽。真是多事。

不行不行不行不行，我已經很清楚自己實力不足。我為自己的不自量力道歉，所以拜託饒了我！

和我一樣想要「魔黑龍」稱號的風龍族海芙利古塔與大地龍族姬哈特洛伊。

拜訪萊美蓮大人之前我們成天吵架，現在已經是知己好友了。

「加油吧！」

「絕對不能死喔！」

「大家都要活下去！」

我們為彼此打氣之後，心不甘情不願地參加正賽。
第一場比賽的對手，就是預賽把我瞬殺的小孩。

放心，記憶很清楚。名字也說得出來。
今天的早餐……是什麼啊？我只記得很好吃。
午餐……還沒吃。因為我擔心比賽前吃東西會有悲慘下場。
會場周圍搭起的帳棚飄出香味，好想吃那個。

我一邊吃著鐵板炒麵，一邊觀摩武鬥會。
一開始只有我一個，不過現在旁邊還有海芙利古塔和姬哈特洛伊。
嗯，努力過了。要吃炒麵嗎？很好吃喔。
嗯？那個看起來很甜的東西是什麼？哪個帳棚？那個叫可麗餅，在紅色帳棚嗎？知道了，我等一下過去。

一般組由打倒我的小孩贏得優勝。
那一定是某種化成小孩外型的其他生物。
村長正在誇獎那個小孩，不過村長也不是普通角色。畢竟他是哈克蓮大人和拉絲蒂大人的丈夫。

以前我從沒聽說過人類能成為神代龍族的丈夫。雖然也可能只是我沒聽說，其實曾經有過……不過老實說，很難相信村長打倒了那位哈克蓮大人之後娶她為妻。

就算聽到村長本人這麼說，我大概還是不會相信。不過，既然是德斯大人、萊美蓮大人和德萊姆大人說的，那就不會有錯。

聽說鐵之森林的飛龍好像也是村長打倒的。

鐵之森林的飛龍，就是那隻會讓人說是飛龍詐欺的超強飛龍。混代龍族裡有可能勝過那隻飛龍的……頂多只有丹妲基大人吧。不，就算是丹妲基大人，要對付那隻飛龍也有困難。

村長打倒了那隻飛龍。

如果只是開玩笑，不知該有多好。可是，如今我打從心底相信這件事。

畢竟那位村長能夠讓基拉爾大人下田工作。如果他的實力沒有到那種程度，我內心的某種東西就要碎了。

武鬥會順利進行，來到了戰士組。

每一場戰鬥都很精采，而且比我強。

我再次慶幸自己是一般組。

優勝者是山精靈。

贏得漂亮。輸掉的高等精靈和矮人們也都很厲害。

於是騎士組開始了。

出場的有天使族、惡魔族，還有地獄狼和惡魔蜘蛛等。

蜥蜴人男性和獸人族男性輸了，但是打得很精采。我也希望能夠像他們那樣打上一場。

優勝者是天使族族長瑪爾比特。

她在騎士組開始前才抵達「大樹村」，代替疲倦、提不起勁的村長夫人參賽，然後贏得了優勝。真厲害。

回顧起來最精采的就是第一場比賽，瑪爾比特與琪亞比特的母女對決。

兩人認真得難以想像是母女。特別是女兒琪亞比特，她的攻勢像是在告訴大家「這就叫做全力」。

可是，我覺得不該對母親這麼狠。

瑪爾比特則是輕巧地躲開，回以騷擾般的反擊，對女兒毫不留情。天使族……不容小覷。

騎士組結束後，舉行名為英雄組的表演賽。

這不是淘汰賽，而是一對一的較量。對手以抽籤決定。

參加者……嗯，該怎麼說呢。世界末日到了嗎？

德斯大人和基拉爾大人互毆。

那隻惡魔蜘蛛絕對不是普通的惡魔蜘蛛。陽子是那隻傳說中的九尾狐？

魔王真厲害。儘管實力明顯不如對手，卻還是撐住了，值得尊敬。話說，那個壓著魔王打的吸血鬼是誰啊？石祖先生？沒聽過……不過我已經明白，這世上比我強的人要多少有多少。

德萊姆大人……驚慌失措。他大叫著：「為什麼有人幫我報名，這是陷阱！」

對手是萊美蓮大人……請、請加油。

武鬥會結束之後，依然有人在戰鬥。

這個村子真是誇張。「魔黑龍」稱號已經不重要了。

總而言之我已經非常清楚自己實力不足。加油吧。真的，該認真了。

只要努力變強，總有一天我也能贏得一般組優勝，而且說不定還能參加戰士組。不，我要參加。

在那之前，就把「魔黑龍」這個稱號忘了。

明天告訴基拉爾大人吧。嗯，這樣就對了。

「喂，歐潔絲、海芙利古塔、姬哈特洛伊。上場嘍。」

基拉爾大人叫我過去。

上場？我聽不懂這是什麼意思。

還有，為什麼會在基拉爾大人的旁邊，看到哈克蓮大人在做熱身運動？

…………

我不想懂。雖然不想懂卻還是懂了。啊，龍族的智力。

不是明天，我應該立刻告訴基拉爾大人。

我看向旁邊的海芙利古塔和姬哈特洛伊，對彼此點了點頭。

「請您高抬貴手。我們不該得意忘形想要當什麼『魔黑龍』！」

雖然基拉爾大人應該聽到了我們的賠罪，卻還是逃不掉和哈克蓮大人的比賽。

活著真是太美妙了。

7 武鬥會結束後

武鬥會平安結束。

於武鬥會當晚的自由對戰時間，哈克蓮與三名混代龍族交手。

目的似乎不是要欺負人家，而是要教烏爾莎怎麼手下留情。不，與其說是手下留情，不如說是教她怎麼打一場有看頭的比賽吧。

承受對方的全力攻擊之後揍回去。這樣的互動一再上演。當然，下手時有留情到極限。與其說是揍，不如說是輕輕摸可能還比較精確。

話說回來，哈克蓮。

有烏爾莎加油或許讓妳很開心，但是那三人真的哭出來了……嗯，這樣對教育不好，到此為止吧。

我這麼出聲制止以後，三人非常激動地向我道謝。不不不，我才要為哈克蓮和烏爾莎的失禮道歉。

傷勢可以到那邊的帳棚治療。

她們三個似乎決定勤加修練，暫且把「魔黑龍」的稱號放到一邊。

原本以為她們會在「大樹村」定居，不過按照當事者的期望，讓她們去魔王那邊工作了。

「因為這邊看起來最正常。」

「我不會替您添麻煩。」

「還請多多指教。」

基拉爾同意，魔王也接受了，所以我沒什麼意見。

聖騎士修奈達——雀兒喜……脫下鎧甲，完全以女性的裝扮活動。

之前曾經聽始祖大人說這部分很敏感，不過問題似乎已經解決了。看她露出燦爛的笑容，應該沒事了吧。

在那之後，她在達尬與格魯夫的推薦下，前往「五號村」工作。

似乎是要加入「五號村」的教會，在畢莉卡身邊重新學劍。

始祖大人同意，本人也如此期望，所以我沒什麼意見。

事不宜遲，這就讓她和教會代表聖女瑟蕾絲見面。

「我是瑟蕾絲，請多指教。」

「我是科林教總部的聖騎士修奈……不，聖騎士雀兒喜。今後麻煩關照了。」

希望她們好好相處。

舞臺上，德萊姆和萊美蓮正在對決。

德萊姆眼眶含淚。寫上他名字的木板，應該是哈克蓮丟進籤箱的吧。

都怪我問德萊姆有多強……真抱歉。

等到這一場對戰結束，再去安慰他一下吧。

瑪爾比特在舞臺不遠處喝酒。

她雖然在大會途中才抵達，卻還是代替露參加騎士組並贏得優勝。

雖然平常感覺懶散，不過該認真的時候大概還是會認真吧。

看見瑪爾比特的表現，莉格涅對於自己沒出場十分懊悔。明明不需要客氣的。

莉格涅大概也想活動筋骨，所以在舞臺旁等待上場。

對手是和瑪爾比特同來的琳夏。

莉亞的母親莉格涅，以及蒂雅的母親琳夏。哪一邊會贏，我完全無法預測。雖然沒辦法預測……不過莉亞啊。包含妳在內，高等精靈全都幫琳夏加油是怎樣？莉格涅要是看到會很難過喔。

呃，妳說想看她輸掉的樣子……要是被一時的衝動擺布，會有不幸的下場喔。

看吧，莉格涅發現莉亞她們之後，面露冷笑。

莉格涅，禁止誤射觀眾席喔。

德萊姆和萊美蓮的戰鬥，由萊美蓮的膝頂劃下句點。

打到一半時，我還以為她會把勝利讓給德萊姆，不過火一郎來加油了嘛。

「年輕時，那招膝頂不知道讓我流了多少眼淚……」

「我也是、我也是。」

「你是因為不肯服從龍王到處鬧事吧？我可不是因為這樣喔。」

「反正八成是你對別的女人太好吧。」

「你怎麼知道？」

德斯和基拉爾的對話。

這兩人感情真好，明明不久前還在互毆。

啊，不好意思，能不能幫忙強化一下觀眾席的防禦啊？

因為莉格涅好像是用弓，我想減少不幸的意外。

會場周圍照慣例架起好幾個提供餐點和酒的帳棚。

鬼人族女僕們忙得不可開交。

其中特別受孩子們歡迎的，是加特那個帳棚。裡面沒有食物，而是展示武器。

「好帥！」

「好漂亮！」

「真好拿！」

之所以受孩子們歡迎，則是因為擺了小孩尺寸的武器。

「我在試做時順便弄的。慢著、慢著，不要說謝謝，還不要拿走。今天是展示，等到明天以後……如果有村長和哈克蓮小姐的許可就給你們。哈哈哈，不是我刁難你們喔。要是擅自把武器給你們，萬一你們受傷，我可是會挨罵。」

聽到加特這番話，孩子們噓聲四起。

給孩子們武器嗎？

……還太早了。用我做的木劍和木槍忍耐一下。

「還有，戈爾、席爾和布隆。把劍拿出來。我會把劍磨好，明天還你們。啊，你們已經有許可了，可以拿走喔。」

「謝謝你，加特大叔。那麼，我要這個、這個和這個。」

「拿得還真多啊。還有，這些尺寸和你不太合吧？」

「我就是要這個尺寸。費用拿獎勵牌付對吧？一把一枚行嗎？」

「嗯？不用、不用。拿走吧。」

「這可不行。」

「？…………啊，該不會——」

「哈哈哈。」

「知道了。那我就不客氣地收下吧。」

獸人族男孩們離開後，我詢問加特。

「這是怎麼回事？」

「男人如果買東西不是自用，目的只有一個吧？」

…………

啊，哦哦，原來如此。送給女生的禮物啊。

這樣啊、這樣啊。看來他們有在享受青春，真是太好了。

可是……戈爾和布隆都是一把，席爾則是三把啊。

……

席爾的對象很喜歡武器嗎？希望是這樣。

日後。

「去魔王那邊的三人寄了信過來，可是……」

基拉爾來找我商量。

「那三個人說她們現在擔任三棒、四棒和五棒，這是什麼意思？」

……

我稍微煩惱了一下該怎麼說明。

題外話。

在「五號村」——

「咦？瑟蕾絲大人就是聖女大人？」

「很遺憾，我只是個教會負責人。」

「咦？畢莉卡小姐是劍聖？」

「很遺憾，我只是普通的『五號村』警衛。」

8 以前的技術

以前的技術似乎很厲害。畢竟能夠讓城堡在天上飛嘛。

所以，我原本以為錄影應該很簡單，發現並非如此之後感到很驚訝。

他們應該有「把影像記錄在記憶媒體之中」的想法吧。

不過，沒有記憶媒體，這代表開發失敗了嗎？

雖然我覺得不可能……然而這裡是有魔法的世界。

魔法什麼都做得到，所以這個領域的發展遲緩也是難免。

我個人覺得很遺憾，但是我也不了解記憶媒體，所以沒辦法提供建議。

期待研究人員的努力吧。

「要怎麼將這些影像轉換成魔力呢？這是關鍵。」

「如果轉換成魔力，要保存起來又不變質，幾乎等於不可能喔。」

「確保能容納大量情報的魔石，也是個必須解決的問題。」
「為了這項研究，榮譽學園長提供我們格鬥熊的魔石喔～！」
「好厲害！我從來沒見過這麼大的魔石！而且居然有三顆！」
「真虧那個榮譽學園長肯拿出這種東西呢。」
「哪有可能啊。所以這是我偷偷拿來的。」
「咦？這樣沒問題嗎？」
「本來是擺在素材櫃後面那個暗櫃裡，沒問題啦。」
「就算聽了解釋，我還是不懂你說沒問題的根據在哪裡。本來放在暗櫃，代表這是榮譽學園長的珍藏品吧！擅自拿出來很危險耶。」
「榮譽學園長以前搶過我的寶貴素材，這點小事還在容許範圍內。」
「這句話，你去盯著我們看的榮譽學園長面前再說一次。」
「怪了？為什麼榮譽學園長會在這裡！不、不、不是這樣！我是被陷害的！」
研究人員們似乎在做些既辛苦又愉快的研究。
露，我想妳可能是在處罰人家，但一直瞄準人家的大腿是怎樣啊？
就算妳說「攻擊頭或手臂會降低作業效率」也很難讓人接受。
我來學園露面，姑且還是帶了些觀摩的心態……但是我完全無法理解研究人員在幹什麼。

不過，看得出來他們很努力。
也看得出來他們很依賴露。
身為丈夫，這讓我十分自豪，卻也有點寂寞。因為無法加入話題。
因此，我想盡辦法要和大家聊自己擅長的領域……沒這種東西。
真遺憾。安靜地參觀學園吧。
…………………………
露在旁邊陪我。這樣好嗎？
「放著你一個人我比較擔心。」
這樣啊。
啊，呃……
「不需要勉強找話題吧？」
話是這麼說啦。
啊，對了。雖然外行人插嘴感覺不識好歹，但是記錄媒體不考慮用磁力嗎？
「磁力？」
露一臉疑惑。
我認為說的應該沒偏離太多耶。何況在之前的世界，記錄媒體常會用上磁力。
「你說磁力，是指磁石對吧？那個要怎麼記錄？」

「呃……簡單來說，就是用磁力做記號。」
「記號？」
「如果能做記號，就可以用『0』和『1』代表有無記號對吧？」
「嗯。」
「就是把這些『0』和『1』排在一起，記錄數字或文字……」
『用『0』和『1』畫圖嗎？』
「不是、不是。呃……基本概念是二進位。0就是『0』，1就是『1』，不過2會記錄為『1』、『0』，3是『1』、『1』，4是『1』、『0』、『0』。」
「二進位……啊，原來如此。每到二就多一位數是吧。」
「對。雖然文字列長度會影響計數的極限，不過8位數就能從0計算到255。」
「換句話說，十六位數就能從0計算到65535對吧？」
「雖然我沒辦法立刻算到那裡，不過大概就是這種感覺。再來只要決定對應數字的文字，就能連文字也記錄下來了吧？」
「原來如此。的確沒錯呢。雖然必須另外準備播放用的裝置才行……不過這點沒什麼問題，安全性也會提升。可是，影像要怎麼記錄？」
「簡單來說，就是把畫面分割成很多細小的格子，然後把顏色填進每一個分割出來的格子裡。」
「哦？雖然相當古典，但是不壞耶。」

「對吧？」

「不過很遺憾，這麼一來位數會多得很誇張喔。」

「位數？」

「沒錯。因為攝影機記錄下來的影像和聲音，情報量非常龐大。」

「……龐大？」

「如果用你說的二進位來做……六十四位數都不夠用呢。」

「…………影像和聲音？」

「對，如果要完美無瑕地播放，不管怎麼樣都得用到這麼多。」

…………

原來需要這麼多啊。令我吃了一驚。

或許是攝影機的性能太好了。

嗯～以前的技術真可怕。

……不過，我認為——

「不需要重現以前的技術吧？」

「咦？」

「不需要完美無瑕地播放吧？」

如果可以用能接受的水準播放影像與聲音，應該還是相當有用。

聽到我這麼說，似乎讓露茅塞頓開。

露興奮地向我說明，不過我頂多只能理解一成。

我所理解的內容是，「攝影機似乎會連魔力的運行和狀態都記錄下來，因此情報過多」。

嗯，露的說明似乎讓研究人員們也見到一線光明，大家十分來勁。真是一樁好事。

那麼，我就做些吃的慰勞大家吧。反正伊弗魯斯學園的廚房設備也還不錯。

等待露的期間，不至於閒著沒事做。

嗯？馬菈的員工要來幫忙？呃，你們那邊也有工作吧？尤其是馬可仕，你跑來這邊怎麼行？連戈隆商會的人都加入……呃，是沒關係啦。

人手越多越好。

變成了叫做「伊弗魯斯學園餐祭」的活動了。

「如果可以，希望您能夠事前知會一聲……」

麥可先生一臉為難地對我這麼說。

不，我也沒想到事情會變得這麼誇張啊。

既然伊弗魯斯學園的人很開心，那就睜一隻眼閉一隻眼吧。反正伊弗魯斯代官也說不用在意。

無論如何，我會幫忙收拾。畢竟看起來光是要洗的餐具就有夠多嘛。

啊啊，連麥可先生也……抱歉。真是幫了大忙。

不過，麥可先生。關於下次的活動，麻煩你找伊弗魯斯學園的學園長商量。

畢竟下次我實在不太可能參加。

閒話　成就

神的世界，中央——

我也很久沒來這裡了呢。

大家過得還好嗎？唉呀，畢竟大家都是神，應該不至於受傷或生病……沒看到其他神耶。出了什麼事啊？

稍微找了一下之後，發現了水神。

「喂～水神。好久不見。嗯嗯？好久沒看祢用水球的模樣現身了耶。」

平常都是女神的外表，真罕見。

「嗯？喔，木神啊。難得看祢露臉，所以一下子想不起祢的名字。」

我的外表從出生以來就一直是普通的樹木……但是會連木神都叫不出來嗎？

「因為在看那個世界嘛。看，有很像祢的種族對吧。所以才叫不出名字啦。」

喔，那些樹精靈嗎？這樣我就能接受了。

「雖然預言說那個種族會滅亡，但是他們漂亮地避開了呢。」

「真是幸運。不，應該也是創造神（父親）給的救贖，和那個男人有關對吧？」

「雖然沒錯，但我不認為爸爸有考慮那麼多喔。」

「確實。」

不過，無論如何，與我有關的種族能夠繼續生存，這點還是得感謝他。

「話說回來，水神啊。剛剛我看到農業神那傢伙……祂怎麼啦？看起來非常開心耶。」

「就那個世界的那個嘍。」

水神說話時經常用「那個」或「這個」。這樣說話哪可能聽得懂啊。

但是，我不會指責祂這點。一提這件事就會吵起來。

或許會有人因為「這點小事也能吵啊」感到驚訝，不過聽到是水神之後，大家就懂了。

因為是水神，所以沸點很低喲。

不過嘛，稍微等一下，祂就會注意到講了「那個」或「這個」，於是自己修正。

「剛剛不好意思。呃，那個世界……應該說那個男的，本來不是把農業神當成男性嗎？」

「的確是。」

「不久之前呢，他能夠辨認女神像模樣的農業神嘍。」

「哦～難怪會開心。畢竟人家一直向祂祈禱嘛。」

「是啊，我看到的時候，祂甚至興奮地跳了起來。」

「哈哈哈，別對世界造成影響就好。」

「就是因為好像會造成影響，所以附近的神全都出來壓制農業神啦。」

「……還真是場災難呢。」

幾乎所有世界都會信仰農業神，所以祂很強。被迫出手壓制這麼強的農業神，實在太不幸了。

「火神、商業神和工業神，短時間內都無法動彈了。」

…………

我當時不在場還真是幸運。

「不過，農業神為什麼會拘泥性別呢？」

我們是神，是超越性別的存在。雖然的確有男神和女神的分類，不過這種東西我們想換就能換。

好比說，一直是樹木外型的我就沒有性別。

「男神和女神的分類很重要喔。」

水神雖然沒有農業神那麼誇張，但也屬於拘泥性別的那一派。

「畢竟這和信仰有關。」

確實，女神比男神受歡迎，而且非常明顯。就連我也一樣是女神外型比樹木外型容易讓人信仰。

不過就算是這樣，我還是想保持樹木外型。樹木不是很好嗎？

然而，這是我的信念，其他神也有祂們的信念吧。

儘管有時無法理解祂們的信念，但是我沒打算指指點點。

…………

訂正，我希望那些用女神外型露什麼奶啊屁股啊爭取信仰的蠢神被痛罵一頓。

眼前的水神採用女神外型時，服裝經常是半透明的。以我心中的標準來說已經越線了。

但是，我不會對水神說這些話。要是吵起來不但難收拾，還會替世界添麻煩。畢竟這傢伙若是對上我，就算把整個世界都抽乾，祂也不在乎。

「話說回來，木神祢怎麼會在這裡？」

「嗯？喔，我觀察的世界有個大活動，只是來報告這件事而已。我差不多該報告啦，報告完就要回去了。」

「是這樣嗎？要是祢多待一會兒，就能見到有趣的東西喔。」

「有趣的東西？」

「就是那個。」

水神的「那個」又出來了。不過，這回不用本人解說我也能明白。

好熱鬧的聲音。神的集團？不，遊行？連神轎和高臺都有。

「因為那個世界舉行了建國儀式嘛。連平常睡覺的神都起來跟著鬧了。」

原來如此。就是因為其他的神都去參加遊行，才看不見祂們嗎。

「水神祢不參加嗎？」

「呵呵呵。我有參加喔。不過，我要等到最後的最後才出場。」

「原來如此，所以才罕見地採用水球的外型嗎？」

「是啊。木神也來參加怎麼樣？」

「…………我也可以參加嗎？」

「當然。不過……」

「我知道，這副模樣很難參加對吧。」

沒辦法，就化成女神的模樣吧。

「哎呀，我還以為祢會用男神的外型呢。」

就算是我，也懂得要看場合。

參加遊行的神，幾乎都用女神外型。因為坐在神轎上的是農業神吧。

祂的喜悅讓周圍充滿活力。這股活力也讓我不禁笑了出來。

啊啊，我忍不住了。

我也要扛神轎！

日後。

為了沒能參加的火神、商業神和工業神，大家又舉辦了一次遊行。

Farming life

in another world.

Presented by Kinosuke Naito

Illustration by Yasumo

09

登場人物辭典

Characters
Iseki Nonbiri
Nouka

◉人類

【街尾火樂】
穿越者暨「大樹村」村長，在異世界努力從事過去夢想的農業。

【畢莉卡．溫埃普】
年紀輕輕就拜入劍聖門下。展現才華後，因為道場出了麻煩而成為道場主人。為了擁有與劍聖稱號相符的強大，正在修練劍術。

◉地獄狼族

【小黑】
村內地獄狼的代表，也是狼群的首領。喜歡番茄。

【小雪】
小黑的伴侶。喜歡番茄、草莓與甘蔗。

【小黑一／小黑二／小黑三／小黑四　其他】
小黑與小雪的孩子們，排行一直到小黑八。

【愛莉絲】
小黑一的伴侶。優雅恬靜。

【伊莉絲】
小黑二的伴侶。個性活潑。

【烏諾】
小黑三的伴侶。應該很強。

【耶莉絲】
小黑四的伴侶。喜歡洋蔥。性情凶暴？

【吹雪】
小黑四與耶莉絲的孩子。是變異種的冥界狼。全身雪白。

【正行】
小黑二與伊莉絲的孩子。有多位伴侶，是隻後宮狼。

◉惡魔蜘蛛族

【座布團】
村內惡魔蜘蛛的代表，負責製作衣物。喜歡馬鈴薯。

【座布團的孩子】
座布團所生的後代。一部分會於春天離家旅行，剩下的留在座布團身邊。

【枕頭】
座布團的孩子。第一屆「大樹村」武鬥會的優勝者。

◉諾斯底蜂種

【蜂】
村裡飼養的蜜蜂。與座布團的孩子維持共生（？）關係，為村子提供蜂蜜。

◉吸血鬼

【露露西・露】
村內吸血鬼的代表，別名「吸血公主」。擅長魔法，喜歡番茄。

【芙蘿拉・薩克多】
露的表妹。精通藥學，正在努力研究味噌與醬油。

【始祖大人】
露和芙蘿拉的祖父。科林教的首領，人們稱他為「宗主」。

◉鬼人族

【安】
村內鬼人族的代表兼女僕長。負責管理村裡的家務。

【拉姆莉亞斯】
鬼人族女僕之一。主要負責照顧獸人族。

◉天使族

【蒂雅】
村內天使族的代表，別名「殲滅天使」。擅長魔法，喜歡黃瓜。

【格蘭瑪莉亞／庫德兒／可羅涅】
蒂雅的部下，以「撲殺天使」的稱號聞名。不時要負責抱著村長移動。

【琪亞比特】
天使族族長的女兒。

【蘇爾琉／蘇爾蔻】
雙胞胎天使。

NEW
【瑪爾比特】
琪亞比特的母親。天使族族長。

NEW
【琳夏】
蒂雅的母親。

◉蜥蜴人

【達尬】
村內蜥蜴人的代表。右臂纏有布巾，力氣很大。

【娜芙】
蜥蜴人之一。主要負責照顧二號村的半人牛族。

◉高等精靈

【莉亞】
村內高等精靈的代表，以旅行兩百年所培養出的知識，負責村子的建築工作（？）。

NEW
【莉格涅】
莉亞的母親。相當強。

【莉絲／莉莉／莉芙／莉柯特／莉婕／莉塔】
莉亞的血親。

【菈法／菈莎／菈菈薩／菈露／菈米】
跟莉亞她們會合的高等精靈。

●加爾加魯德魔王國

【魔王加爾加魯德】
魔王。照理說應該很強才對。

【比傑爾．克萊姆．克洛姆】
魔王國四天王之一，負責外交工作，封伯爵。勞碌命。傳送魔法使用者。

【葛拉茲．布里多爾】
魔王國四天王之一，負責軍事工作，封侯爵。雖是軍略天才卻喜歡上前線。種族是半人牛。

【芙勞蕾姆．克洛姆】
村內魔族暨文官少女組的代表。暱稱「芙勞」，是比傑爾的女兒。

【優莉】
魔王之女。擁有未經世事的一面，曾在村子住過幾個月。

【文官少女組】
優莉跟芙勞的同學兼朋友。在村裡擔任芙勞的部下非常活躍。

【菈夏希．德洛瓦】
文官少女組之一，伯爵家的千金。主要負責照顧半人馬族。

【荷．雷格】
魔王國四天王，負責財務工作。暱稱「荷」。

●龍

【德萊姆】
在南方山脈築巢的龍，別名為「守門龍」。喜歡蘋果。

【葛菈法倫】
德萊姆的夫人，別名「白龍公主」。

【拉絲蒂絲姆】
村內龍族代表，別名「狂龍」。是德萊姆和葛菈法倫的女兒。喜歡柿餅。

【德斯】
德萊姆等人的父親，別名「龍王」。

【萊美蓮】
德萊姆等人的母親，別名「颱風龍」。

【哈克蓮】
德萊姆姊姊（長女），別名「真龍」。

【絲依蓮】
德萊姆姊姊（次女），別名「魔龍」。

【馬克斯貝爾加克】
絲依蓮的丈夫，別名「惡龍」。

【海賽兒娜可】
絲依蓮和馬克斯貝爾加克的女兒，別名「暴龍」。

【賽琪蓮】
德萊姆的妹妹（三女），別名「火焔龍」。

【德麥姆】
德萊姆的弟弟。

【廓恩】
德麥姆的妻子。父親是萊美蓮的弟弟。

【廓倫】
賽琪蓮的丈夫。廓恩的弟弟。

【古拉兒】
暗黑龍基拉爾的女兒。

【火一郎】
火樂與哈克蓮的兒子。人類與龍族的混血。

【基拉爾】
暗黑龍。

◉古惡魔族

【古吉】
德萊姆的隨從，也是相當於智囊的存在。

【布兒佳／史蒂芬諾】
古吉的部下。現在擔任拉絲蒂絲姆的傭人。

◉惡魔族

【庫茲汀】
四號村的代表。村內惡魔族的代表。

◉獸人族

【格魯夫】
來自好林村的使者。照理說應該是一名很強的戰士。

【賽娜】
村內獸人族的代表，從好林村移居至大樹村。

【瑪姆】
獸人族移民之一。主要負責照顧樹精靈族。

【戈爾】
幼年時移居至大樹村的三個男孩之一。個性認真。

【席爾】
幼年時移居至大樹村的三個男孩之一。容易衝動。

【布隆】
幼年時移居至大樹村的三個男孩之一。做事可靠。

◉長老矮人

【多諾邦】
村內矮人的代表。最早來到村裡的矮人，也是釀酒專家。

【威爾科克斯／庫洛斯】
繼多諾邦之後來到村子的矮人，也是釀酒專家。

◉夏沙多市鎮

【麥可・戈隆】
人類。夏沙多市鎮的商人，戈隆商會的會長。極其正常的普通人。

【馬龍】
麥可先生的兒子。下任會長。

【提特】
馬龍的堂弟。戈隆商會的會計。

【蘭迪】
馬龍的堂弟。戈隆商會的採購。

【米爾弗德】
戈隆商會的戰鬥隊長。

◉？？？

【阿爾弗雷德】
火樂與吸血鬼露所生的兒子。

【蒂潔爾】
火樂與天使族蒂雅所生的女兒。

【露普米莉娜】
火樂和吸血鬼露的女兒。

【奧蘿拉】
火樂和天使族蒂雅的女兒。

◉山精靈

【芽】
村內山精靈的代表，是高等精靈的亞種（？）。擅長建築土木工程。

◉半人蛇

【裘妮雅】
南方迷宮統治者。下半身為蛇的種族。

【絲涅雅】
南方迷宮的戰士長。

◉半人牛

【哥頓】
村內半人牛族的代表，是身軀龐大而且頭上長牛角的種族。

【蘿娜娜】
派駐員。魔王國四天王之一的葛拉茲為她著迷。

◉半人馬

【古露瓦爾德．拉比．柯爾】
村內半人馬族的代表。是一種下半身為馬的種族，腳程飛快。

【芙卡．波羅】
雖是男爵，卻是個小女孩。

◉樹精靈

【依葛】
村內樹精靈族的代表。是一種能變成樹椿和人類模樣的種族。

◉其他

【史萊姆】
在村子裡的數量與種類日益增加。

【牛】
分泌牛奶，不過牛奶產量不像原世界的牛那麼多。

【雞】
提供雞蛋，不過雞蛋產量不像原世界的雞那麼多。

【山羊】
分泌山羊奶。一開始性格狂野，但後來變乖了。

【馬】
為了讓村長移動用而購買的。對古露瓦爾德抱持競爭意識。

【酒史萊姆】
村內的療癒代表。

【死靈騎士】
身穿鎧甲的骷髏，帶著一把好劍。劍術高手。

【土人偶】
烏爾莎的隨從。總是努力打掃烏爾莎的房間。

【貓】
火樂撿回來的貓。充滿謎團的存在。

◉大英雄

【烏爾布拉莎】
暱稱烏爾莎。原為死靈王。

◉巨人族

【烏歐】
渾身長滿毛的巨人。性情溫厚。

◉墨丘利種（人工生命體）

【葛沃・佛格馬】
太陽城城主輔佐。初老。

【貝爾・佛格馬】
種族代表。太陽城城主首席輔佐。女僕。

【阿薩・佛格馬】
太陽城城主的專屬管家。

【芙塔・佛格馬】
太陽城的領航長。

【米優・佛格馬】
太陽城的會計長。

◉九尾狐

【陽子】
活了數百年的大妖狐。據說戰鬥力與龍族相當。

【一重】
陽子的女兒。已經誕生百年以上，不過還很幼小。

◉妖精

【妖精】
有翅膀的光球（乒乓球大小）。喜歡甜食。村裡約有五十隻。

【人型妖精】
嬌小的人型妖精。村裡約有十人。

【妖精女王】
人類樣貌的妖精女王。成年女性，高個子。人類小孩的守護者，在人界受到許多人尊崇。但是，龍不擅長應付妖精女王。

◉不死鳥

【艾基斯】
圓滾滾的雛鳥。跑步比飛行快。

Farming life
in another world.
Presented by Kinosuke Naito
Illustrated by Yasumo

異世界悠閒農家

後記

「我在談戀愛。」這樣啊。「我結婚了。」恭喜你。「我離婚了。」哦～「我外遇了。」誰管你。

我對演藝圈新聞沒什麼興趣，所以是這種反應。

「賣得很好。」哦哦！「再刷了。」真厲害。「動畫化決定。」太好了，恭喜！

我對有關同行作品暢銷的網路新聞有興趣，所以是這種反應。

……………騙人的。我心中的不安停不下來。

就在我覺得自己心靈修行不足的此刻，請問《異世界悠閒農家》的第九集怎麼樣啊？啊，感想請別寫在這裡，麻煩到買書的店，以不會為店員添麻煩的音量在他耳邊低語，這樣可以促銷。如果是透過網路購買，還請撰寫心得，這樣可以促銷。問我批評也可以嗎？沒關係。

世上最冷酷的行為就是無視，就是不碰。相較之下，惡評完全ＯＫ。故事進展到第九集，要轉換方向或改變寫法已經做不到，但是能影響下一部作品。

不過嘛，下一部作品我還沒有構想就是了。咦？說是這麼說，不過寫出滿滿惡評的心得還是會造成困擾？雖然我自認為沒有寫出會被大家口誅筆伐的劇情，不過就算是這樣也無妨。如果寫的都是惡評，我反倒很想看看是什麼樣的內容。哈哈哈。

請哄哄我。提醒我哪些地方需要注意時，先講三個優點再提醒會比較容易讓人接受。麻煩大家了。

好啦，關於第九集的內容……嗯，和往常一樣。對了、對了，到第九集才說這個雖然有點晚，不過在此解釋一下複數人臺詞連續時的閱讀方法。

（例文）

露、蒂雅與安窩在暖桌裡休息。

「幫我拿橘子～」

「請。」

「要幫忙剝橘子皮嗎？」

「謝謝～」

在這種情況下，可能會分不清誰說了什麼。

不過，就我個人的規則而言，是按照臺詞前面的角色名順序來寫。

所以「幫我拿橘子～」是露，「請。」是蒂雅，「要幫忙剝橘子皮嗎？」是安，然後「謝謝～」則回到開頭的露。雖然不是所有場面都這樣，不過記住這點閱讀起來會比較順暢。真的太晚才講了對吧。

再來就是兩位數，一開始的目標第十集。我會謹慎小心，朝目標努力。

這可不是騙人的。還請各位為我加油。

內藤騎之介

作者 內藤騎之介

Kinosuke Naito

大家好，我是內藤騎之介。
一顆在情色遊戲農田裡收成的圓滾滾鄉下土包子。
過著有大量錯字漏字的人生。
還請多多指教。

插畫 やすも

Yasumo

有時玩遊戲，有時畫圖。
是一位插畫家。
希望自己能創作出更多元的題材。

异

異世界悠閒農家

09

琪亞比特&格蘭瑪莉亞的下集預告閒～聊

大家好，我是琪亞比特。我大為活躍的第九集，覺得怎麼樣呀？

我是格蘭瑪莉亞。呃～琪亞比特大人，不管怎麼想，說這種謊都太勉強了。

這不是謊言，我有活躍呀！我上了封面呀！

又不是幾乎沒有戲分！

就算您裝可愛也沒用。來吧，忘了第九集的事，做第十集的預告吧。

真沒辦法。那麼就打起精神做下集預告啦！

好的！

下一集呢，村長的孩子們好像會在五號村大鬧一場喔！

五號村還真辛苦呢。

村長的想法可能也會因此有點改變吧。

即將發售！

Next
Farming life
in another world.

我覺得沒什麼變耶。真要說起來，應該是琳夏大人比較引人注目吧。

是啊。母親和輔佐長很搶眼，我們卻越來越不起眼……

因為登場人物很多，角色重疊的情況下，我想這種發展是難免。

角色重疊？和我？誰？

瑪爾比特大人。

別把我和母親混為一談！我們絕對沒有重疊！

不用否認到這種地步也……要是人家說您像母親，難道您不會高興嗎？

母親是我的反面教師啊！我就是為了不要變成那樣才努力的。

原來是這樣。啊，所以才會到現在都還沒有結婚對象啊。

……這話很刺人耶。希望下一集有妳的戲分。

呵呵呵。下一集也請多多指教。那麼再見啦。

異世界悠閒農家 10

國家圖書館出版品預行編目資料

異世界悠閒農家/內藤騎之介作 ; Seeker譯. -- 初版.
-- 臺北市 : 臺灣角川股份有限公司, 2022.02-
冊 ; 公分
譯自 : 異世界のんびり農家
ISBN 978-626-321-211-4(第9冊 : 平裝)

861.57 110021309

Kadokawa
Fantastic
Novels

異世界悠閒農家 9

（原著名：異世界のんびり農家 9）

2022年2月21日　初版第1刷發行
2023年3月16日　初版第2刷發行

作　者：內藤騎之介
插　畫：やすも
譯　者：Seeker

發行人：岩崎剛人
總編輯：蔡佩芬
編　輯：彭曉凡
美術設計：莊捷寧
印　務：李明修（主任）、張加恩（主任）、張凱棋

發行所：台灣角川股份有限公司
地　址：104台北市中山區松江路223號3樓
電　話：（02）2515-3000
傳　真：（02）2515-0033
網　址：www.kadokawa.com.tw
劃撥帳戶：台灣角川股份有限公司
劃撥帳號：19487412
法律顧問：有澤法律事務所
製　版：巨茂科技印刷有限公司
ISBN：978-626-321-211-4